国语海上花列传 II

海上花落

张爱玲

北京出版集团公司
北京十月文艺出版社

青马（天津）文化有限公司
出　品

目录

第三三回

高亚白填词狂掷地　王莲生醉酒怒冲天

　　按洪善卿王莲生吃酒中间，善卿偶欲小解；小解回来，经过房门首，见张蕙贞在客堂里点首相招，便踅出去。蕙贞悄地说道："洪老爷，难为你，你去买翡翠头面，就依他一副买全了。王老爷怕这沈小红真正怕得没谱子的了！你没看见，王老爷臂膊上，大腿上，给沈小红指甲捏得呵都是血！倘若翡翠头面不买了去，不晓得沈小红还有什么刑罚要办他了！你就替他买了罢。王老爷多难为两块洋钱倒没什么要紧。"

　　善卿微笑无言，嘿嘿归座。王莲生依稀听见，佯做不知。两人饮尽一壶，便令盛饭。蕙贞新妆已毕，即打横相陪，共桌而食。

　　饭后，善卿遂往城内珠宝店去。莲生仍令蕙贞烧烟；接连吸了十来口，过足烟瘾。自鸣钟已敲五下，善卿已自回来，只买了钏臂押发两样，价洋四百余元，其余货色不合，缓日续办。莲生大喜谢劳。

　　洪善卿自要料理永昌参店事务，告别南归。王莲生也别了张蕙贞，坐轿往西荟芳里，亲手赍与沈小红。小红一见，即问："洪老爷喔？"莲生说："回去了。"小红道："有没去买呢？"莲生道："买了两样。"当下揭开纸盒，取翡翠钏臂押发，排列桌上，说道："你看，手镯倒不错，就是押发稍微推扳点；倘若你不要嚜，再拿去换。"小红正眼儿也不曾一觑，淡淡的答道："没全哩呀。放在那儿好了。"

莲生忙依旧装好，藏在床前妆台抽屉内，复向小红道："还有几样嚜，都不好，没买；过两天我自己去拣。"小红道："我们这儿是拣剩下来东西，哪有好的呀！"莲生道："什么人拣剩下来？"小红道："那么为什么先要拿了去？"

莲生着急，将出珠宝店发票，送至小红面前，道："你看喏，发票在这儿嚜。"小红撒手撩开道："我不要看。"莲生丧气退下。阿珠适在加茶碗，呵呵笑道："王老爷在张蕙贞那儿太开心过头了，也应该来受两句话，对不对？"莲生亦只得讪讪的笑罢。

维时天色晚将下来，来安呈上一张请客票，系葛仲英请去吴雪香家酒叙。莲生为小红脸色似乎不喜欢，趁势兴辞赴席。小红不留不送，听凭自去。

莲生仍坐轿往东合兴里吴雪香家。主人葛仲英迎见让坐。先到者只有两位，都不认识，通起姓名，方知一位为高亚白，一位为尹痴鸳。莲生虽初次见面，早闻得高尹齐名，并为两江才子，拱手致敬，说声"幸会"。接着外场报说："壶中天请客说，请先坐。"葛仲英因令摆起台面来。王莲生问请的何人。仲英道："是华铁眉。"这华铁眉和王莲生也有些世谊，葛仲英专诚请他，因他不喜热闹，仅请三位陪客。

等了一会，华铁眉带局孙素兰同来。葛仲英发下三张局票，相请入席。华铁眉问高亚白："有没碰着意中人？"亚白摇摇头。铁眉道："不料亚白多情人，竟如此落落寡合！"尹痴鸳道："亚白的脾气，我蛮明白的。可惜我不做倌人；我做了倌人，一定要亚白生了相思病，死在上海！"高亚白大笑道："你就不做倌人，我倒也在想你呀！"痴鸳亦自失笑道："倒给他讨了个便宜！"华铁眉道："'人尽愿为夫子妾，天教多结再生缘'，也算是一段佳话！"

尹痴鸳又向高亚白道："你讨我便宜嘤，我要罚你！"葛仲英即令小妹姐取鸡缸杯。痴鸳道："且慢！亚白好酒量，罚他吃酒，他不在乎的。我说酒嘤不给他吃，要他照张船山（注一）诗意再作两首。比张船山作得好，就饶了他；不好嘤，再罚他酒！"亚白道："我晓得你要出我花头！怪不得堂子里都叫你'囚犯'（注二）！"痴鸳道："大家听听看！我要他作首诗，就骂我'囚犯'；倘若做了学台主考，要他作文章，那是'乌龟''猪'都要骂出来的了！"合席哄然一笑。高亚白自取酒壶筛满一鸡缸杯，道："那么先让我吃一杯，浇浇诗肚子。"尹痴鸳道："那倒也行，我们也陪陪你好了。"

大家把鸡缸杯斟上酒，照杯干讫。尹痴鸳讨过笔砚笺纸，道："念出来，我来写。"高亚白道："张船山两首诗，给他意思作完了，我改了填词罢。"华铁眉点头说是。

于是亚白念，痴鸳写道：

先生休矣！谅书生此福几生修到？磊落须眉浑不喜，偏要双鬟窈窕。扑朔雌雄，骊黄牝牡，交在忘形好。钟情如是，鸳鸯（注三）何苦颠倒？

尹痴鸳道："调皮得很！还要罚哩！"大家没有理会。又念又写道：

还怕妒煞仓庚（注四），望穿杜宇（注五），燕燕归来杳。收拾买花珠十斛，博得山妻一笑。杜牧三生（注六），韦皋再世（注七），白发添多少？回波一转，蓦惊画眉人老！（注八）

高亚白念毕，猝然问尹痴鸳道："比张船山如何？"痴鸳道："你还要不要脸？倒真比起张船山来了！"亚白得意大笑。

王莲生接那词来与华铁眉葛仲英同阅。尹痴鸳取酒壶向高亚白道："你自己算好，我也不管；不过'画眉'两个字，平仄倒了过来，要罚你两杯酒！"亚白连道："我吃，我吃！"又筛两鸡缸杯一气吸尽。

葛仲英阅过那词，道："《百字令》末句，平仄可以通融点。"亚白道："痴鸳要我吃酒，我不吃，他心里总不舒服；不是为什么平仄。"华铁眉问道："'燕燕归来杳'，可用什么典故？"亚白一想道："就用的东坡诗，'公子归来燕燕忙。'"铁眉默然。尹痴鸳冷笑道："你又在骗人了！你是用的蒲松龄'似曾相识燕归来'一句呀。还怕我们不晓得！"亚白鼓掌道："痴鸳可人！"铁眉茫然，问痴鸳道："我不懂你的话。'似曾相识燕归来'，欧阳修晏殊诗词集中皆有之，与蒲松龄何涉？"痴鸳道："你要晓得这个典故还要读两年书才行哩！"亚白向铁眉道："你不要去听他！哪有什么典故！"痴鸳道："你说不是典故，'入市人呼好快刀，回也何曾霸产'，用的什么呀？"铁眉道："我倒要请教请教，你在说什么？我索性一点都不懂了嘤！"亚白道："你去拿《聊斋志异》查出《莲香》一段来看好了。（注九）"痴鸳道："你看完了《聊斋》嘤，再拿《里乘》《闽小纪》（注十）来看，那就'快刀''霸产'包你都懂。"

王莲生阅竟，将那词放在一边，向葛仲英道："明天拿了去登在新闻纸上倒不错！"仲英待要回言，高亚白急取那词纷纷揉碎，丢在地下道："那可谢谢你，不要去登！新闻纸上有方蓬壶一班人，我们不配的！"

仲英问蓬壶钓叟如何。亚白笑而不答。尹痴鸳道："叫他磨磨墨，还算好！"亚白道："我是添香捧砚有你痴鸳承乏的了；蓬壶钓叟

高亞白填詞
狂擲地

只好叫他去倒夜壶！"华铁眉笑道："狂奴故态！我们吃酒罢！"遂取齐鸡缸杯首倡摆庄。

其时出局早全：尹痴鸳叫的林翠芬，高亚白叫的李浣芳，皆系清倌人；王莲生就叫对门张蕙贞。划起拳来，大家争着代酒。高亚白存心要灌醉尹痴鸳，概不准代。王莲生微会其意，帮着撮弄痴鸳。不想痴鸳眼明手快，拳道最高，反把个莲生先灌醉了。

张蕙贞等莲生摆过庄，才去；临行时，谆嘱莲生切勿再饮。无如这华铁眉酒量尤大似高亚白，比至轮庄摆完，出局散尽之后，铁眉再要行"拍七"酒令，在席只得勉力相陪。王莲生糊糊涂涂，屡次差误，接着又罚了许多酒，一时觉得支持不住，不待令完，径自出席，去榻床躺下。华铁眉见此光景，也就胡乱收令。

葛仲英请王莲生用口稀饭，莲生摇手不用，拿起签子，想要烧鸦片烟，却把不准火头，把烟都淋在盘里。吴雪香见了，忙唤小妹姐来装。莲生又摇手不要，欷地起身拱手，告辞先行。葛仲英不便再留，送至帘下，吩咐来安当心伺候。

来安请莲生登轿，挂上轿帘，搁好手版，问："到哪去？"莲生说："西荟芳。"来安因扶着轿，径至西荟芳里沈小红家，停在客堂中。

莲生出轿，一直跑上楼梯。阿珠在后面厨房内，慌忙赶上，高声喊道："啊唷！王老爷，慢点喓！"莲生不答，只管跑。阿珠紧紧跟至房间，答道："王老爷，我吓死了！没跌下去还算好！"

莲生四顾不见沈小红，即问阿珠。阿珠道："恐怕在下头。"莲生并不再问，身子一歪，就直挺挺躺在大床前皮椅上，长衫也不脱，鸦片烟也不吸，已自懵腾睡去。外场送上水铫手巾，阿珠低声叫："王老爷，揩把脸。"莲生不应。阿珠目示外场，只冲茶碗而去。随后阿珠悄悄出房，将指甲向亭子间板壁上点了三下，说声"王老爷睡了。"

此也是合当有事。王莲生鼾声虽高，并未睡着；听阿珠说，诧异得很。只等阿珠下楼，莲生急急起来，放轻脚步，摸至客堂后面，见亭子间内有些灯光；举手推门，却从内拴着的；周围相度，找得板壁上一个鸽蛋大的椭圆窟窿，便去张觑。向来亭子间仅摆一张榻床，并无帷帐，一目了然。莲生见那榻床上横着两人，搂在一处。一个分明是沈小红；一个面庞亦甚厮熟，仔细一想，不是别人，乃大观园戏班中武小生小柳儿。

莲生这一气非同小可，一转身抢进房间，先把大床前梳妆台狠命一扳，梳妆台便横倒下来，所有灯台、镜架、自鸣钟、玻璃花罩，乒乒乓乓，撒满一地；但不知抽屉内新买的翡翠钏臂押发，砸破不曾，并无下落。楼下娘姨阿珠听见，知道误事，飞奔上楼。大姐阿金大和三四个外场也簇拥而来。莲生又去榻床上掇起烟盘往后一掼，将盘内全副烟具，零星摆设，像撒豆一般，豁琅琅直飞过中央圆桌。阿珠拚命上前，从莲生背后拦腰一抱。莲生本自怯弱，此刻却猛如虓虎，那里抱得住，被莲生一脚踢倒，连阿金大都辟易数步。

莲生绰得烟枪在手，前后左右，满房乱舞，单留下挂的两架保险灯，其余一切玻璃方灯，玻璃壁灯，单条的玻璃，衣橱的玻璃面，大床嵌的玻璃横额，逐件敲得粉碎。虽有三四个外场，只是横身拦劝，不好动手。来安暨两个轿班只在帘下偷窥，并不进见。阿金大呆立一旁，只管发抖。阿珠再也爬不起来，只急的嚷道："王老爷！不要噢！"

莲生没有听见，只顾横七竖八打将过去，重复横七竖八打将过来。正打得没个开交，突然有一个后生钻进房里便扑翻身向楼板上砰砰砰磕响头，口中只喊："王老爷救救！王老爷救救！"

莲生认得这后生系沈小红嫡亲兄弟，见他如此，心上一软，叹了口气，丢下烟枪，冲出人丛，往外就跑。来安暨两个轿班不提防，猛吃一惊，赶紧跟随下楼。莲生更不坐轿，一直跑出大门。来安顾不得轿班，迈步追去；见莲生进东合兴里，来安始回来领轿。

莲生跑到张蕙贞家，不待通报，闯进房间，坐在椅上，喘做一团，上气不接下气。吓得个张蕙贞怔怔的相视，不知为了什么，不敢动问；良久，先探一句，道："台面散了有一会了？"莲生白瞪着两只眼睛，一声儿没言语。蕙贞私下令娘姨去问来安，恰遇来安领轿同至，约略告诉几句，娘姨复至楼上向蕙贞耳朵边轻轻说了。蕙贞才放下心，想要说些闲话替莲生解闷，又没甚可说，且去装好一口鸦片烟请莲生吸，并代莲生解钮扣，脱下熟罗单衫。

莲生接连吸了十来口烟，始终不发一词。蕙贞也只小心服侍，不去兜搭。约摸一点钟时，蕙贞悄问："可吃口稀饭？"莲生摇摇头。蕙贞道："那么睡罢。"莲生点点头。蕙贞乃传命来安打轿回去，令娘姨收拾床褥。蕙贞亲替莲生宽衣褪袜，相陪睡下。朦胧中但闻莲生长吁短叹，反侧不安。

及至蕙贞一觉醒来，晨曦在牖，见莲生还仰着脸，眼睁睁只望床顶发呆。蕙贞不禁问道："你有没睡一会呀？"莲生仍不答。蕙贞便坐起来，略挽一挽头发，重伏下去，脸对脸问道："怎么这样啊？气坏了身体，可犯得着？"

莲生听了这话，忽转一念，推开蕙贞，也坐起来，盛气问道："我要问你：你可肯替我争口气？"蕙贞不解其意，急得涨红了脸，道："你在说什么呀，可是我亏待了你？"莲生知道误会，倒也一

王蓮生醉酒怒冲天

笑，勾着蕙贞脖项，相与躺下，慢慢说明小红出丑，要娶蕙贞之意。蕙贞如何不肯，万顺千依，霎时定议。

当下两人起身洗脸，莲生令娘姨唤来安来。来安绝早承应，闻唤趋见。莲生先问："可有什么公事？"来安道："没有；就是沈小红的兄弟同娘姨到公馆里来哭哭笑笑，磕了多少头，说请老爷过去一趟。"莲生不待说完，大喝道："谁要你说呀！"来安连应几声"是"，退下两步，挺立候示。停了一会，莲生方道："请洪老爷来。"

来安承命下楼，叮嘱轿班而去，一路自思，不如先去沈小红家报信邀功为妙，遂由东合兴里北面转至西荟芳里沈小红家。沈小红兄弟接见大喜，请进后面帐房里坐，捧上水烟筒。来安吸着，说道："我们到底拿不了多少主意，就不过话里帮句把话就是了；这时候叫我去请洪老爷，我说你同我一块去，叫洪老爷想个法子，比我们说的灵。"

沈小红兄弟感激非常，又和阿珠说知，三人同去。先至公阳里周双珠家，一问不在，出衖即各坐东洋车径往小东门陆家石桥，然后步行到咸瓜街永昌参店。那小伙计认得来安，忙去通报。

洪善卿刚趱出客堂，沈小红兄弟先上前磕个头，就鼻涕眼泪一齐滚出，诉说"昨天晚上不晓得王老爷为什么生了气"，如此如此。善卿听说，十猜八九，却转问来安："你来做什么？"来安道："我是我们老爷差了来请洪老爷到张蕙贞那儿去。"善卿低头一想，令两人在客堂等候，独唤娘姨阿珠向里面套间去细细商量。

注一：前引两句诗的作者，名问陶，乾隆进士，以诗名。

注二：指"扳差头"——吴语成语，即挑眼之意——见第三十八回。囚犯自然喜欢诬扳差人头目。

注三：鸟名，雄为鸳，雌为鸯。

注四：即黄莺。

注五：即杜鹃，啼声如"不如归去"，又有泣血而死的传说，所以此处说它望眼欲穿。

注六："三生"作"缘订三生"解。杜牧在浙西，闻湖州出美人，而城中名妓无当意者。刺史为张水戏，使州人聚观，乃得从中物色，见里姥携绝色女，年十余岁，将致舟中。姥女皆惧，遂约为后期："吾十年必为此郡守，若不来，乃从所适。"以重币结之。寻官他处；友周墀入相，始上书乞守湖州。至郡则十四年前所约之姝已从人三载，生二子。因作《怅别》诗，末句为"绿叶成荫子满枝。"——《樊川诗集注》。

注七：韦皋，唐节度使升太尉，平乱征滇蛮吐蕃有军功。游江夏见一青衣名玉箫，未及破瓜之年，约待我五年而嫁，因留玉指环一枚。经五年不至，玉箫乃绝食而殒。后十五年，韦皋得一歌姬，以玉箫为号，中指有肉隐起，如玉环。——《剪灯新话》，《翠翠传：玉箫女两世因缘》注。

注八：用张敞为妻画眉故事，说尹痴鸳终未践来生为女之约，而他浪子还家，妻发现他老了。

注九：《莲香》篇述狐女莲香与鬼女燕儿同恋桑生。燕儿借尸还魂嫁桑。莲香也想摆脱狐身，产子后病殁，约十年后相见。燕不育，独子单弱，思为生置妾。一妪携女求售，年十四，酷肖莲，能忆前生乃莲。生云："此似曾相识燕归来也。"

注十：二书均见《笔记小说大观》。手边无书，疑是《里乘》（清人许叔平著）记菜市口斩犯头落地犹呼"好快刀！"，《闽小纪》

述一冤屈事，堪比孔子弟子颜回被诬霸产。

"好快刀！"事有几分可信性，参看得普立兹奖新闻记者泰德·摩根著《毛姆传》(*Maugham*)：一九三五年名作家毛姆游法属圭安那，参观罪犯流放区——当地死刑仍用断头台——听见说有个医生曾经要求一个斩犯断头后眨三下眼睛；医生发誓说眨了两下。

第三四回

沥真诚淫凶甘伏罪　惊实信仇怨激成亲

按来安暨沈小红兄弟在客堂里等了多时，娘姨阿珠出来却和沈小红兄弟先回。来安又等一会，洪善卿才出来向来安道："他们叫我劝劝王老爷，我们是朋友，倒有点尴尬。要嚜同王老爷一块到他们那儿去，让他们自己说，你说对不对？"

来安那有不对之理，满口答应。善卿即带来安同行，仍坐东洋车，径往四马路东合兴里张蕙贞家。

其时王莲生正叫了四只小碗，独酌解闷。善卿进见，莲生让坐。善卿笑道："昨天晚上辛苦了？"莲生含笑嗔道："你还要调皮！起先我叫你打听你不肯！"善卿道："打听什么呀？"莲生道："倌人姘了戏子，可是没处打听了？"善卿道："你自己不好，同她去坐马车，都是马车上坐出来的事。我有没跟你说沈小红就为了坐马车用项大点？你不觉得嚜。"莲生连连摇手道："不要说了！我们吃酒！"

娘姨添上一副杯筷，张蕙贞亲来斟酒。莲生乃和善卿说："翡翠头面不要买了。"另有一篇帐目，开着天青披大红裙之类（注一），托善卿赶紧买办。善卿笑向蕙贞道："恭喜你。"蕙贞羞得远远走开。

善卿正色说莲生道:"这时候你娶蕙贞先生是蛮好;不过沈小红那儿你就此不去了,总好像不行嗷。"莲生焦躁道:"你管它行不行!"善卿讪讪的笑着婉言道:"不是呀;沈小红单做你一个客人,你不去了没有了。刚刚碰到了节上,多少开消,都不着杠;家里还有爹娘跟兄弟,一家子要吃要用,教她还有什么法子?四面逼上去,不是要逼死她性命了?虽然沈小红性命也没什么要紧,九九归原,终究是为了你,也算一桩作孽的事。我们为了玩,倒去做作孽的事嚷,何苦呢?"莲生沉吟点头道:"你也是在帮她们!"善卿觥然作色道:"你倒说得稀奇!我为什么去帮她们?"莲生道:"你要我到她那儿去,不是帮她们嘛?"

善卿咳的长叹一声,却转而笑道:"你做了沈小红嚷,我一直说没什么意思,你不相信,跟她恩爱死了;这时候你生了气,倒说我帮她们了,这才真叫无话可说!"莲生道:"那你为什么要我去?"善卿道:"我不是要你再去做她。你就去一趟好了。"莲生道:"去一趟干什么呢?"善卿道:"这就是替你打算了。怕万一有什么事,你去了,她们要把心一宽嗟,你嚷也好看看她们是什么光景。四五年做下来,总有万把洋钱了,这一点局帐也不犯着少她,(注二)你去给了她,让她去开消了,节上也好过去。这以后下节做不做随你的便。是不是?"

莲生听罢无言。善卿因怂恿道:"等会我跟你一块去,看她说什么;倘若有半句话听不进嗟,我们就走。"莲生直跳起来嚷道:"我不去!"善卿只得讪讪的笑着剪住。

两人各饮数杯,仍和蕙贞一同吃过中饭。善卿要去代莲生买办。莲生也要暂回公馆,约善卿日落时候仍于此处相会。善卿应诺先行。

莲生吸不多几口鸦片烟，就喊打轿，径归五马路公馆，坐在楼上卧房中，写两封应酬信札。来安在旁服侍。忽听得吉丁当铜铃摇响，似乎有人进门，与莲生的侄儿天井里说话，随后一乘轿子抬至门首停下。莲生只道拜客的，令来安看去。来安一去，竟不覆命，却有一阵咕咕咯咯小脚声音登上楼梯。

　　莲生自往外间看时，谁知即是沈小红，背后跟着阿珠。莲生一见，暴跳如雷，厉声喝道："你还有脸来见我！替我滚出去！"喝着，还不住的跺脚。沈小红水汪汪含着两眶眼泪，不则一声。阿珠上前分说也按捺不下。莲生一顿胡闹，不知说些甚么。

　　阿珠索性坐定，且等莲生火性稍杀，方朗朗说道："王老爷，比方你做了官，我们来告状，你也要听明白了，这才应该打应该罚，你好断嗄；这时候一句话也不许我们说，你哪晓得有冤枉的事？"莲生盛气问道："我冤枉了她什么？"阿珠道："你是没冤枉我们；我们先生有点冤枉，要跟你说，你可要说她？"莲生道："还要说冤枉嗄，索性去嫁给戏子好了嗄！"阿珠倒呵呵冷笑道："她兄弟冤枉了她，好去跟她爹娘说；她爹娘冤枉了她，还好跟你王老爷说；你王老爷再要冤枉了她，真教她没处去说了！"说了，转向小红道："我们走罢。还说什么呀？"

　　那小红亦坐在高椅上将手帕掩着脸呜呜饮泣。莲生乱过一阵，跑进卧房，概置不睬。小红与阿珠在外间，寂静无声。

　　莲生提起笔来，仍要写信，久之不能成一字，但闻外间切切说话，接着小红竟踅到卧房中，隔着书桌，对面而坐。莲生低下头只顾写。小红颤声说道："你说我什么什么，我倒没什么；我为了自己有点错，对不住你，随便你去办我，我蛮情愿，为什么不许我说话？是不是一定要我冤枉死的？"说到这里，一口气奔上

沥真誠涎山
廿伏罪

喉咙，哽咽要哭。

莲生搁下笔，听她说甚。小红又道："我是吃死了我亲生娘的亏！起先嚜，要我做生意；这时候来了个从前做过的客人，一定还要我做；我为了娘听了她的话，说不出的冤枉！你倒还要冤枉我姘戏子！"

莲生正待回驳，来安匆匆跑上报说："洪老爷来。"莲生起身向小红道："我跟你没什么话说！我有事在这儿！你请罢！"说毕，丢下沈小红在房里，阿珠在外间，径下楼和洪善卿同行至东合兴里张蕙贞家。

张蕙贞将善卿办的东西与莲生过目。莲生将沈小红赔罪情形述与蕙贞。大家又笑又叹。当晚善卿吃了晚饭始去。

蕙贞临睡，笑问莲生道："你可要再去做沈小红？"莲生道："这以后是让小柳儿去做了！"蕙贞道："你不做嚜，倒不要去糟蹋她。她叫你去，你就去去也没什么，只要如此如此。"莲生道："起先我看沈小红好像蛮对劲，这时候不晓得为什么，她凶嚜不凶了，我倒也看不起她！"蕙贞道："想必是缘分满了。"闲论一回，不觉睡去。

次日，五月初三，洪善卿于午后来访莲生，计议诸事，大略齐备，闲话中复说起沈小红来。善卿仍前相劝。莲生先入蕙贞之言，欣然愿往。

于是洪善卿王莲生约同过访沈小红。张蕙贞送出房门，望莲生丢个眼色。莲生笑而领会。及至西荟芳里沈小红家门首，阿珠迎着，喜出望外，呵呵笑道："我们只当王老爷我们这儿不来的了。我们先生没急死，还好哩！"一路讪讪的笑，拥至楼上房间。

沈小红起身厮见，叫声"洪老爷"，嘿然退坐。莲生见小红只穿一件月白竹布衫，不施脂粉，素净异常；又见房中陈设一空，殊形冷落，只剩一面穿衣镜，被打碎一角，还嵌在壁上；不觉动了今昔之感，浩然长叹。阿珠一面加茶碗，一面搭讪道："王老爷说我们先生什么什么，我们下头问我：'哪来的这话？'我说：'王老爷肚子里蛮明白呐，这时候为了气头上说说罢了呀，可是真说她妡戏子！'"莲生道："妡不妡有什么要紧呀？不要说了！"阿珠事毕自去。

善卿欲想些闲话来说，笑问小红道："王老爷不来嚟，你记挂死了；来了倒不作声了！"小红勉强一笑，向榻床取签子烧鸦片，装好一口在枪上，放在上手。莲生就躺下去吸。小红因道："这副烟盘还是我十四岁时候替我娘装的烟，一直放在那儿，没用过，这时候倒用得着了。"

善卿就问长问短。随意讲说。阿珠不等天晚，即请点菜便饭。莲生尚未答应，善卿竟作主张，开了四色去叫。莲生一味随和。

晚饭之后，阿珠早将来安轿班打发回去，留下莲生，那里肯放。善卿辞别独归，只剩莲生小红两人在房。小红才向莲生说道："我认得了你四五年，一直没看见你这样生气。这时候跟我生的气，倒也是为了跟我要好，你气得这样。我听了娘的话，没跟你商量，那是我不好。你要冤枉我妡戏子，我即使冤枉死了，口眼也不闭的嗹！时髦倌人生意好，找乐子，要去妡戏子；像我，生意可好啊？我又不是小孩子，不懂事；妡了戏子还好做生意？外头人为了你跟我要好都在眼热，不要说张蕙贞，连朋友也说我坏话。这时候你去说我妡戏子，还有谁来替我伸冤？除非到了阎王殿上才明白呢。"

莲生微笑道："你说不妍就不妍，什么要紧呀？"小红又道："我身体嚜是爹娘养的；除了身体，一块布，一根线，都是你给我办的东西，你就打完了也没什么要紧。不过你要扔掉我这人，你替我想想看，还要活着做什么？除了死，没有一条路好走！我死也不怪你，都是我娘不好。不过我替你想，你在上海当差使，家眷嚜也没带，公馆里就是一个二爷，笨手笨脚，样样都不周到；外头朋友就算你知己嚜，总有不明白的地方；就是我一个人晓得你脾气。你心里要有什么事，我也猜得到，总称你的心，就是说说笑笑，大家总蛮对劲。张蕙贞巴结嚜巴结死了，可能够像我？我是单做你一个，你就没娶我回去，就像是你的人，全靠你过日子。你心里除了我也没有第二个称心的人在那里。这时候你为一时之气甩掉了我，我是不过死了就是了，倒是替你不放心。你今年也四十多岁了，儿子女儿都没有；身体本底子单弱，再吃了两筒烟，有个人在这儿陪陪你，也好一生一世快快活活过日子。你倒硬了心肠拿自己称心的人冤枉死了，这以后你再要有什么不舒服，谁来替你当心？就是说句话，还有谁猜得到你的心？睁开眼睛要喊个亲人一时也没处去喊。到那时候你要想到了我沈小红，我就连忙去投了人身来服侍你也来不及的了！"说着，重复呜呜的哭起来。

莲生仍微笑道："这种话说它做什么？"小红觉得莲生比前不同，毫无意思，忍住哭，又说道："我跟你这样说，你还没回心转意，我再要说也没什么可说的了。就算我千不好万不好，四五年做下来，总有一点点好处。你想到我好处嚜，就望你照应点我爹娘；我嚜交代他们拿我放在善堂里（注三）。倘若有一天伸了冤，晓得我沈小红不是妍戏子，还是要你收我回去。你记着！"

小红没有说完，仍禁不住哭了。莲生只是微笑。小红更无法子打动莲生。比及睡下，不知在枕头边又有几许柔情软语，不复细叙。

明日起来，莲生过午欲行。小红拉住，问道："你走了可来呀？"莲生笑道："来。"小红道："你不要骗我哝。我话都说完了，随你便罢！"莲生佯笑而去。

不多时，来安送来局帐洋钱，小红收下，发回名片。接连三日不见王莲生来。小红差阿珠阿金大请过几次，终不见面。

到初八日，阿珠复去请了回来，慌慌张张，告诉小红道："王老爷娶了张蕙贞了！就是今天的日子娶了去！"小红还不甚信，再令阿金大去。阿金大回来，大声道："怎么不是呀！拜堂也拜过了！这时候在吃酒，好热闹！我就问了一声，没进去。"

小红这一气却也非同小可，跺脚恨道："你就娶了别人，倒没什么，为什么去娶张蕙贞！"当下欲往公馆当面问话，辗转一想，终不敢去。阿珠阿金大没兴散开。小红足足哭了一夜，眼泡肿得像胡桃一般。

这日初九，小红气得病了，不料敲过十二点钟，来安送张局票来叫小红，叫至公馆里，说是酒局。阿珠叫住来安要问话。来安推说没工夫，急急跑去。小红听说叫局，又不敢不去，硬撑着起身梳洗，吃些点心，才去出局。到了五马路王公馆，早有几肩出局轿子停在门首。阿珠挽小红踅至楼上，只见两席酒并排在外间，并有一班髦儿戏在亭子间内扮演，正做着《跳墙着棋》一出昆曲。小红见席间皆是熟识朋友，想必是朋友公局，为纳宠贺喜。

洪善卿见小红眼泡肿起，特地招呼，淡淡的似劝非劝，略说

两句，正兜起小红心事，迸出一滴眼泪，几乎哭出声来。善卿忙搭讪开去。合席不禁点头暗叹。惟华铁眉高亚白尹痴鸳三人不知情节，没有理会。

高亚白叫的系清和坊衰三宝。葛仲英知道亚白尚未定情，因问道："可要陪你多少长三书寓里都去跑一趟？"亚白摇手道："你说的更加不对。这是'可遇而不可求'的事。"华铁眉道："可惜亚白一生侠骨柔肠，未免辜负点！"

亚白想起，向罗子富道："贵相好那儿有个叫诸金花，朋友荐给我，一点也没什么好嚜。"子富道："诸金花本来不好，这时候到幺二上去了。"

说时，戏台上换了一出《翠屏山》。那做石秀的倒也慷慨激昂，声情并茂；做到酒店中，也能使一把单刀；虽非真实本领，毕竟有些功夫。沈小红看见这戏，心中感触，面色一红。高亚白喝声"好"，但不识其名姓。葛仲英认得，说是东合兴里大脚姚家的姚文君。尹痴鸳见亚白赏识，等她下场，即唤娘姨，说："高老爷叫姚文君的局。"娘姨忙揎姚文君坐在高亚白背后。亚白细看这姚文君眉宇间另有一种英锐之气，咄咄逼人。

那时出局到齐，王莲生忽往新房中商议一会出来，却请吴雪香黄翠凤周双珠姚文君沈小红五人，说到房里去见见新人。沈小红左右为难，不得不随众进见。张蕙贞笑嘻嘻起身相迎，请坐讲话。沈小红又羞又气，绝不开口。临行各有所赠：吴雪香黄翠凤周双珠姚文君四人，并是一只全绿的翡翠莲蓬；惟沈小红最重，是一对耳环，一只戒指。沈小红又不得不随众收谢。退出外间，出局已散去一半。高亚白复点一出姚文君的戏。这戏做完，出局尽散，因而收场撤席。

注一：新娘服装。

注二：连局帐都可以一笔勾消了，也是因为娈戏子要倒贴，公认为淫贱，而且由于伶人与相公堂子的关系，更予人不洁之感。所以前文写嫖客都杯葛沈小红，王莲生还不懂她为什么生意毫无。

注三：无力营葬，可以在善堂免费寄放棺木。

第三五回

落烟花疗贫无上策　煞风景善病有同情

按王公馆收场撤席，众客陆续辞别，惟洪善卿帮管杂务，傍晚始去，心里要往公阳里周双珠家；一路寻思，天下事那里料得定，谁知沈小红的现成位置反被个张蕙贞轻轻夺去；并揣莲生意思之间，和沈小红落落情形，不比从前亲热，大概是开交的了。

正自辘辘的转念头，忽闻有人叫声"舅舅"。善卿立定看时，果然是赵朴斋，身穿机白夏布长衫，丝鞋净袜，光景大佳。善卿不禁点头答应。朴斋不胜之喜，与善卿寒暄两句，旁立拱候。洪善卿从南昼锦里抄去。

赵朴斋等善卿去远，才往四马路华众会烟间寻见施瑞生。瑞生并无别语，将一卷洋钱付与朴斋道："你拿回去交给妈，不要给张秀英看见。"

朴斋应诺，赍归清和坊自己家里，只见妹子赵二宝和母亲赵洪氏对面坐在楼上亭子间内。赵洪氏似乎叹气。赵二宝满眼抹泪，满面怒色，不知是为甚么。二宝突然说道："我们住这儿也不是你的房子，也没用你的钱！为什么我要来巴结你？就是三十块洋钱，可是你的呀？你倒有脸跟我要！"

朴斋听说，方知为张秀英不睦之故，笑嘻嘻取出一卷洋钱交明母亲。赵洪氏转给二宝道："你拿去放好了。"二宝身子一摔，使气道："放什么呀！"

朴斋摸不着头脑，呆了一会。二宝始向朴斋道："你有洋钱开消，我们开消了还是到乡下去。不回去，那就索性爽爽气气贴了条子做生意！随便你拿个主意！住这儿做什么？"朴斋嗫嚅道："我哪有什么主意，妹妹说就是了。"二宝道："这时候推我一个人，过两天不要说我害了你！"朴斋陪笑道："那是没这个事的。"朴斋退下，自思更无别法，只好将计就计。

过了数日，二宝自去说定鼎丰里包房间，要了三百洋钱带挡回来，才与张秀英说知。秀英知不可留，听凭自便。选得十六日搬场，租了全副红木家具先往铺设，复赶办些应用物件。大姐阿巧随带过去，另添一个娘姨，名唤阿虎，连个相帮，各捐二百洋钱。朴斋自取红笺亲笔写了"赵二宝寓"四个大字，粘在门首。当晚施瑞生来吃开台酒，请的客即系陈小云庄荔甫一班，因此传入洪善卿耳中。善卿付之浩叹，全然不睬。

赵二宝一落堂子，生意兴隆，接二连三的碰和吃酒，做得十分兴头。赵朴斋也趾高气扬，安心乐业。二宝为施瑞生一力担承，另眼相待。不料张秀英因妒生忌，竟自坐轿亲往南市至施瑞生家里告诉干娘。那干娘不知就里，夹七夹八把瑞生数说一顿。瑞生生气，索性断绝两家往来，反去做个清倌人袁三宝。

张秀英没有瑞生帮助，门户如何支持，又见赵二宝洋洋得意，亦思步其后尘，于是搬在四马路西公和里，即系覃丽娟家，与丽娟对面房间，甚觉亲热。陶云甫见了张秀英，偶然一赞。覃丽娟便道："她新出来，你可有朋友，做做媒人。"云甫随口答应。秀英

落煙花廢貿
兵上策

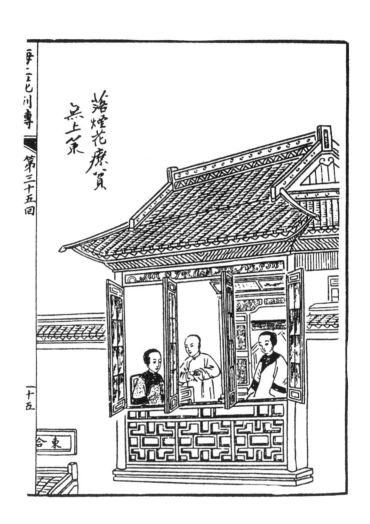

東合

自恃其貌，日常乘坐马车为招揽嫖客之计。

那时六月中旬，天气骤热，室中虽用拉风(注一)，尚自津津出汗。陶云甫也要去坐马车，可以乘凉，因令相帮去问兄弟陶玉甫可高兴去。相帮至东兴里李漱芳家，传话进去。

陶玉甫见李漱芳病体粗安，游赏园林，亦是保养一法，但不知其有此兴致否。漱芳道："你哥哥叫我们坐马车，叫了几回了，我们就去一趟。我这时候也蛮好在这里。"李浣芳听得，赶出来道："姐夫，我也要去的！"玉甫道："自然一块去。喊两部钢丝轿车罢。"漱芳道："你坐了轿车，又要给你哥哥笑；你坐皮篷好了。"遂向相帮回说："去的。"约在明园洋楼会聚，另差这里相帮桂福速雇钢丝的轿车皮篷车各一辆。

浣芳最是高兴，重新打扮起来。漱芳只略按一按头，整一整钗环簪珥，亲往后面房间告知亲生娘李秀姐。秀姐切嘱早些归家。

漱芳回到房里，大姐阿招和玉甫先已出外等候。漱芳徘徊顾影，对镜多时，方和浣芳携手同行。至东兴里口，浣芳定要同玉甫并坐皮篷车，漱芳带阿招坐了轿车。驶过泥城桥，两行树色葱茏，交柯接干，把太阳遮住一半，并有一阵阵清风扑入襟袖，暑气全消。

迤至明园，下车登楼，陶云甫罩丽娟早到。陶玉甫李漱芳就在对面别据一桌，沏两碗茶。李浣芳站在玉甫身旁，紧紧依靠，寸步不离。玉甫叫她"下头去玩一会。"浣芳徘徊不肯。漱芳乃道："去喏。趴在身上，不热吗？"浣芳不得已，讪讪的邀阿招相扶而去。

陶云甫见李漱芳黄瘦脸儿，病容如故，(注二)问道："可还是在不舒服？"漱芳道："这时候已经好多了。"云甫道："我看面色不好喏。你倒要保重点的哦。"陶玉甫接嘴道："近来的医生也难，吃下去方子，都不对嚓。"覃丽娟道："窦小山蛮好的呀。可请他看啊？"漱芳道："窦小山不要去说他了；多少丸药，教我哪吃得下！"云甫道："钱子刚说起，有个高亚白，行医嚓不行，医道极好。"

玉甫正待根究，只见李浣芳已偕阿招趱趄回来，笑问："可是要回去了？"玉甫道："刚刚来嚓。再玩一会嘛。"浣芳道："没什么玩的，我不来！"一面说，一面与玉甫厮缠，或爬在膝上，或滚在怀中，终不得一合意之处。玉甫低着头，脸偎脸，问是为何。浣芳附耳说道："我们回去罢。"漱芳见浣芳胡闹，嗔道："算什么呀！到这儿来！"

浣芳不敢违拗，慌的踅过漱芳这边。漱芳失声问道："你怎么脸这么红？可是吃了酒啊？"玉甫一看，果然浣芳两颊红得像胭脂一般，忙用手去按她额角，竟炙手的滚热，手心亦然，大惊道："你怎么不说的呀？在发寒热呀！"浣芳只是嬉笑。漱芳道："这么大的人，连自己发寒热都不晓得，还要坐马车！"玉甫将浣芳拦腰抱起，向避风处坐。漱芳令阿招去喊马车回去。

阿招去后，陶云甫笑向李漱芳道："你们俩都喜欢生病，真正是好姊妹！"覃丽娟数闻漱芳多疑，忙向云甫丢个眼色。漱芳无暇应对。

须臾，阿招还报："马车在那儿了。"玉甫漱芳各向云甫丽娟作别。阿招在前搀着李浣芳下楼。漱芳欲使浣芳换坐轿车。浣芳道："我要姐夫一块坐的哝。"漱芳道："那我就跟阿招坐皮篷好了。"

当下坐定开行。浣芳在车中，一头顶住玉甫胸胁间，玉甫用袖子遮盖头面，一些儿都没缝。行至四马路东兴里下车归家，漱芳连催浣芳去睡，浣芳恋恋的，要睡在姐姐房里，并说："就榻床上躺躺好了。"漱芳知她执拗，叫阿招取一条夹被给浣芳裹在身上。

一时，惊动李秀姐，特令大阿金问是甚病。漱芳回说："想必是马车上吹了点风。"李秀姐便不在意。漱芳挥出阿招，自偕玉甫守视。

浣芳横在榻床左首，听房里没些声息，扳开被角，探出头来，叫道："姐夫，来嗅！"玉甫至榻床前，伏下身去问她："要什么？"浣芳央及道："姐夫，坐这儿来好不好？我睡了嘿，姐夫坐在这儿看着我。"玉甫道："我就坐在这儿，你睡罢。"玉甫即坐在右首。

浣芳又睡一会，终不放心，睁开眼看了看，道："姐夫，不要走开嗅！我一个人吓死了的！"玉甫道："我不走呀，你睡好了。"浣芳复叫漱芳道："姐姐，要不要榻床上来坐？"漱芳道："姐夫在那儿嘿好了嘿。"浣芳道："姐夫坐不定的呀；姐姐坐在这儿，那才让姐夫没处去。"

漱芳亦即笑而依她，推开烟盘，紧挨浣芳腿膀坐下，重将夹被裹好。静坐些时，天色已晚，见浣芳一些不动，料其睡熟，漱芳始轻轻走开，向帘下招手叫"阿招"，悄说："保险灯点好了嘿，你拿了来。"阿招会意，当去取了保险灯来，安放灯盘，轻轻退下。

漱芳向玉甫低声说道："这个小孩子做倌人真可怜！客人看她好玩，都喜欢她，叫她的局，生意倒忙死了。这时候发寒热就为了前天晚上睡了再喊起来出局去，回来嘿天亮了，不是要着凉嘛。"玉甫也低声道："她在此地还算她福气；人家亲生女儿也不过这样了！"漱芳道："我倒也幸亏了她；不然，多少老客人教我去应酬，要我的命了！"

说时，阿招搬进晚饭，摆在中央圆桌上，另点一盏保险台灯。玉甫遂也轻轻走开，与漱芳对坐共食。阿招伺候添饭。

大家虽甚留心，未免有些响动，早把浣芳惊觉。漱芳丢下饭碗，忙去安慰。浣芳呆脸相视,定一定神,始问:"姐夫唲?"漱芳道:"姐夫嚜在吃晚饭;是不是陪了你了,教姐夫晚饭也不吃?"浣芳道:"吃晚饭嚜怎么不喊我哒?"漱芳道:"你在发寒热,不要吃了。"浣芳着急,挣起身来道:"我要吃的呀!"

漱芳乃叫阿招搀了,踅过圆桌前。玉甫问浣芳道:"可要我碗里吃口罢?"浣芳点点头。玉甫将饭碗候在浣芳嘴边,仅喂得一口。浣芳含了良久,慢慢下咽。玉甫再喂时,浣芳摇摇头不吃了。漱芳道:"可不是吃不下?说你嚜不相信,好像没的吃!"

不多时,玉甫漱芳吃毕,阿招搬出,舀面水来,顺便带述李秀姐之命,与浣芳道:"妈叫你睡罢,叫局嚜教楼上两个去代了。"浣芳转向玉甫道:"我要睡姐姐床上,姐夫可让我睡?"玉甫一口应承。漱芳不复阻挡,亲替浣芳揩一把面,催她去睡。阿招点着床台上长颈灯台,即去收拾床铺。漱芳本未用席,撤下里床几条棉被,仍铺榻床盖的夹被,更于那头安设一个小枕头才去。

浣芳上过净桶尚不即睡,望着玉甫,如有所思。玉甫猜着意思,笑道:"我来陪你。"随向大床前来亲替浣芳解钮脱衣。浣芳乘间在玉甫耳朵边唧唧求告。玉甫笑而不语。漱芳问:"说什么?"玉甫道:"她说教你一块床上来。"漱芳道:"还要出花头!快点睡!"

浣芳上床,钻进被里,响亮的说道:"姐夫,讲点话给姐姐听听唲。"玉甫道:"讲什么?"浣芳道:"随便什么讲讲好了呀。"玉甫未及答话,漱芳笑道:"你不过要我床上来,哪来这些花头!可不叫人生气!"说着,真的与玉甫并坐床沿。浣芳把被蒙头,亦自格格失笑,连玉甫都笑了。

浣芳因姐姐姐夫同在相陪,心中大快,不觉早入黑甜乡中。玉甫清闲无事,敲过十一点钟,就与漱芳并头睡下。漱芳反覆床中,久不入睡。玉甫知其为浣芳，婉言劝道："她小孩子，发个把寒热，没什么要紧。你也刚好了没两天，当心点噢。"漱芳道："不是呀；我这心不晓得怎么长着的，随便什么事，想起了个头，一直想下去，就睡不着，自己要丢开点也不成功。"玉甫道："这不就是你的病根嚜。这可不要去想了。"漱芳道："这时候我就想到了我的病。我生了病，倒是她第一个先发急。有时候你不在这儿，就是她嚜陪陪我。别人看见了也讨厌；她陪着我，还要想出点花头要我快活。这时候她的病，我也晓得不要紧，让她去好了，心上总好像不行。"

玉甫再要劝时，忽闻那头浣芳翻了个身，转面向外。漱芳坐起身，叫声"浣芳"，不见答应；再去按她额角，寒热未退；夹被已掀下半身，再盖上些，漱芳才转身自睡。玉甫续劝道："你心里同她好，不要去瞎费心。你就想了一夜，她的病还是没好；倘若你倒为了睡不着生起病来，不是更加不好？"漱芳长叹道："她也可怜，生了病就是我一个人替她当心点！"玉甫道："那当心点好了，想个这些干什么！"

这头说话，不想浣芳一觉初醒，依稀听见，柔声缓气的叫："姐姐。"漱芳忙问："可要吃茶？"浣芳说："不要吃。"漱芳道："那么睡噢。"浣芳应了；半晌，复叫"姐姐"，说道："我怕！"玉甫接嘴道："我们都在这儿，怕什么呀？"浣芳道："有个人在后头门外头！"玉甫道："后头门关好在那儿，你做梦呀。"又半晌，浣芳转叫"姐夫"，说道："我要翻过来一块睡！"漱芳接嘴道："不要！姐夫许了你睡在这儿，你倒闹个没完！"

浣芳如何敢强，默然无语。又半晌，似觉浣芳微微有呻吟之声。玉甫乃道："我翻过去陪她罢。"漱芳也应了。

玉甫更取一个小枕头，换过那头去睡。浣芳大喜，缩手敛足钻紧在玉甫怀里。玉甫不甚怕热，仅将夹被撩开一角。浣芳睡定却仰面问玉甫道："姐夫，刚才跟姐姐说什么？"玉甫含糊答了一句。浣芳道："可是说我啊？"玉甫道："不要作声了。姐姐为了你睡不着，你还要闹！"浣芳始不作声。一夜无话。

次日，漱芳睡足先醒，但自觉懒懒的，仍躺在大床上。等到十一点钟，玉甫浣芳同时醒来，漱芳急问浣芳寒热。玉甫代答道："好了；天亮时候就凉了。"浣芳亦自觉松快爽朗，和玉甫穿衣下床，洗脸梳头吃点心，依然一个活泼泼地小孩子。独是漱芳筋弛力懈，气索神疲。别人见惯，浑若寻常；惟玉甫深知漱芳之病，发一次重一次，脸上不露惊慌，心中早在焦急。

比及晌午开饭，浣芳关切，叫道："姐姐，起来喂。"漱芳懒于开口，听凭浣芳连叫十来声，置若罔闻。浣芳高声道："姐夫，来喂！姐姐怎么不作声了呀！"漱芳厌烦，挣出一句道："我要睡，不要作声。"玉甫忙拉开浣芳，叮咛道："你不要去闹；姐姐不舒服。"浣芳道："为什么不舒服了呀？"玉甫道："就为了你嚜。你的病过给了姐姐，你倒好了。"浣芳发急道："那教姐姐再过给我好了呀！我生了病，一点都不要紧。姐夫陪着我，跟姐姐讲点话，倒蛮开心的呀！"玉甫不禁好笑，却道："我们吃饭去罢。"浣芳无心吃饭，仅陪玉甫应一应卯。

饭后，李秀姐闻讯出来，亲临抚慰，忧形于色。玉甫说起"昨日传闻有个先生，我想去请了来看。"漱芳听得，摇手道："你哥哥说我喜欢生病，还要问他请先生！"玉甫道："我就去问钱子刚好了。"漱芳方没甚话。李秀姐乃撺掇玉甫去问钱子刚请那先生。

注一：室内挂一大块布，由佣仆捧曳生风。

注二：补出适才"徘徊顾影，对镜多时"的缘故。是焦虑，不是顾影自怜。

第三六回

绝世奇情打成嘉耦　回天神力仰仗良医

按陶玉甫从东兴里坐轿往后马路钱公馆投帖谒见。钱子刚请进书房，送茶登炕。寒暄两句，玉甫重复拱手，奉恳代邀高亚白为李漱芳治病。子刚应了，却道："亚白这人有点脾气，说不定来不来。刚好今天晚上亚白教我东合兴吃酒，我去跟他当面说了，就差人送信过来，好不好？"陶玉甫再三感谢，郑重而别。

钱子刚待至晚间，接得催请条子，方坐包车往东合兴里大脚姚家。姚文君房间铺在楼上，即系向时张蕙贞所居。钱子刚进去，只有葛仲英和主人高亚白两人厮见让坐。

钱子刚趁此时客尚未齐，将陶玉甫所托一节代为布达。高亚白果然不肯去。钱子刚因说起陶李交好情形，委曲详尽。葛仲英亦为之感叹。适值姚文君在旁听了，跳起来问道："可是说的东兴里李漱芳？她跟陶二少爷真正要好得呵——！我碰见好几回，总是一块来一块去。为什么要生病？这时候有没好啦？"钱子刚道："这时候为了没好，要请你的高老爷看。"姚文君转向高亚白道："那你一定要去看好了她的。上海把势里，客人骗倌人，倌人骗客人，大家不要面孔。刚刚有两个要好了点，偏偏不争气，生病了。你去看好了她，让他们不要面孔的客人倌人看看榜样！"

葛仲英不禁好笑。钱子刚笑问高亚白如何。亚白虽已心许，故意摇头。急得姚文君跑过去，揣住高亚白手腕，问道："为什么不肯去看？可是应该死的？"亚白笑道："不看嚜不看了哦，为什么呀？"文君瞋目大声道："不成功！你要说得出道理就不看好了！"葛仲英带笑排解道："文君还要去上他当！像李漱芳的人，他晓得了，蛮高兴看的。"姚文君放手，还看定高亚白，咕哝道："你可敢不去看！拉也拉了你去！"亚白鼓掌狂笑道："我这人倒给你管住了！"文君道："你自己不讲道理嚜！"

钱子刚乃请高亚白约个时日。亚白说是"明天早上。"子刚令自己车夫传话于李漱芳家。

转瞬间车夫返命，呈上陶玉甫两张名片，请高钱二位，上书"翌午杯茗候光"，下注"席设东兴里李漱芳家"。高亚白道："那这时候我们先去请他。"忙写了请客票，令相帮送去。陶玉甫自然就来。可巧和先请的客——华铁眉尹痴鸳——同时并至。高亚白即喊起手巾，大家入席就座。

这高亚白做了主人，殷勤劝酬，无不尽量。席间除陶玉甫涓滴不饮之外，惟华铁眉争锋对垒，旗鼓相当。尹痴鸳自负猜拳，丝毫不让。至如葛仲英钱子刚，不过胡乱应酬而已。

当下出局一到，高亚白唤取鸡缸杯，先要敬通关。首座陶玉甫告罪免战。亚白说："代代好了。"玉甫勉强应命，所输为李浣芳取去令大阿金代了。临到尹痴鸳划拳，痴鸳计议道："你一家子代酒的人多得要命在这儿，我就是林翠芬一个人，太吃亏了嚜！"亚白道："那么大家不代！"痴鸳说好。亚白竟连输三拳，连饮三杯。其余三关，或代或否，各随其人。

亚白将鸡缸杯移过华铁眉面前。铁眉道："你通关不好算什么，还要摆个庄才好。"亚白说："等会摆。"铁眉遂自摆二十杯的庄。尹痴鸳只要播弄高亚白一个，见孙素兰为华铁眉代酒，并无一言。

不多时，二十杯打完。华铁眉问："谁摆庄？"大家嘿嘿相视，不去接受。高亚白推尹痴鸳。痴鸳道："你先摆，我来打。"亚白照样也是二十杯。痴鸳攘臂特起，锐不可当。亚白划一拳，输一拳。姚文君要代酒，痴鸳不准。五拳以后，亚白益自戒严，乘虚捣隙，方才赢了三拳。痴鸳自饮两杯，一杯系林翠芬代的。亚白只是冷笑。痴鸳佯为不知。姚文君气得别转头去。

痴鸳饮毕，笑道："换人打罢。"痴鸳并座是钱子刚，只顾和黄翠凤唧唧说话，正在商量秘密事务，没有工夫打庄，让葛仲英出手。仲英觉得这鸡缸杯大似常式，每输了拳必欲给吴雪香分饮半杯。尹痴鸳也不理会。但等高亚白输时，痴鸳忙代筛一杯酒送与亚白，道："你是好酒量，自己去吃。"

亚白接来要饮。姚文君突然抢出，一手按住，道："慢点！他们代，为什么我们不代？拿来！"亚白道："我自己吃。我这时候正要吃酒呢。"文君道："你要吃酒嚜，等会散了，你一个人去吃一坛子好了；这时候一定要代的！"说着，一手把亚白袖子一拉。亚白不及放手，乒乓一声将一只仿白定窑的鸡缸杯砸得粉碎，泼了亚白一身的酒。席间齐吃一吓。连钱子刚黄翠凤的说话都吓住了。侍席娘姨拾去磁片，绞把手巾替高亚白揩拭纱衫。尹痴鸳吓得连声劝道："代了罢！代了罢！等会两个人再要打起来，我是吓不起的！"说着，忙又代筛一杯酒，径送与姚文君。文君一口呷干。痴鸳喝一声采。

钱子刚不解痴鸳之言，诧异动问。痴鸳道："你怎么不晓得他

絕世奇情打成嘉耦

的相好是打成功的呀？起先倒不过这样，打一回好一回，这时候是打不开的了！（注一）"子刚道："为什么要打嗻？"痴鸳道："怎晓得他们。一句话不对就打；打的时候大家不让，打过了又要好了。这种小孩子可叫人生气！"文君鼻子里嗤的一笑，斜视痴鸳，道："我们嗻是小孩子，你大多少？"痴鸳顺口答道："我大嗻不大，也可以用得了！你可要试试看？"文君说声"噢唷"，道："养了你把你带大了点，连讨便宜也会了！谁教了你的乖呀？"

说笑之间，高亚白的庄被钱子刚打败，姚文君更代两杯。钱子刚一气连赢，势如破竹，但打剩三杯，请华铁眉后殿。

这庄既完，出局哄散，尹痴鸳要减半，仅摆十杯。葛仲英钱子刚又合伙也摆十杯。高亚白见陶玉甫在席，可止则止，不甚畅饮，为此撤酒用饭。陶玉甫临去，重申翌午之约。高亚白亲自应承，送至楼梯边而别。

陶玉甫仍归东兴里李漱芳家，停轿于客堂中，悄步进房，只见房内暗昏昏地只点着梳妆台上一盏长颈灯台，大床前茜纱帐子重重下垂，李秀姐和阿招在房相伴。玉甫低声问秀姐如何。秀姐不答，但用手往后指指。

玉甫随取洋烛手照（注二），向灯点了，揭帐看视，觉得李漱芳气喘丝丝，似睡非睡，不像从前病时光景。玉甫举起手照，照照面色。漱芳睁开眼来，看定玉甫，一言不发。玉甫按额角，摸手心，稍微有些发烧，问道："可好点？"漱芳半晌才答"不好"二字。玉甫道："你自己觉得哪里不舒服？"漱芳又半晌答道："你不要急嗻！我没什么。"

玉甫退出帐外，吹灭洋烛，问秀姐："晚饭有没吃？"秀姐道："我说了半天，叫她吃点稀饭，刚刚呷了一口汤，稀饭是一粒也没吃下去。"

玉甫见说，和秀姐对立相视，嘿然良久，忽听得床上漱芳叫声"妈"，道："你去吃烟好了。"秀姐应道："晓得了。你睡罢。"

适值李浣芳转局回家，忙着要看姐姐；见李秀姐陶玉甫皆在，误猜姐姐病重，大惊失色。玉甫摇手示意，轻轻说道："姐姐睡着了在那儿。"浣芳方放下心，自去对过房间换掉出局衣裳。漱芳又在床上叫声"妈"道："你去哎。"秀姐应道："噢，我去了。"却回头问玉甫："可到后头去坐会？"

玉甫想在房亦无甚事，遂嘱阿招"当心"，跟秀姐从后房门踅过后面秀姐房中。坐定，秀姐道："二少爷，我要问你：起先她生了病，自己发急，说说话就哭；这时候我去看她，一句都没说什么；问问她，闭拢了一只嘴，好像要哭，眼泪倒也没有；这是为什么？"玉甫点头道："我也在说，比起先两样了点。明天问声先生看。"秀姐又道："二少爷，我想到一桩事，还是她小时候，城隍庙里去烧香，给叫化子围住了，吓了一吓；这就去替她打三天醮，求求城隍老爷，好不好？"玉甫道："那也行。"

说话时，李浣芳也跑来寻玉甫。玉甫问："房里可有人？"浣芳说："阿招在那儿。"秀姐向浣芳道："那你也去陪陪哎。"

玉甫见浣芳踟蹰，便起身辞了秀姐，挈着浣芳，同至前边李漱芳房间，蹑手蹑脚，向大床前皮椅上偎抱而坐。阿招得闲，暂溜出外，一时寂静无声。

浣芳在玉甫怀里，定睛呆脸，口咬指头，不知转的甚么念头。玉甫不去提破，怔怔看她，只觉浣芳眼圈儿渐渐作红色，眶中莹莹的如水晶一般。玉甫急拍肩膀，笑而问道："你想到了个什么冤枉啊？"浣芳亦自失笑。

阿招在外，听不清楚，只道玉甫叫唤，应声而至。玉甫回她"没什么。"阿招转身欲行。漱芳并未曾睡着，叫声"阿招"，道："你完了事睡罢。"阿招答应，转问玉甫："可要吃稀饭？"玉甫说："不要。"阿招因去冲茶。漱芳叫声"浣芳"道："你也去睡了呀！"浣芳那里肯去。玉甫以权词遣之道："昨天晚上给你闹了一夜，姐姐就生了病；你再要睡在这儿，妈要说了。"适值阿招送进茶壶，并喊浣芳，也道："妈叫你去睡。"浣芳没法，方跟阿招出房。

玉甫本待不睡，但恐漱芳不安，只得掩上房门，躺在外床，装做睡着的模样；惟一闻漱芳辗转反侧，便周旋伺应，无不臻至。漱芳于天亮时候，鼻息微鼾，玉甫始得睡了一觉，却为房外外场往来走动，即复惊醒。漱芳劝玉甫："多睡会。"玉甫只推说："睡醒了。"

玉甫看漱芳似乎略有起色，不比昨日一切厌烦，趁清晨没人在房，亲切问道："你到底还有什么不称心？可好说说看？"漱芳冷笑，道："我嚜哪会称心！你也不用问了嚜！"玉甫道："要是没什么别的嚜，等你病好了点，城里去租好房子，你同妈搬了去，堂子里托了帐房先生，你兄弟一块管管，你说好不好？"

漱芳听了，大拂其意，"咳"的一声，懊恼益甚。(注三)玉甫着慌陪笑，自认说错。漱芳倒又嗔道："谁说你错啦？"玉甫无可搭讪，转身去开房门喊娘姨大阿金。不想浣芳起得绝早，从后跑出，叫声"姐夫"，问知姐姐好点，亦自欢喜。迨阿招起来，与大阿金收拾粗毕，玉甫遂发两张名片令外场催请高钱二位。

侯至日色近午，钱子刚领高亚白踵门赴召。玉甫迎入对过李浣芳房间，厮见礼毕，安坐奉茶。高亚白先开言道："兄弟初到上海，

41

并不是行医；因子刚兄传说尊命，辱承不弃，不敢固辞。可好先去诊一诊脉，以后再闲谈，如何？"

陶玉甫唯唯遵依。阿招忙去预备停当，关照玉甫。玉甫嘱李浣芳陪钱子刚少坐，自陪高亚白同过这边李漱芳房间。漱芳微微叫声"高老爷"，伸出手来，下面垫一个外国式小枕头（注四）。亚白斜签坐于床沿，用心调气，细细的诊；左右手皆诊毕，叫把窗帘揭起，看过舌苔，仍陪往对过房间。李浣芳亲取笔砚诗笺排列桌上。阿招磨起墨来。钱子刚让开一边。

陶玉甫请高亚白坐下，诉说道："漱芳这病还是去年九月里起的头，受了点风寒，发几个寒热，倒也不要紧；到今年开春不对了，一直坏坏好好，就像常在生病。病也不像是寒热；先是胃口薄极，饮食渐渐减下来，有两天一点不吃，身上皮肉也瘦到个没谱子。在夏天五六月里，好像稍微好点，那么皮肤还是有点发热，就不过没睡倒。她自己为了好点嘞，太不当桩事了，前天坐马车到明园去了一趟，昨天就睡倒，精神气力一点都没有。有时心里烦躁，嘴里就要气喘；有时昏昏沉沉，问她一声不响。一天就吃半碗光景稀饭，吃下去也都变了痰。夜里睡不着，睡着了嘤出冷汗。她自己觉得不对，还要哭。不晓得可有什么方法？"

高亚白乃道："此乃痨瘵之症。去年九月里起病时候就用了'补中益气汤'，一点没什么要紧。算是发寒热嘞，也误事点。这时候这病也不是为了坐马车，本底子要复发了。其原由于先天不足，气血两亏，脾胃生来娇弱之故。但是脾胃弱点还不至于成功痨瘵，大约其为人必然绝顶聪明，加之以用心过度，所以忧思烦恼，日积月累，脾胃于是大伤。脾胃伤则形容羸瘦，四肢无力，咳嗽痰饮，吞酸嗳气，饮食少进，寒热往来。此之谓痨瘵。这以后是岂只脾

回天神力
仰仗良医

胃，心肾所伤实多。厌烦盗汗，略见一斑。过两天还有腰膝冷痛，心常怔忡，乱梦颠倒，多少毛病，都要到了！"玉甫插口道："怎么不是呀，这时候就有这么个毛病：睡觉时常要大惊大喊，醒过来说是做梦；至于腰膝，疼了好久了。"

亚白提笔蘸墨，想了一想，道："胃口既然浅薄，恐怕吃药也难喽。"玉甫攒眉道："是呀！她还有讳病忌医的脾气最不好。请先生开好方子，吃了三四帖，好点嗄停了。有个丸药方子，索性没吃。"

当下高亚白兔起鹘落的开了个方子，前叙脉案，后列药味，或拌或炒，一一注明，然后授与陶玉甫。钱子刚也过来倚桌同观。李浣芳只道有甚顽意儿，扳开玉甫臂膊要看，见是满纸草字，方罢了。

玉甫约略过目，拱手道谢重问道："还要请教：她病了嗄，喜欢哭，喜欢说话，这时候不哭不说了，可是病势中变？"亚白道："非也。从前是焦躁，这时候是昏倦，都是心经毛病。倘能得无思无虑，调摄得宜，比吃药还要灵。"

子刚亦问道："这个病可会好啊？"亚白道："没有什么不会好的病。不过病了好久，好嗄也慢点。眼前个把月总不要紧；大约过了秋分，那就有点把握，可以望痊愈了。"

陶玉甫闻言，怔了一会，便请高亚白钱子刚宽坐，亲把方子送到李秀姐房间。秀姐初醒，坐于床中。玉甫念出脉案药味，并述适间问答之词。秀姐也怔了，道："二少爷，这可怎么样嗄？"玉甫说不出话，站在当地发呆。直至外面摆好台面，只等起手巾，大阿金一片声请二少爷，玉甫才丢下方子而出。

注一：指两只狗交合，打狗拆散它们。

注二：有一耳可握的轻便西式烛台。

注三：想必因为这样就成了他的外室，而且反而失去与他一同赴宴，同去同回的权利——现在就连病着，她的娘姨大姐还是跟着他寸步不离，比较放心。

注四：有荷叶边的。

第三七回

惨受刑高足枉投师　　强借债阔毛（注一）私狎妓

按陶玉甫出至李浣芳房间，当请高亚白钱子刚入席。宾主三人，对酌清谈，既无别客，又不叫局。李浣芳和准琵琶要唱。高亚白说："不必了。"钱子刚道："亚白哥喜欢听大曲，唱支大曲罢。我替你吹笛。"阿招呈上笛子。钱子刚吹，李浣芳唱。唱的是《小宴》中"天淡云闲"两段。高亚白偶然兴发，接着也唱了《赏荷》中"坐对南薰"两段。钱子刚问陶玉甫："可高兴唱？"玉甫道："我喉咙不好；我来吹，你唱罢。"子刚授过笛子，唱《南浦》这出，竟将"无限别离情，两月夫妻，一旦孤另"一套唱完。高亚白喝声采。李浣芳乖觉，满斟一大觥酒奉劝亚白。亚白因陶玉甫没甚心绪，这觥饮干，就拟吃饭。玉甫满怀抱歉，复连劝三大觥始罢。

一会儿席终客散，陶玉甫送出客堂，匆匆回内。高亚白仍与钱子刚并肩联袂，同出了东兴里。亚白在路问子刚道："我倒不懂，李漱芳她的亲生娘兄弟妹子再加上陶玉甫，都蛮要好，没一样不称心，为什么生到这么个病？"子刚未言先叹道："李漱芳这人嚡不应该吃把势饭。亲生娘不好，开了个堂子。她没法子做的生意，就做了玉甫一个人，要嫁给玉甫。倘若玉甫讨去做小老婆，漱芳倒没什么不肯，碰着个玉甫一定要算大老婆，这下子玉甫的叔伯哥嫂，姨夫舅舅，多少亲眷都不许，说是讨倌人做大老婆，场面上下不来。漱芳晓得了，为了她自己本底子不情愿做倌人，这时候做嘎就像没做，倒都说她是个倌人，她自己也可好说'我不是倌人'？这样一气嘎，就气出这病。"亚白亦为之唏嘘。

两人一面说，一面走。恰到了尚仁里口，高亚白别有所事，拱手分路。钱子刚独行进衖，相近黄翠凤家，只见前面一个倌人，手扶娘姨，步履蹒跚，循墙而走。子刚初不理会，及至门首，方看清是诸金花。金花叫声"钱老爷"，即往后面黄二姐小房间里去。

子刚趱上楼来，黄珠凤黄金凤争相迎接，各叫"姐夫"，簇拥进房，黄翠凤问："诸金花唦？"子刚说："在下头。"金凤恐子刚有甚秘密事务，假作要看诸金花，挈了珠凤走避下楼。

翠凤和子刚坐谈片刻，壁上挂钟正敲三下。子刚知道罗子富每日必到，即欲兴辞。翠凤道："那也再坐会好了。忙什么呀？"子刚跨踌间，适值珠凤金凤跟着诸金花来见翠凤。子刚便不再坐，告别径去。

诸金花一见翠凤，噙着一泡眼泪，颤巍巍的叫声"姐姐"，说道："我前几天就要来看姐姐，一直走不动，今天是一定要来了。姐姐可好救救我？"说着，呜咽要哭。翠凤摸不着头脑，问道："什么呀？"

金花自己撩起裤管给翠凤看。两只腿膀，一条青，一条紫，尽是皮鞭痕迹，并有一点一点鲜红血印，参差错落，似满天星斗一般。此系用烟签烧红戳伤的。翠凤不禁惨然道："我交代你，做生意嘎巴结点，你不听我话，打得这样子！"金花道："不是呀！我这妈不比此地的妈，做生意不巴结自然要打，巴结了还要打哩！

怕受州高亞柱投師

这时候就为了一个客人来了三四趟，妈说我巴结了他了，这就打呀！"

翠凤勃然怒道："你只嘴可会说哒？"金花道："说的呀！就是姐姐教给我的话。我说要我做生意嘿不打，打了生意不做了！我妈为了这句话，索性关了房门，喊郭孝婆帮着，揿牢了榻床上，一直打到天亮，还要问我可敢不做生意！"翠凤道："问你嘿，你就说一定不做，让她们打好了嘿！"金花攒眉道："那可是姐姐哟，疼得没办法了呀！再要说不做啊，说不出来了呀！"翠凤冷笑道："你怕疼嘿，应该做官人家去做太太小姐的呀，可好做倌人？"

金凤珠凤在旁，嗤的失笑。金花羞得垂头嘿然坐着。翠凤又问道："鸦片烟可有呢？"金花道："鸦片烟有一缸在那儿，碰着了一点点就苦死了的，哪吃得下啊？还听见过吃了生鸦片烟要迸断了肠子死的，多难受！"翠凤伸两指着实指定金花，咬牙道："你这铲头东西！"一句未终，却顿住嘴不说了。

谁知这里说话，黄二姐与赵家妈正在外间客堂中并排摆两张方桌把浆洗的被单铺开缝纫；听了翠凤之言，黄二姐耐不住，特到房里，笑向翠凤道："你要拿自己本事教给她嘿，这辈子不成功的了！你去想，上月初十边上进去，就是诸十全的客人，姓陈的，吃了一台酒，撑撑她的场面。到这时候一个多月，说有一个客人装一档干湿，打三趟茶围；哪晓得这客人倒是她老相好，在洋货店里柜台上做生意，吃了晚饭来嘿，总要到十二点钟走。本家这就说了话了，诸三姐赶了去打她呀。"翠凤道："酒没有嘿，局出了几个呀？"黄二姐摊开两掌，笑道："统共一档干湿，哪来的局呀！"

翠凤欻地直跳起身问金花道："一个多月做了一块洋钱生意，

可是教你妈去吃屎？"金花那里敢回话。翠凤连问几声，推起金花头来道："你说噢！可是教你妈去吃屎？你倒还要找乐子，做恩客！"黄二姐劝开翠凤道："你去说她做什么？"翠凤气得瞪目哆口嚷道："诸三姐这不中用的人！有力气打她嚜打死了好了嚜！摆在那儿还要赔钱！"黄二姐跺脚道："好了呀！"说着，捺翠凤坐下。

翠凤随手把桌子一拍道："赶她出去！看见了叫人生气！"这一拍太重了些，将一只金镶玳瑁钏臂断作三段。黄二姐"咳"了一声，道："这可哪来的晦气！"连忙丢个眼色与金凤。金凤遂挈着金花要让进对过房间。金花自觉没脸，就要回去。黄二姐亦不更留。倒是金凤多情，依依相送。送至庭前，可巧遇着罗子富在门口下轿。金花不欲见面，掩过一边，等子富进去，才和金凤作别，手扶娘姨，缓缓出尚仁里，从宝善街一直向东，归至东棋盘街绘春堂隔壁得仙堂。

诸金花遭逢不幸，计较全无，但望诸三姐不来查问，苟且偷安而已。不料次日饭后，金花正在客堂中同几个相帮笑骂为乐，突然郭孝婆摸索到门招手唤金花。金花猛吃一吓，慌的过去。郭孝婆道："有两个蛮好的客人，我替你做个媒人，这可巴结点可晓得？"金花道："客人在哪呀？"郭孝婆道："哪，来了。"

金花抬头看时，一个是清瘦后生，一个有须的，瘸着一条腿，各穿一件雪青官纱长衫。金花迎进房间，请问尊姓。后生姓张，有须的说是姓周。金花皆不认识。郭孝婆也只认识张小村一个。外场送进干湿。金花照例敬过，即向榻床烧鸦片烟。郭孝婆挨到张小村身旁，悄说道："她嚜是我外甥女儿，你可好照应照应？随便你开消好了。"小村点点头。郭孝婆道："可要喊个台面下去？"小村正色禁止。郭孝婆俄延一会，复道："那么问声你朋友看，好不好？"小村反问郭孝婆道："这个朋友你可认得？"郭孝婆摇摇头。小村道："周少和呀。"

郭孝婆听了，做嘴做脸，溜出外去。金花装好一口烟，奉与周少和。少和没有瘾，先让张小村。

小村见这诸金花面貌唱口应酬并无一端可取，但将鸦片烟畅吸一顿，仍与少和一同踅出得仙堂，散步逍遥，无拘无束，立在四马路口看看往来马车，随意往华众会楼上泡一碗茶以为消遣之计。

两人方才坐定，忽见赵朴斋独自一个接踵而来，也穿一件雪青官纱长衫，嘴边衔着牙嘴香烟，鼻端架着墨晶眼镜，红光满面，气象不同，直上楼头，东张西望。小村有心依附，举手招呼。朴斋竟不理会，从后面烟间内团团兜转，踅过前面茶桌边，始见张小村，即问："可看见施瑞生？"小村起身道："瑞生没来。你找他？就在这儿等一会了呀。"

朴斋本待绝交，意欲于周少和面前夸耀体面，因而趁势入座。小村喊堂倌再泡一碗。少和亲去点根纸吹，授过水烟筒来。朴斋见少和一步一拐，问是为什么。少和道："楼上跌下来，跌坏的。"小村指朴斋向少和道："我们一伙人就挨着他运气最好，我同你两个人都是倒霉人：你跌坏了脚，我蹩脚了！"

朴斋问吴松桥如何。小村道："松桥也不好，巡捕房里关了几天，刚刚放出来。他的亲生爹要跟他借钱，闹了一场，幸亏外国人不晓得；不然生意也歇了！"少和道："李鹤汀回去了可出来？"小村道："郭孝婆跟我说，要快出来了。为了他叔叔生了杨梅疮，到上海来看，他一块来。"朴斋道："你在哪看见这郭孝婆？"小村道："郭孝婆找到我栈房里，说是她外甥女儿在幺二上，请我去看，就刚才同少和去装了档干湿。"少和讶然道："刚才那就是郭孝婆！我倒不认得！失敬得极了！前年我经手一桩官司就办这郭孝婆拐逃嚜！"小村恍然道："怪不得她看见你有点怕。"少和道："怎么不怕呀！这时候再要收她长监，一张禀单好了！"

朴斋偶然别有会心，侧首寻思，不复插嘴。少和小村也就无言。三人连饮五六开茶，日云暮矣，赵朴斋料这施瑞生游踪无定，无处堪寻，遂向周少和张小村说声"再会"，离了华众会，径归三马路鼎丰里家中，回报妹子赵二宝，说是施瑞生找不着。二宝道："明天你早点到他家里去请。"朴斋道："他不来嚜，请他做什么？我们好客人多得要命在这儿。"二宝沉下脸道："叫你请个客人你就不肯去，就会吃饱了饭出去逛，还有什么用场！"朴斋惶急改口道："我去！我去！我不过说说罢了。"二宝才回嗔敛怒。

其时赵二宝时髦已甚，每晚碰和吃酒，不止一台，席间撤下的小碗送在赵洪氏房里任凭赵朴斋雄啖大嚼，酣畅淋漓，吃到醉醺醺时，便倒下绳床，冥然罔觉，固自以为极乐世界矣。

这日，赵朴斋奉妹子之命亲往南市请施瑞生，瑞生并不在家，留张名片而已。朴斋暗想此刻径去覆命，必要说我不会干事，不若且去王阿二家，重联旧好，岂不妙哉？比及到了新街口，却因前番曾遭横逆，打破头颅，故此格外谨慎，先至隔壁访郭孝婆做个牵头，预为退步。郭孝婆欢颜晋接，像天上掉下来一般，安置朴斋于后半间稍待，自去唤过王阿二来。

王阿二见是朴斋，眉花眼笑，扭捏而前，亲亲热热的叫声"哥哥"，道："房里去嘅。"朴斋道："就此地罢。"一面脱下青纱衫，挂在支帐竹竿上。王阿二遂央郭孝婆关照老娘姨，一面推朴斋坐于床沿，自己趴在朴斋身上，勾住脖项说道："我嚏一直记挂死了你，你倒发了财了把我忘了！我不干！"朴斋就势两手合抱问道："张先生可来？"王阿二道："你还要说张先生！蹩脚了呀！我们这儿还欠十几块洋钱，不着杠！"

朴斋因历述昨日小村之言。王阿二跳起来道："他有钱倒去么二上攀相好！我明天去问他一声看！"朴斋按住道："你去嚏，不要说起我喲！"王阿二道："你放心，不关你事。"

说着，老娘姨送过烟茶二事，仍回隔壁看守空房。郭孝婆在外间听两人没些声息，知已入港，因恐他人再来打搅，亲去门前把风。哨探好一会，忽然听得后半间地板上历历碌碌，一阵脚声，不知何事，进内看时，只见赵朴斋手取长衫要穿，王阿二夺下不许，以致扭结做一处。郭孝婆道："忙什么呀？"王阿二盛气诉道："我跟他商量：'可好借十块洋钱给我，烟钱上算好了。'他回报了我没有，倒站起来就走！"朴斋求告道："我这时候没有嚏，过两天有了嚏拿来，好不好？"王阿二不依，道："你要过两天嚏，长衫放在这儿，拿了十块洋钱来拿！"朴斋跺脚道："你要我命了！教我回去说什么呀？"

郭孝婆做好做歹，自愿作保，要问朴斋定个日子。朴斋说是月底。郭孝婆道："就是月底也没什么；不过到了月底，一定要拿来的喲。"王阿二给还长衫，亦着实嘱道："月底你不拿来嚏，我自己到你鼎丰里来请你去吃碗茶！（注二）"

朴斋连声唯唯，脱身而逃，一路寻思，自悔自恨，却又无可如何；归至鼎丰里口，远远望见家门首停着两乘官轿，拴着一匹白马；趋进客堂，又有一个管家踞坐高椅，四名轿班列坐两旁。

强借债淌无私押妆

朴斋上楼，正待回话，却值赵二宝陪客闲谈，不敢惊动，只在帘子缝里暗地张觑，两位客人，惟认识一位是葛仲英，那一位不认识的，身材俊雅，举止轩昂，觉得眼中不曾见过这等人物；仍即悄然下楼，趱出客堂，请那管家往后面帐房里坐。探问起来，方知他主人是天下闻名极富极贵的史三公子；祖籍金陵，出身翰苑；行年弱冠，别号天然；今为养疴起见，暂作沪上之游，赁居大桥一所高大洋房，十分凉爽，日与二三知己杯酒谈心；但半月以来尚未得一可意人儿承欢侍宴，未免辜负花晨月夕耳。

朴斋听说，极口奉承，不遗余力，并问知这管家姓王，唤做小王，系三公子贴身服侍掌管银钱的。朴斋意欲得其欢心，茶烟点心，络绎不绝。小王果然大喜。

将近上灯时候，娘姨阿虎传说，令相帮叫菜请客。朴斋得信，急去禀明母亲赵洪氏，拟另叫四色荤碟，四道大菜，专请管家。赵洪氏无不依从。等到楼上坐席以后，帐房里也摆将起来，奉小王上坐，朴斋在下相陪，吃得兴致飞扬，杯盘狼藉。

无如楼上这台酒仅请华铁眉朱蔼人两人，席间冷清清的，兼之这史三公子素性怯热，不耐久坐，出局一散，宾主四人，哄然出席，皆令轿班点灯，小王只得匆匆吃口干饭，趋出立候。三公子送过三位，然后小王伺候三公子登轿，自己上马，鱼贯而去。

注一：北方妓院男仆俗称"捞毛"，想指阴毛，因为妓女接客后洗濯，由男仆出去倒掉脚盆水。

注二：在茶馆"吃讲茶"，请流氓出面评判曲直。

第三八回

史公馆痴心成好事　山家园雅集庆良辰

按赵朴斋眼看小王扬鞭出衖，转身进内见赵洪氏，告知史三公子的来历，赵洪氏甚是快慰；遂把那请客回话搁起不提。不想接连三日，天气异常酷热，并不见史三公子到来。

第四日，就是六月三十了，赵朴斋起个绝早，将私下积聚的洋钱凑成十圆，径往新街，敲开郭孝婆的门，亲手交明，嘱其代付。朴斋即时遄返，料定母亲妹子尚未起身，不致露出破绽。惟大姐阿巧勤于所事。朴斋进门，阿巧正立在客堂中蓬着头打呵欠。朴斋搭讪道："还早呢，再睡会了呀。"阿巧道："我们是要干活的。"朴斋道："可要我来帮你做？"阿巧道是调戏，掉头不理。朴斋倒自以为得计。

将近上午，忽有一缕乌云起于西北，顷刻间，弥满寰宇，遮住骄阳，电掣雷轰，倾盆下注。约有两点钟时，雨停日出。赵二宝新妆才罢，正自披襟纳爽，开阁承凉，却见一人走得喘吁吁地，满头都是油汗，手持局票，闯入客堂。随后朴斋上楼郑重通报，说是三公子叫的，叫至大桥史公馆。二宝亦欣然坐轿而去。

谁知这一个局，直至傍晚，竟不归家。朴斋疑惑焦躁，竟欲自往相迎。可巧娘姨阿虎和两个轿班空身回来。朴斋大惊失色，瞪出眼睛，急问："人喽？"阿虎反觉好笑，转身回赵洪氏道："二小姐嘿，不回来了。三公子请她公馆里歇夏，包她十个局一天。梳头的东西跟衣裳叫我这时候就拿去。"

洪氏没甚言语。朴斋嗔责阿虎道："你胆倒大的哦，把她放了生，回来了！"阿虎道："二小姐叫我回来的呀。"朴斋道："下回这可当心点！闯了穷祸下来，你做娘姨的可吃得消？"阿虎也沉下脸道："你不要发急喽！我也四百块洋钱在这儿呀！可有什么不当心的？从小在把势里，到这时候做娘姨，你去问声看，闯了什么穷祸啊？"

朴斋对答不出，默然而退。还是洪氏接嘴道："你不要去听他的，快点收拾好了去罢。"阿虎直咕哝到楼上，寻得洋袱（注一），打成两包，辞洪氏自去了。

朴斋满心忐忑，终夜无眠，复和母亲商议，买许多水蜜桃鲜荔枝，装盒盛筐，赍往探望；叫辆东洋车，拉过大桥堍，迤逦问到史公馆门首，果然是高大洋房，两旁拦凳上列坐四五个方面大耳挺胸凸肚的，皆穿乌皮快靴，似乎军官打扮。朴斋呐呐然道达来意。那军官手执油搭扇，只顾招风，全然不睬。朴斋鞠躬鹄立，待命良久，忽一个军官回过头来喝道："外头去等着！"

朴斋诺诺，退出墙下，对着满街太阳，逼得面红吻燥。幸而昨日叫局的那人，牵了匹马，缓缓而归。朴斋上前拱手，求他通知小王。那人把朴斋略瞟一眼，竟去不顾。

一会儿，却有一个十三四岁孩子飞奔出来，一路喊问："姓赵的在哪儿？"朴斋不好接口答应，悄地望内窥探。那军官复瞪目喝道："喊了呀！"朴斋方诺诺提筐欲行。孩子拉住问道："你可是姓赵？"朴斋连应"是的"。孩子道："跟我来。"

史痴公館
心成好事

朴斋跟定那孩子，踅进头门，只见里面一片二亩广阔的院子，遍地尽种奇花异卉，上边正屋是三层楼，两旁厢房并系平屋。朴斋踅过一条五色鹅卵石路，从厢房廊下穿去，隐约玻璃窗内有许多人科头跣足，阔论高谈。

孩子引朴斋一直兜转正屋后面，另有一座平屋，小王已在帘下相迎。朴斋慌忙趋见，放下那筐，作一个揖。小王让朴斋卧房里坐，并道："这时候没下楼，宽宽衣，吃筒烟，正好。"

孩子送上一钟便茶。小王令孩子去打听，道："下楼了嚜给个信。"孩子应声出外。小王因说起"三老爷倒喜欢你妹子，说你妹子像人家人。倘若对劲了，真正是你的运气！"朴斋只是诺诺。小王更约略教导些见面规矩，朴斋都领会了。

适值孩子隔窗叫唤，小王知道三公子必已下楼，教朴斋坐在这儿，匆匆跑去；须臾，跑来掀帘招手。朴斋仍提了筐，跟定小王，绕出正屋帘前。小王接取那筐，带领谒见。三公子踞坐中间炕上，满面笑容，旁侍两个秃发书童。朴斋叫声"三老爷"，侧行而前，叩首打千。三公子颔首而已。小王附近禀说两句，三公子蹙额向朴斋道："送什么礼呀！"朴斋不则一声。三公子目视小王。小王即掇只矮脚酒杌，放在下首，令朴斋坐下。

俄而听得堂后楼梯上一阵小脚声音，随见阿虎挽了二宝，从容款步，出自屏门。朴斋起身屏气，不敢正视。二宝叫声"哥哥"，问声妈，别无他语。阿虎插嘴道："可是二小姐蛮好在这里？"朴斋自然忍受。三公子吩咐小王道："同他外头坐会儿，吃了饭了去。"

朴斋听说，侧行而出，（注二）仍与小王同至后面卧房。小王嘱道："你不要客气，要什么嚜说。我有事去。"当唤那孩子在房服侍。小王重复跑去。

朴斋独自一个踱来踱去，壁上挂钟敲过一点始见打杂的搬进一盘酒菜，摆在外间桌上。那孩子请朴斋上坐独酌。朴斋略一沾唇，推托不饮。孩子殷勤劝酬。朴斋不忍拂意，连举三杯。小王却又跑来，不许留量，定要尽壶，自己也筛一杯相陪。朴斋只得勉力从命。

正欲讲话，突然一个秃发书童唤出小王。小王就和书童偕行，不知甚事。朴斋吃毕饭，洗过脸，等得小王回房，提着空筐，告辞道谢。小王道："三老爷睡着了，二小姐还要说句话。"

朴斋诺诺，仍跟定小王，绕出正屋帘前。小王令他暂候，传话进去。随有书童将帘子卷起钩住。赵二宝扶着阿虎，立在门限内说道："回去跟妈说，我要初五才回来呢。局票来嗄，说是到苏州去了。（注三）"

朴斋也诺诺而出。小王竟送到大门之外，还说："过两天来玩玩。"朴斋坐上东洋车，径回鼎丰里，把所见情形细细告诉母亲。赵洪氏欣羡之至。

迨初五日，赵朴斋预先往聚丰园定做精致点心，再往福利洋行将外国糖饼干水果各色买些。待至下午，小王顶马而来，接着两乘官轿，一乘中轿，齐于门首停下。中轿内走出阿虎，搀了赵二宝，随史公子进门。朴斋抢下打个千儿。三公子仍是颔首。

及到楼上房里，三公子即向二宝道："教你妈出来见见。"二宝令阿虎去请。赵洪氏本不愿见，然无可辞，特换一套元色生丝（注四）衫裙，腼腆上楼，只叫得"三老爷"三字，脸上已涨得通红。三公子也只问问年纪饮食，便了。二宝乃向三公子道："你坐会，我同妈下头去。"三公子道："没什么事嗄，早点回去。"

二宝应"噢"，挈赵洪氏联步下楼，趄进后面小房间。洪氏始觉身心舒泰，因问二宝："还要到哪去？"二宝道："回去呀，还是他公馆里。"洪氏道："这回去了，几天回来呀？"二宝道："说不定。初七嚜山家园齐大人请他，他要同我一块去，到他花园里玩两天再说。"洪氏着实叮咛道："你自己要当心嚜！他们大爷脾气，要好的时候好像好得要命，推扳了一点点要板面孔的嚜！"

二宝见说这话，向外一望，掩上房门，挨在洪氏身旁，切切说话；说这三公子承嗣三房，亲生这房虽已娶妻，尚未得子，那两房兼祧嗣母，商议各娶一妻，异居分炊，三公子恐娶来未必皆贤，故此因循不决。洪氏低声急问道："那么有没说要娶你呢？"二宝道："他说先到家里同他嗣母商量，还要说定了一个，这就两个一块娶了去。叫我生意不要做了，等他三个月，他预备好了再到上海。"

洪氏快活得嘻开嘴合不拢来。二宝又道："这可教哥哥公馆里不要来，过两天做了舅爷坍台死了！水果也不要去买，他们好些在那里。应该要送他东西还怕我不晓得！"

洪氏听一句点一点头，没得半句回答。二宝再有多少话头，一时却想不起。洪氏催道："有一会了，他一个人在那儿，你上去罢。"

二宝趔趄着脚儿，慢慢离了小房间；刚趱至楼梯半中间，从窗格眼张见帐房中朴斋与小王并头横在榻上吸烟，再有大姐阿巧紧靠榻前胡乱搭讪。二宝心中生气，纵步回房。

史三公子等二宝近身，随手拉她衣襟，悄说道："回去了呀。还有什么事啊？"二宝见桌上摆着烧卖馒头之类，遂道："你也吃点我们的点心嚜。"三公子道："你替我代吃了罢。"二宝只做没有听见，挣脱走开，令阿虎传命小王打轿。

三公子竟像新女婿样子，临行还叫二宝转禀洪氏，代言辞谢。

洪氏怕羞不出，但将买的各色糖饼干水果装满筐中，付阿虎随轿带去。二宝回顾攒眉。洪氏附耳说道："放在这儿没什么人吃呀，你拿了去给他们底下人，对不对？"

二宝不及阻挡，赶出门首，和三公子同时上轿。当下小王前驱，阿虎后殿，一行人滔滔泊泊往大桥北埂史公馆而归。看门军官挺立迎候。轿夫抬进院子，停在正屋阶前。史三公子赵二宝下轿登堂，并肩闲坐。

三公子见阿虎提进那筐，问："是什么呀？"阿虎笑道："倒是外国货，除了上海没有的哝。"三公子揭盖看时，呵呵大笑。二宝手抓一把，拣一粒松子，剥出仁儿，递过三公子嘴边，笑道："你尝尝看，总算我妈一点意思。"三公子怃然正容，双手来接。引得二宝阿虎都笑。

三公子却唤秃发书童取那十景盆中供的香橼撤去，即换这糖饼干水果，分盛两盆，高庋天然几上。二宝见三公子如此志诚，感激非常，无须赘笔。

过了一日，正逢七夕佳期，史三公子绝早吩咐小王预备一切应用物件。赵二宝盛妆艳服，分外风流。待至十点钟时，接得催请条子，三公子二宝仍于堂前上轿，仅带小王阿虎同行，经大马路，过泥城桥，抵山家园齐公馆大门首。门上人禀请税驾花园；又穿过一条街，即到花园正门。门楣横额刻着"一笠园"三个篆字。

园丁请进，轿子直抬至凤仪水阁才停。高亚白尹痴鸳迎于廊下。史天然赵二宝历阶而升，就于水阁中少坐。接着苏冠香姚文君林翠芬皆上前厮唤。史天然怪问何早。苏冠香道："我们三个人来了两天了呀。"尹痴鸳道："韵叟是个风流广大教主，前两天为了亚白文君两个人请他们吃'合卺杯'，今天嚜专诚请阁下同贵相好做个'乞巧会'。"

谈次，齐韵叟从阁右翩翩翔步而出。史天然口称"年伯"，揖见问安。齐韵叟谦逊两句，顾见赵二宝，问："可是贵相好？"史天然应"是"。赵二宝也叫声"齐大人"。齐韵叟带笑近前携了赵二宝的手，上上下下打量一遍，转向高亚白尹痴鸳点点头道："果然是好人家风范！"赵二宝见齐韵叟年逾耳顺，花白胡鬓，一片天真，十分恳挚，不觉乐于亲近起来。

于是大家坐定，随意闲谈。赵二宝终未稔熟，不甚酬对。齐韵叟教苏冠香领赵二宝去各处玩去。姚文君林翠芬亦自高兴。四人结队成群，就近从阁左下阶。阶下万竿修竹，绿荫森森，仅有一线羊肠曲径。竹穷径转，便得一溪，隐隐见隔溪树影中，金碧楼台，参差高下，只可望而不可即。

四人沿着溪岸穿入月牙式的十二回廊。廊之两头并嵌着草书石刻，其文曰"横波槛"。过了这廊则珠帘画栋，碧瓦文琉，耸翠凌云，流丹映日。不过上下三十二楹，插游于其中者，一若对溜连薨，千门万户，怅怅乎不知所之：故名之曰"大观楼"。楼前奇峰突起，是为"蜿蜒岭"。岭下有八角亭，是为"天心亭"。自堂距岭，新盖一座棕榈凉棚，以补其隙。棚下排列茉莉花三百余盆，宛然是"香雪海"。

四人各摘半开花蕊，簪于鬓端。忽闻高处有人声唤，仰面看时，却系苏冠香的大姐，叫做小青，手执一枝荷花，独立亭中，笑而招手。苏冠香喊她下来，小青渺若罔闻，招手不止。姚文君如何耐得，飞身而上，直造其巅，不知为了甚么，张着两手，招得更急。林翠芬道："我们也去看喼。"说着，纵步撩衣，愿为先导。苏冠香只得挈赵二宝从其后，遵循磴道，且止且行，娇喘微微，不胜困惫。

原来一笠园之名盖为一笠湖而起。其形象天之圜，故曰"笠"；约广十余亩，故曰"湖"。这一笠湖居于园中央，西南凤仪水阁之背，西北当蜿蜒岭之阳。从蜿蜒岭俯览全园，无不可见。

苏冠香赵二宝既至天心亭，遥望一笠湖东南角钓鱼矶畔有一簇红妆翠袖，攒聚成围，大姐娘姨络绎奔赴，问小青："什么事？"小青道："是个娘姨采了一朵荷花，看见个鳖，随手就扳，刚刚扳着蛮大的金鲤鱼，这就大家在看。"苏冠香道："我当看什么好东西，倒走得脚嚗疼死了！"赵二宝亦道："我穿的平底鞋，都要跌哩。"

姚文君还嫌道不仔细，定欲亲往一观；趁问答时，早又一溜烟赶了去。林翠芬欲步后尘，那里还追得及。三人再坐一会，方慢慢踅上蜿蜒岭。林翠芬道："我要去换衣裳。"就于大观楼前分路自去。

苏冠香见大观楼窗寮四敞，帘幕低垂，四五个管家，七手八脚调排桌椅，因问道："可是在这儿吃酒？"管家道："这儿是晚上，这时候便饭在凤仪水阁里吃了。"

苏冠香无语，挈赵二宝仍由原路同回凤仪水阁来。只见水阁中衣裳环佩，香风四流，又来了华铁眉葛仲英陶云甫朱蔼人四客，连孙素兰吴雪香覃丽娟林素芬皆已在座。惟姚文君脱去外罩衣服，单穿一件小袖官纱衫，靠在临湖窗槛上，把一把蒲葵扇不住的摇。苏冠香问道："你跑了去有没看见？"

文君说不出话，努了努嘴。冠香回头去看，一只中号荷花缸放在冰桶架上，内盛着金鲤鱼，真有一尺多长。赵二宝也略瞟一眼。

当下掇开两只方桌，摆起十六碟八炒八菜寻常便菜，依照向例，各带相好，成双作对的就座。一桌为华铁眉葛仲英陶云甫朱蔼人，一桌为史天然高亚白尹痴鸳齐韵叟。大家举杯相属，俗礼胥捐。赵二宝尚觉含羞，垂手不动。齐韵叟说道："你到这儿来，不要客气，吃酒吃饭总一块吃。你看她们呀。"

说时，果见姚文君夹了半只醉蟹，且剥且吃，且向赵二宝道："你不吃，没谁来跟你客气，等会饿着。"苏冠香笑着，执箸相让，夹块排南，送过赵二宝面前。二宝才也吃些。高亚白忽问道："她自己身体嚜，为什么做倌人？"史天然代答道："总不过是过不下去。"齐韵叟长叹道："上海这地方，就像是陷阱！跌下去的人不少哩！"史天然因说："她还有一个亲眷，一块到上海，这时候也做了倌人了。"尹痴鸳忙问道："名字叫什么？在哪儿？"赵二宝接嘴："叫张秀英，同覃丽娟一块在西公和。"尹痴鸳特呼隔桌陶云甫，问其如何。云甫道："蛮好，也是人家人样子。可要叫她来？"痴鸳道："等会去叫，这时候要吃酒了。"

于是齐韵叟请史天然行个酒令。天然道："好玩点的酒令，都行过了，没有了嚜。"适管家上第一道菜，鱼翅。天然一面吃一面想，想那桌朱蔼人陶云甫不喜诗文，这令必须雅俗共赏为妙，因宣令道："有嚜有一个在这儿。拈席间一物，用四书句叠塔，好不好？"大家皆说："遵令。"管家惯于伺候，移过茶几，取紫檀文具撬开，其中笔砚筹牌，无一不备。

史天然先饮一觥令酒，道："我就出个'鱼'字，拈阄定次，末家接令。"在席八人，当拈一根牙筹，各照字数写句四书在牙筹上，注明别号为记。管家收齐下去，另用五色笺誊正呈阅。两席出位争观。

行了几次，有说"鸡"的，有说"肉"的。轮到高亚白，且不接令，自己斟满一觥酒，慢慢吃着。尹痴鸳道："可是要吃了酒过令了？"高亚白道："你倒奇怪喏，酒也不许我吃了！你要说嚜你就说了。"痴鸳笑着，转令管家先将牙筹派开。亚白吃完，大声道："就是'酒'好了！"齐韵叟呵呵笑道："在吃酒，怎么'酒'字都想不起来！"大家不假思索，一挥而就：

酒：

沽酒（亚）

不为酒（仲）

乡人饮酒（铁）

博弈好饮酒（天）

诗云既醉以酒（蔼）

是犹恶醉而强酒（云）

曾元养曾子必有酒（韵）

有事弟子服其劳有酒（痴）

高亚白阅毕，向尹痴鸳道："你去说罢！挨着了！"痴鸳略一沉吟，答道："你罚了一鸡缸杯，我再说。"亚白道："为什么要罚啊？"痴鸳道："造塔嚜要塔尖的呀！'肉虽多'，'鱼跃于渊'，'鸡鸣狗吠相闻'，都是有尖的塔。你说的酒，四书句子'酒'字打头可有啊？"

齐韵叟先鼓掌道："驳得有理！"史天然不觉点头。高亚白没法只得受罚，但向尹痴鸳道："你这人就叫'囚犯码子'！最喜欢扳差头！"痴鸳不睬，即说令道："我想起个'粟'字，四书上好像不少。"亚白听了哗道："我也要罚你了！这时候在吃酒，哪来的'粟'呀？"一手取过酒壶，代斟一觥。痴鸳如何肯服，引得哄堂大笑。

大家吃到微醺，亦欲留不尽之兴以卜其夜。齐韵叟遂令管家

66

盛饭。

饭后，大家四出散步，三五成群，惟主人齐韵叟自归内室去睡中觉。

高亚白尹痴鸳带着姚文君林翠芬及苏冠香相与踯躅湖滨，无可消遣；偶然又趸至大观楼前，见那三百盆茉莉花已尽数移放廊下，凉棚四周挂着密密层层的五色玻璃球，中间棕榈梁上用极粗缏索挂着一丈五尺圆围的一箱烟火。苏冠香指点道："说是从广东叫人来做的呀。不晓得可好看。"尹痴鸳道："有什么好看！还是不过是烟火就是了！"林翠芬道："不好看嗄人家为什么拿几十块洋钱去做它呀？"姚文君道："我一直没看见过烟火，倒先要看看它什么样子。"说着，趸下台阶，仔细仰视。

却又望见一人飞奔而来，文君不认得系齐府大总管夏余庆，只见他上前匆匆报道："客人来了。"高亚白尹痴鸳同苏冠香姚文君林翠芬哄然走避。趸过九曲平桥，迎面假山坡下有三间留云榭，史天然华铁眉在内对坐围棋，赵二宝孙素兰倚案观局。一行人随意立定。

突然半空中吹来一声昆曲，倚着笛韵，悠悠扬扬，随风到耳。林翠芬道："谁在唱？"苏冠香道："梨花院落里教曲子了唲。"姚文君道："不是的，我们去看。"就和林翠芬寻声向北，于竹篱眼中窥见箭道之旁三十三级石台上乃是葛仲英吴雪香两人合唱，陶云甫揿笛，覃丽娟点鼓板。姚文君早一溜烟赶过箭道，奋勇先登。害得个林翠芬紧紧相从，汗流气促。幸而甫经志正堂前，即被姐姐林素芬叫住，喝问："跑了去做什么？"翠芬对答不出。素芬命其近前，替她整理钗钿，埋怨两句。

山家園雜集
良慶辰

翠芬见志正堂中间炕上朱蔼人横躺着吸鸦片烟。翠芬叫声"姐夫"，爬在炕沿陪着姐姐讲些闲话，不知不觉，讲出由头，竟一直讲到天晚。各处当值管家点起火来。志正堂上只点三盏自来火，直照到箭道尽头。

　　接着张寿报说："马师爷在这儿了。"朱蔼人乃令张寿收起烟盘，率领林素芬翠芬前往赴宴。一路上皆有自来火，接递照耀。将近大观楼，更觉烟云缭绕，灯烛辉煌。不料楼前反是静悄悄的，仅有七八个女戏子在那里打扮。原来这席面设在后进中堂，共是九桌，匀作三层。

　　诸位宾客，毕至咸集，纷纷让坐。正中首座系马师爷，左为史天然，右为华铁眉。朱蔼人既至后进，见尹痴鸳坐的这席尚有空位，就于对面坐下。林素芬林翠芬并肩连坐。其余后叫的局，有肯坐的留着位置，不肯坐的亦不相强。庭前穿堂内原有戏台，一班家伎扮演杂剧。锣鼓一响，大家只好饮酒听戏，不便闲谈。主人齐韵叟也无暇敬客，但说声"有亵"而已。

　　一会儿，又添了许多后叫的局，索性挤满一堂。并有叫双局的。连尹痴鸳都另叫一个张秀英，见了赵二宝，点首招呼。二宝因施瑞生多时绝迹，不记前嫌，欲和秀英谈谈，终为众声所隔，不得畅叙。

　　比及上过一道点心，唱过两出京调，赵二宝挤得热不过，起身离席，向尹痴鸳做个手势，便拉了张秀英，由左廊抄出，径往九曲平桥，徙倚栏杆，消停絮语；先问秀英："生意可好？"秀英摇摇头。二宝道："姓尹的客人倒不错，你巴结点做好了。"秀英点点头。二宝问起施瑞生。秀英道："你那儿来过几趟？西公和一直没来过呀。"二宝道："这种客人靠不住，我听说做了袁三宝了。"

秀英急欲问个明白。可巧东首有人走来，两人只得住口。等到跟前，才看清是苏冠香。冠香道是两人要去更衣，悄问二宝，正中了二宝之意。冠香道："这时候我去喊琪官，我们就琪官那儿去罢。"

秀英二宝遂跟冠香下桥沿坡而北，转过一片白墙，从两扇黑漆角门推进看时，惟有一个老婆子在中间油灯下缝补衣服。苏冠香径引两人登楼，踅至琪官卧房。琪官睡在床上，闻有人来，慌即起身，迎见三人，叫声"先生"。冠香向琪官悄说一句。琪官道："我们这儿是脏死了的嗄。"冠香接口道："那也不用客气了。"

赵二宝不禁失笑，自往床背后去。张秀英退出外间，靠窗乘凉。冠香因问琪官："你可是不舒服？"琪官道："不要紧的，就是喉咙唱不出。"冠香道："大人叫我来请你，唱不出不要唱了。你可去？"琪官笑道："大人喊嘌，可有什么不去的呀。要你先生请是笑话了。"冠香道："不是呀，大人怕你不舒服了，躺着，问声你可好去；就不去也没什么。"琪官满口应承。

恰值赵二宝事毕洗手，琪官就拟随行。冠香道："那你也换件衣裳嗄。"琪官讪讪的复换起衣裳来。

张秀英在外间忽招手道："姐姐来看嗄。（注五）这儿好玩。"赵二宝跟至窗前，向外望去，但见西南角一座大观楼，上下四旁一片火光，倒映在一笠湖中，一条条异样波纹，明灭不定。那管弦歌唱之声，婉转苍凉，忽近忽远，似在云端里一般。二宝也说好看，与秀英看得出神。直等琪官穿脱齐全，苏冠香出房声请，四人始相让下楼出院，共循原路而回。回至半路，复遇着个大总管夏余庆，手提灯笼，不知所往。见了四人，旁立让路，并笑说道："先生去看喏，放烟火了。"苏冠香且行且问道："那你去做什么呀？"夏总管道："我去喊个人来放；这个烟火说要他们做的人自己来放才好看。"说罢自去。

四人仍往大观楼后进中堂。赵二宝张秀英各自归席。苏冠香令管家掇只酒机放在齐韵叟身旁，叫琪官坐下。

维时戏剧初停，后场乐人随带乐器移置前面凉棚下伺候。席间交头接耳，大半都在讲话。那琪官不施脂粉，面色微黄，头上更无一些插戴，默然垂首，若不胜幽怨者然。齐韵叟自悔孟浪，特地安慰道："我喊你来，不是唱戏，教你看看烟火，看完了去睡好了。"琪官起立应命。

须臾，夏总管禀说："预备好了。"齐韵叟说声"请。"侍席管家高声奉请马师爷及诸位老爷移步前楼看放烟火。一时宾客倌人纷纷出席。

注一：日本制，传统图案的光滑的花布，比国内一般家中手制的粗白土布包袱精致。

注二："侧行而前，"复"侧行而出，"乃满洲礼节，见溥佳著《清宫回忆》（一九八三年四月二十三日《联合报》）："我们侧身进入殿内，"朝见后又"侧身退出来。"想是古礼，侍立的延伸。但是此书外从未见别处提过。倘是满俗，清中叶后才在官场的仆役间普遍流行，可能源自最原始的时代，不以正面或背面对着贵人，表明卑贱的人近前，不敢有性的企图。

注三：也就是说回家乡去一趟。因为传说苏州出美人，高等妓女都算是苏州人。

注四：即茧绸。

注五：张秀英比赵二宝大好几岁，而客气的称她"姐姐"，显出她们之间的新距离。——她们还是良家妇女的口吻，没有不称"姐姐"的避讳。

第三九回
渡银河七夕续欢娱　冲绣阁一旦断情谊

按这马师爷别号龙池，钱塘人氏，年纪不过三十余岁，文名盖世，齐韵叟请在家中，朝夕领教。龙池谓韵叟华而不缛，和而不流，为酒地花天作砥柱，戏赠一"风流广大教主"之名。每遇大宴会，龙池必想些新式玩法，异样奇观，以助韵叟之兴。就是七夕烟火，即为龙池所作，雇募粤工，口讲指划，一月而成。

但龙池亦犯着一件惧内的通病，虽居沪渎，不敢胡行。韵叟必欲替他叫局，龙池只得勉强应酬，初时不论何人，随意叫叫，因龙池说起卫霞仙性情与乃眷有些相似，后来便叫定一个卫霞仙。

当晚霞仙与龙池并坐首席，相随宾客偕人趸出大观楼前进廊下看放烟火。前进一带窗寮尽行关闭，廊下所有灯烛尽行吹灭，四下里黑魆魆地。

一时，粤工点着药线，乐人吹打《将军令》领头。那药线燃进窟窿，箱底脱然委地。先是两串百子响鞭，噼噼啪啪，震得怪响。随后一阵金星，乱落如雨。忽有大光明从箱内放出，如月洞一般，照得五步之内针芥毕现。

乐人换了一套细乐，才见牛郎织女二人，分列左右，缓缓下垂。

牛郎手牵耕田的牛，织女斜倚织布机边，作盈盈凝望之状。

细乐既止，鼓声隆隆而起，乃有无数转贯球雌雌的闪烁盘旋，护着一条青龙，翔舞而下，适当牛郎织女之间。隆隆者蟇易羯鼓作爆豆声，铜钲喤然应之。那龙口中吐出数十月炮，如大珠小珠，错落满地，浑身鳞甲间冒出黄烟，氤氲酝郁，良久不散。看的人皆喝声采。

俄而钲鼓一紧，那龙颠首掀尾，接连翻了百十个筋斗，不知从何处放出花子，满身环绕，跋扈飞扬，俨然有搅海翻江之势。喜得看的人喝采不绝。

花子一住，钲鼓俱寂。那龙也居中不动，自首至尾，彻里通明，一鳞一爪，历历可数。龙头尺木披下一幅手卷，上书"玉帝有旨，牛女渡河"八个字。两旁牛郎织女作躬身迎诏之状。乐人奏《朝天乐》以就其节拍，板眼一一吻合。看的人攒拢去细看，仅有一丝引线拴着手足而已。及那龙线断自堕，伺候管家忙从底下抽出拎起来，竟有一人一手多长，尚有几点未烬火星候亮候暗。

当下牛郎织女钦奉旨意，作起法来，就于掌心飞起一个流星，缘着引线，冲入箱内，钟鱼铙钹之属，哗剥叮当，八音并作，登时飞落七七四十九只乌鹊，高高低低，上上下下，布成阵势，弯作桥形，张开两翅，兀自栩栩欲活。

看的人愈觉稀奇，争着近前，并喝采也不及了。乐人吹起唢呐，咿哑咿哑，好像送房合卺之曲。牛郎乃舍牛而升，织女亦离机而上，恰好相遇于鹊桥之次。

于是两个人，四十九只乌鹊，以及牛郎所牵的牛，织女所织的机，一齐放起花子来。这花子更是不同：朵朵皆作兰花竹叶，往四面飞溅开去，真个是"火树银花合，星桥铁锁开"光景。连

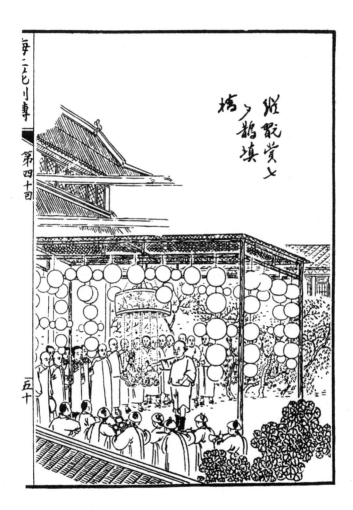

妝戲賞七
鵝填
橋

阶下所有管家都看得兴发，手舞足蹈，全没规矩。

足有一刻时辰，陆续放毕，两个人，四十九只乌鹊，以及牛郎所牵的牛，织女所织的机，无不彻里通明，才看清牛郎织女面庞姣好，眉目传情，作相傍相偎依依不舍之状。

乐人仍用《将军令》煞尾收场。粤工只等乐阕时，将引线放宽，纷纷然坠地而灭，依然四下里黑魆魆地。

大家尽说："如此烟火，得未曾有！"齐韵叟马龙池亦自欣然。管家重开前进窗寮，请去后进入席。后叫的许多出局趁此哄散。卫霞仙张秀英也即辞别。琪官也即回房。诸位宾客生恐主人劳顿，也即不别而行。入席者寥寥十余位。

齐韵叟要传命一班家乐开台重演，十余位皆道谢告醉。韵叟因琪官不唱，兴会阑珊，遂令苏冠香每位再敬三大杯。冠香奉命离座。侍席管家早如数斟上酒。十余位不待相劝，如数干讫，各向冠香照杯。大家用饭散席。

齐韵叟道："本来要与诸君作长夜之饮，但今朝人间天上，未便辜负良宵，各请安置，翌日再叙，如何？"说罢大笑。管家掌灯伺候。齐韵叟拱手告罪而去。马龙池自归书房。葛仲英陶云甫朱蔼人暨几个亲戚，另有卧处，管家各以灯笼分头相送。惟史天然华铁眉卧房即铺设于大观楼上，与高亚白尹痴鸳卧房相近。管家在前引导，四人随带相好，联步登楼。先至史天然房内，小坐闲谈。只见中间排着一张大床，帘栊帷幕一律新鲜，镜台衣桁，粉盒唾盂，无不具备。

史天然举眼四顾，华铁眉高亚白俱有相好陪伴，惟尹痴鸳只做清倌人林翠芬，因笑道："痴鸳先生太寂寞了嘿！"痴鸳将翠芬肩膀一拍，道："哪会寂寞啊！我们的小先生也蛮懂的了！"翠芬笑而脱走。

痴鸳转向赵二宝要盘问张秀英出身底细。二宝正待叙述，却被姚文君缠住痴鸳要盘问烟火怎样做法。痴鸳回说："不晓得。"文君道："箱子里可是藏个人在那儿做？"痴鸳道："箱子里有人噎跌死了！"文君道："那为什么像活的呢？"大家不禁一笑。华铁眉道："大约是提线傀儡之法。"文君仍不得解，想了一想，也不再问。

管家送进八色干点，大家随意用些，时则夜过三更，檐下所悬一带绛纱灯摇摇垂灭。华铁眉高亚白尹痴鸳及其相好就此兴辞归寝。娘姨阿虎叠被铺床，服侍史天然赵二宝收拾安卧而退。

天然一觉醒来，卧听得树林中小麻雀儿作队成群，喧噪不已，急忙摇醒二宝，一同披衣起身；唤阿虎进房间时，始知天色尚早，但又不便再睡，且自洗脸漱口吃点心。阿虎排开奁具，即为二宝梳妆。

天然没事，闲步出房，偶经高亚白卧房门首，向内窥觑，高亚白姚文君都不在房。天然掀帘进去，见那房中除床榻桌椅之外，空落落的，竟无一幅书画，又无一件陈设，壁间只挂着一把剑一张琴。惟有一顶素绫帐子，倒是密密画的梅花，知系尹痴鸳手笔；一方青缎帐颜，用铅粉写的篆字，知系华铁眉手笔。天然正在赏鉴，忽闻有人高叫："天然兄，到这儿来。"天然回头望去，乃尹痴鸳隔院相唤；当即退出抄至对过痴鸳卧房。痴鸳适才起身，刚要洗脸，迎见天然，暂请宽坐。这房中却另是一样，只觉金迷纸醉，锦簇花团，说不尽绮靡纷华之概。天然倒不理会，但见靠窗书桌上堆着几本草订书籍，问是何书。痴鸳道："去年韵叟刻了一部诗文，叫'一笠园同人全集'，还有些楹联，匾额，印章，器铭，灯谜，酒令之类，一概扔了好像可惜，这就教我再选一部，就叫'外集'。选了一半，还没发刻。"

天然取书在手，问道："昨天的酒令可要选啊？"痴鸳道："我想过了，'粟'字之外，还有'羊'字'汤'字好说，连'鸡''鱼''酒''肉'，统共七个字。"天然道："'粟''羊''汤'三个字……四书上哪来这么些汤呀？"痴鸳遂笑念道：

"汤：于汤（注一）。五就汤。伊尹相汤。冬日则饮汤。由尧舜至于汤。伊尹以割烹要汤。嚣嚣然曰，吾何以汤。不识王之不可以为汤。"

天然听了，笑道："你可是昨天晚上睡不着，一直在想？"痴鸳道："我是没什么睡不着，你嚜恐怕来不及睡！"

说话时，赵二宝新妆既罢，闻得天然声音，根寻而至，痴鸳眼光直上直下只看二宝，且笑道："今天晚上这可要睡不着了！"二宝不解痴鸳所说云何，然亦知其为己而发，别转头咕哝道："随便你去说什么好了！"痴鸳慌自分辩。二宝那里相信。天然呵呵一笑。

可巧管家来请午餐，三人乃起身随管家下楼。这午餐摆在大观楼下，前进中堂平开三桌。下首一桌早为几个亲戚占坐。齐韵叟苏冠香等得史天然尹痴鸳赵二宝到来，让于当中一桌坐下。随见姚文君身穿官纱短衫裤，腰悬一壶箭，背负一张弓，打头前行，后面跟着华铁眉孙素兰葛仲英吴雪香陶云甫覃丽娟及朱蔼人林素芬林翠芬高亚白十人，从花丛中迤逦登堂。姚文君卸去弓箭，就和众人坐了上首一桌。惟林翠芬仍过这边坐在尹痴鸳肩下。

酒过三巡，食供两套，齐韵叟拟请行令。高亚白道："昨日的酒令还没完嚟。"史天然道:"有了。"历述尹痴鸳所说"粟""羊""汤"三字,又教痴鸳念出四书叠塔句子。齐韵叟道:"难道八个字拼不满?"尹痴鸳道:"倘若吃大菜,说个'牛'字也行。"高亚白道:"汤王作了什么孽,放在许多畜生里头?"阖席大笑。

尹痴鸳慢慢吃着酒,问赵二宝道:"张秀英酒量可好?"二宝道:"你去做了她嚟,就晓得了嘛,问什么呀!"陶云甫道:"秀英酒量同你差不多,可要去试试看?"高亚白道:"痴鸳心心念念在张秀英身上,等会一定去。"尹痴鸳本自合意,不置一词;草草陪着行过两个容易酒令,然后终席。

消停一会,日薄崦嵫,尹痴鸳约齐在席众人特地过访张秀英,惟齐府几个亲戚辞谢不去。痴鸳拟邀主人齐韵叟。韵叟道:"我这时候不去;你倘若对劲了嚟,请她一块到园里来好了。"

痴鸳应诺,当即雇到七把皮篷马车,分坐七对相好。林翠芬虽含醋意,尚未尽露,仍与尹痴鸳同车出一笠园,经泥城桥,由黄浦滩兜转四马路,停于西公和里。陶云甫罩丽娟抢先下车导引众人进衖至家,拥到楼上张秀英房间。秀英猝不及防,手忙脚乱。高亚白叫住道:"你不要瞎应酬,快点喊个台面下去,我们吃了点嚟回去了。"张秀英唯唯,立刻传命外场,一面叫菜,一面摆席。朱蔼人乘间随陶云甫趱往罩丽娟房间吸烟过瘾。林翠芬不耐烦,拉了姐姐林素芬,相将走避。

赵二宝静坐无聊,径去开了衣橱,寻出一件东西,手招史天然前来观看,乃是几本春宫册页。(注二)天然接来,授与尹痴鸳。痴鸳略一过目,随放桌上,道:"画得不好。"华铁眉抽取其中稀破的一本展视,虽丹青黯淡,而神采飞扬,赞道:"蛮好嚟!"葛仲英在旁，也说："还不错！"但惜其残缺不全，仅存七幅，又无图章款识，不知何人所绘。高亚白因为之搜讨一遍，始末两幅，若迎若送；中五幅，一男三女，面目差同；沉吟道："大约是画的小说故事。"史天然笑说："不错。"随指一女道："你看，有点像文君。"大家一笑丢开。外场绞上手巾。尹痴鸳请出客堂，入席就坐。

七人一经坐定，摆庄划拳，热闹一阵。高亚白见张秀英十分巴结，只等点心上席遂与史天然华铁眉葛仲英各率相好别而行。朱蔼人也率林素芬林翠芬辞去，单留下陶云甫尹痴鸳两人。覃丽娟相知既深，无话可叙。张秀英听了赵二宝，宛转随和，并不作态，奉承得尹痴鸳满心欢喜。

到了初九日，齐府管家手持两张名片，请陶尹二位带局回园。陶云甫向尹痴鸳道："你去替我谢声罢。今天晚上陈小云请我，比一笠园近点。"尹痴鸳乃自率张秀英仍坐皮篷马车偕归齐府一笠园。

陶云甫待至傍晚，坐轿往同安里金巧珍家赴宴，可巧和王莲生同时并至，下轿厮见，相让进门。不料衖口一批顽皮孩子之中，有个阿珠儿子，见了王莲生，飞奔回家，径自上楼，闯进沈小红房间，报说："王老爷在金巧珍那儿吃酒。"

恰值武小生小柳儿在内搂做一处，阿珠儿子蓦见大惊，缩脚不迭。沈小红老羞成怒，一顿喝骂。阿珠儿子不敢争论，咕哝下楼。阿珠问知缘故，高声顶嘴道："他小孩子晓得什么呀！起先你一趟一趟教他去看王老爷，这时候看见了王老爷回报你也没错嚟！你自己想想看，王老爷为什么不来？还有脸骂人！"

小红听这些话如何忍得，更加拍桌跺脚，沸反盈天。阿珠倒冷笑道："你不要闹哝！我们是娘姨呀！不对嚟好歇生意的嘛！"小红怒极，嚷道："要滚嚟就滚！什么稀奇死了！"

阿珠连声冷笑，不复回言，将所有零碎细软打成一包，挈带儿子，辞别同人，萧然竟去，暂于自己租的小房子混过一宿。比至清晨，阿珠令儿子看家，亲去寻着荐头人，取出铺盖，复去告诉沈小红的爷娘兄弟，志坚词决，不愿帮佣。

吃过中饭，阿珠方趑往五马路王公馆前举手推敲，铜铃即响；立候一会，才见开门。阿珠见开门的是厨子，更不打话，直进客堂。却被厨子喝住道："老爷不在这儿，楼上去做什么？"

阿珠回答不出，进退两难。幸而王莲生的侄儿，适因闻声跑下楼梯，问阿珠："可有什么话？"阿珠略叙大概，却为楼上张蕙贞听见，喊阿珠上楼进房。阿珠叫声"姨太太"，循规侍立。

蕙贞正在裹脚，即令阿珠坐下，问起武小生小柳儿一节。阿珠心中怀恨，遂倾筐倒箧而出之。蕙贞得意到极处，说一场，笑一场。

尚未讲完，王莲生已坐轿归家，一见阿珠，殊觉诧异，问蕙贞说笑之故。蕙贞历述阿珠之言，且说且笑。莲生终究多情，置诸不睬。

阿珠未便再讲，始说到切己事情，道："公阳里周双珠要添娘姨，王老爷，可好荐荐我？"莲生初意不允。阿珠求之再三，莲生只得给与一张名片，令其转恳洪善卿。

阿珠领谢而去。因天色未晚，阿珠就往公阳里来。只见周双珠家门首早停着两肩出局轿子，想其生意必然兴隆；当下寻了阿金，问："洪老爷可在这儿？"阿金道是王莲生所使，不好怠慢，领至楼上周双玉房间台面上。席间仅有四位，系陈小云汤啸庵洪善卿朱淑人。阿珠向来熟识，逐位见过，袖出王莲生名片，呈上洪善卿，说明委曲，坚求吹嘘。

善卿未及开言，周双珠道："我们这儿就是这个房里，巧囡一个人忙不过来，要添个人。你可要做做看好了？"阿珠喜诺，即帮巧囡应酬一会，接取酒壶，往厨房去添酒。下得楼梯，未尽一级，猛可里有一幅洋布手巾从客堂屏门外甩进来罩住阿珠头面。阿珠吃惊喊问："什么人？"那人慌的赔罪。阿珠认得是朱淑人的管家张寿，掷还手巾，暂且隐忍。

及阿珠添酒回来，两个出局——金巧珍林翠芬——同时告辞。周双珠亦欲归房，连叫阿金，不见答应，竟不知其何处去了。阿珠忙说："我来。"一手拿了豆蔻盒，跟到对过房间。等双珠脱下出局衣裳，摺叠停当，放在橱里，又听得巧囡高声喊手巾。阿珠知台面已散，忙来收拾。洪善卿推说有事，和陈小云汤啸庵一哄散尽，只剩朱淑人一人未去。周双玉陪着，相对含笑，不发一言。

阿珠凑趣，随同巧囡避往楼下。巧囡引阿珠见周兰。周兰将节边下脚分拆股数先与说知。阿珠无不遵命。周兰再问问王莲生沈小红从前相好情形，并道："这时候王老爷倒叫了我们双玉十几个局呢。"阿珠长叹一声，道："不是我要说她坏话，王老爷待这沈小红再要好也没有了！"

一语未了，忽闻阿金儿子——名唤阿大的——从大门外一路哭喊而入。巧囡拔步奔出。阿珠顿住嘴，与周兰在内探听。那阿大只有哭，说不明白。倒是隔壁一个相帮特地报信道："阿德保在打架呀，快点去劝喲！"

周兰一听，料是张寿，急令阿珠喊人去劝。不想楼上朱淑人得了这信，吓得面如土色，抢件长衫，披在身上，一溜烟跑下楼来，周双玉在后叫唤，并不理会。

淑人下楼，正遇阿珠出房，对面相撞，几乎仰跌。阿珠一把拉住，

没口子分说道:"不要紧的!五少爷,不要走嗷!"

淑人发急,用力洒脱,一直跑去,要出公阳里南口;于转弯处,望见南口簇拥着一群看的人塞断去路,果然张寿被阿德保揪牢发辫打倒在墙脚边,看的人嚷做一片。淑人便转身出西口,兜个圈子,由四马路回到中和里家中,心头兀自突突地跳。张寿随后也至,头面有几搭伤痕,假说东洋车上跌坏的。淑人不去说破。张寿捉空央求淑人为之包瞒。淑人应许,却于背地诫饬一番。从此张寿再不敢往公阳里去,连朱淑人亦不敢去访周双玉。

倏经七八日,周双玉挽洪善卿面见代请,朱淑人始照常往来。张寿由羡生妒,故意把淑人为双玉开宝之事当作新闻抵掌高谈。传入朱蔼人耳中,盘问兄弟淑人:"可有这事?"淑人满面通红,垂头不答。蔼人婉言劝道:"玩玩本来不要紧,我也一直叫你去玩。起先周双玉就是我替你去叫的局。你这时候为什么要瞒我嗷?我叫你玩,我有我的道理。你玩了还是要瞒我,这倒不对了嚘。"

淑人依然不答。蔼人不复深言。谁知淑人固执太甚,羞愧交并,竟致耐守书房,足不出户;惟周双玉之动作行为,声音笑貌,日往来于胸中,征诸咏歌,形诸梦寐,不浃辰而恹恹病矣。蔼人心知其故,颇以为忧,反去请教洪善卿陈小云汤啸庵三人。三人心虚踌躇,主意全无。会尹痴鸳在座,瞿然道:"这种事嚘,你要去同韵叟商量的嗷。"

朱蔼人想也不差,即时叫部马车请尹痴鸳并坐,径至一笠园谒见齐韵叟。尹痴鸳先正色道:"我替你找到了一桩天字第一号的生意在这儿,你可要谢谢我?"齐韵叟不解所谓。朱蔼人当把兄弟朱淑人的怕羞性格,相思病根,历历叙出缘由,求一善处之法。韵叟呵呵笑道:"这可有什么要紧啊!请他到我园里来,叫了周双玉一块玩两天嚜好了。"痴鸳道:"不是你的生意到了？我嚜就像做了掮客！"韵叟道:"什么掮客？你嚜就叫拆梢！"大家哄然大笑。

韵叟定期翌日请其进园养疴。蔼人感谢不尽。痴鸳道:"你自己倒不要来；他看见了哥哥，规规矩矩，不行的。"韵叟道:"我说他病好了，赶紧替他定亲。"

蔼人都说是极，拱手兴辞，独自一个乘车回家，急至朱淑人房中，问视毕，设言道:"高亚白说，这个病应该出门去散散心。齐韵叟就请你明天到他园子里玩两天。我想可以就近诊脉，倒蛮好。"

淑人本不愿去，但不忍拂哥哥美意，勉强应承。蔼人乃令张寿收拾一切应用物件。次日是八月初五，日色平西，接得请帖，搀起淑人中堂上轿，抬往一笠园端门首，齐府管家引领轿班直进园中东北角一带湖房前停下。

齐韵叟迎出，说声不必作揖。淑人虚怯怯的下轿。韵叟亲手相扶，同至里间卧房，安置淑人于大床上。房中几案帷幕以及药铫香炉粥盂参罐，位置井井。淑人深致不安。韵叟道:"不要客气，你睡一会罢。"说毕，吩咐管家小心伺候，径自踅出水阁去了。

淑人落得安心定神，朦胧暂卧。忽见面东窗外湖堤上，远远地有一个美人，身穿银罗衫子，从萧疏竹影内姗姗其来，望去绝似周双玉，然犹疑为眼花所致，讵意那美人绕个圈子，走入湖房。淑人近前逼视，不是周双玉更是何人？

淑人始而惊讶，继而惶惑，终则大悟大喜，不觉说一声道:"噢！"双玉立于床前，眼波横流，嫣然一盼，忙用手帕掩口而笑。淑人挣扎起身，欲去拉手。双玉倒退避开。淑人没法，坐而问道:"你可晓得我生了病？"双玉忍笑说道:"你这人嚜也少有出见的！"

淑人问是云何。双玉不答。

淑人央及双玉过来，手指床沿，令其并坐。双玉见几个管家皆在外间，努嘴示意，不肯过来。淑人摇摇手，又合掌膜拜，苦苦的央及。双玉踌躇半响，向桌上取茶壶筛了半钟杏仁茶送与淑人，趁势于床前酒机上坐下。于是两人喁喁切切，对面长谈。谈到黄昏时候，淑人绝无倦容，病已去其大半。管家进房上灯，主人竟不再至，亦不见别个宾客。这夜双玉亲调一剂"十全大补汤"给淑人服下，风流汗出，二竖潜逃，但觉脚下稍微有些绵软。

齐韵叟得管家报信，用一乘小小篮舆往迎淑人，相见于凤仪水阁。淑人作揖申谢。韵叟不及阻止，但诚以后不得如此繁文。淑人只得领命，又与高亚白尹痴鸳拱手为礼，相让坐定。

正欲闲谈，苏冠香和周双玉携手并至。齐韵叟想起，向苏冠香道："姚文君张秀英可要去叫了来陪陪双玉？"冠香自然说好。韵叟随令管家传喊夏总管，当面命其写票叫局。夏总管承命退下，韵叟转念，又唤回来，再命其发帖请客。请的是史天然华铁眉葛仲英陶云甫四位。夏总管自去照办。

朱淑人特问高亚白饮食禁忌之品。亚白道："这时候病好了，要赶紧调补，吃得下嚦最好了，没什么禁忌。"尹痴鸳插说道："你应该问双玉。双玉的医道比亚白好！"朱淑人听说，登时面红，无处藏躲。齐韵叟知他腼腆，急用别话岔开。

须臾，管家通报："陶大少爷来。"随后陶云甫覃丽娟并带着张秀英接踵而入，见了众人，寒暄两句。陶云甫就问朱淑人："贵恙好了？"淑人独怕相嘲，含糊答应。

高亚白向陶云甫道："令弟相好李漱芳的病倒不好哝。"云甫惊问如何。亚白道："今天我在看，就不过一两天了。"云甫不禁慨叹，既而一想，漱芳既死，则玉甫的罣碍牵缠反可断绝，为玉甫计未始不妙，兹且丢下不提。

注一：商朝发源地。开国君主汤武王亦称汤王。

注二：赵二宝没到张秀英处来过，而熟门熟路，径自去开衣橱找出画册，显然知道她一向放在衣橱里。当然是施瑞生送她的，跟她与二宝同看的，大概也三人一同仿效过画中姿势。施瑞生初次在她们那里过夜，次日伤风，想是春宫画上的姿势太体育化，无法盖被；第二十六回写他精力过人的持久性；时间长了，不盖被更要着凉。二宝去开衣橱取画册的一个动作，勾起无边春色。

第四〇回

拆鸳交李漱芳弃世　急鸨（注一）难陶云甫临丧

按一笠园中午餐在凤仪水阁，临时发帖请的客是陶云甫先到，接着史天然华铁眉暨葛仲英各带相好，陆续齐集。齐韵叟为朱淑人沉疴新愈，宜用酸辛等味以开其胃，特唤雇大菜师傅，请诸位任意点菜，就于水阁中并排三只方桌，铺上台单，团团围坐，每位面前放着一把自斟壶，不待相劝，随量而饮。

齐韵叟犹嫌寂寞，问史天然："上回你的四书叠塔倒不错；再想想看，四书上可有什么酒令？"天然寻思不得。华铁眉道："我想起了个花样，要一个字有四个音，引四书句子作证。"因举了个例子，众人正议论间，突然侍席管家引进一个脚夫，直造筵前。云甫认识，系兄弟陶玉甫的轿班，问他何事。那轿班鞠躬附耳悄地禀明一切。云甫但道："晓得了，就来。"那轿班也就退去。

高亚白问道："可是李漱芳的凶信？"云甫道："不是；为了玉甫的病。"亚白诧异道："玉甫没什么病嘛。"云甫攒眉道："玉甫是自己在那儿要生病！漱芳生了病嘛，玉甫竟衣不解带的服侍漱芳，接连几夜没睡，这时候也在发寒热。漱芳的娘叫玉甫去睡，玉甫一定不肯，漱芳的娘这就打发轿班来请我去劝劝玉甫。"

齐韵叟点头道:"玉甫漱芳都难得,漱芳的娘倒也难得!"云甫道:"越是要好嘞,越是受累!玉甫前世里总欠了她们多少债,今世在还!"阖席听了,皆为太息。

　　云甫本意欲留下覃丽娟侍坐和兴,丽娟不肯,早命娘姨收起银水烟筒,豆蔻盒子。云甫深为抱歉,遍告失陪之罪。齐韵叟送至帘前而止。

　　陶云甫覃丽娟下阶登轿,另有两个管家掌着明角灯笼平列前行,导出门首。两肩轿子离了一笠园,往着四马路迢迢遄返。覃丽娟自归西公和里。陶云甫却往东兴里李漱芳家。及门下轿,趸进右首李浣芳房间,大阿金睃见,跟去加过茶碗,更要装烟。云甫挥去,令她"喊二少爷来。"大阿金应命去喊。

　　约有半刻时辰,陶玉甫才从左首李漱芳房间趔趄而至,后面随着李浣芳,见过云甫,默默坐下。云甫先问漱芳现在病势。玉甫说不出话,摇了摇头,那两眼眶中的泪已纷纷然如脱线之珠,仓促间不及取手巾,只将袖口去掩。浣芳爬在玉甫膝前,扳开玉甫的手,怔怔的仰面直视。见玉甫掉下泪痕,浣芳哇的失声便哭。大阿金呵禁不住,仍需玉甫叫她不要哭,浣芳始极力含忍。

　　云甫睹此光景,亦觉惨然,宛转说玉甫道:"漱芳的病也可怜,你一直住这儿服侍服侍,那也没什么;不过总要有点谱子才好。我听见说,你在发寒热,可有这事?"

　　玉甫呆着脸,眼注地板,不则一声。云甫再要说时,却闻李秀姐声音,在左首帘下低叫两声"二少爷"。玉甫惶急,撇下云甫,一溜奔过。浣芳紧紧相随。云甫因有心看其病势,也踱过左首房间,隔着圆桌望去,只见李漱芳坐在大床中,背后垫着几条棉被,面色如纸,眼睛似闭非闭,口中喘急气促;玉甫靠在床前,按着

振鬟交李
漱芳英世

漱芳胸脯，缓缓往下揉搋；阿招蹲在里床，执着一杯参汤；秀姐站在床隅，秉着洋烛手照；浣芳挤上去，被秀姐赶下，掩在玉甫后面偷眼张觑。

云甫料病势不妙，正待走开，忽觉漱芳喉咙嗽的声响，吐出一口稠痰。秀姐递上手巾就口承接，轻轻拭净。漱芳气喘似乎稍定，阿招将银匙舀些参汤候在唇边。漱芳张口似乎吸受，虽喂了四五匙，仅有一半到肚。玉甫亲切问道："你心里可好过？"连问几遍，漱芳似乎抬起眼皮，略瞟一瞟，旋即沉下。

玉甫知其厌烦，抽身起立，秀姐回头，放下手照，始见陶云甫在前，慌说道："啊唷！大少爷也在这儿？这儿脏死了，对过去请坐哝。"

云甫方转步出房，秀姐令阿招下床留伴，自与玉甫浣芳一齐拥过右首房间。大家都不入座，立在当地，你望着我，我望着你。浣芳只怔怔的看看这个面色，看看那个面色，盘旋蹀躞，不知所为。

还是秀姐开言道："漱芳的病是总不行的了！起初我们都在望她好起来，这时候看她样子不像会好。那也是没法子。这她是不好了，我们好的人还是要过日子，可有什么为了她说不要活了？没这个道理嚜。大少爷，对不对？"

玉甫在旁，听到这里，从丹田里提起一口气，咽住喉管，竟哭出声来，连忙向房后溜去。云甫只做不知。秀姐又道："漱芳病了一个多月，上上下下，害了多少人！先是一个二少爷，辛苦了一个多月，成天成夜陪着她，睡也没的睡。今天我摸摸二少爷头上好像有点寒热。大少爷倒要劝劝他才好。我跟二少爷说：漱芳死了，还是要你二少爷照应点我。我眼睛里看出的二少爷真正像我亲人一样！这时候漱芳嚜病倒了，二少爷再要生了病，那可怎么样呢？"

云甫听了，蹙额沉思；迟回良久，复令大阿金去喊二少爷。大阿金找到左首房间，并不在内，问阿招，说"不在这儿"。谁知玉甫竟在后面秀姐房里面壁而坐，呜呜饮泣。浣芳也哭着，拉衣扯袖，连声叫"姐夫不要哭唲！"大阿金找到了，说："大少爷喊你去。"

玉甫勉强收泪，消停一会，仍挈浣芳出至右首房间，坐在云甫对面。秀姐侧坐相陪。云甫乃将正言开导一番，说：男子从无殉节之理，就算漱芳是正室，只可以礼节哀，况名分未正者乎？

玉甫不待词毕而答道："大哥放心！漱芳有不多两天了，我等她死了，后事预备好了，这就到家里，从此不出大门好了！别的话，大哥不要去听。漱芳也苦，生了病没个称心点人服侍，我为了看不过，说说罢了。"云甫道："我说你也是个聪明人，难道想不穿？照你这样说，也行；不过你有点寒热，为什么不睡？"玉甫满口应承，道："白天睡不着，这要睡了，大哥放心。"

云甫没话，将行。秀姐却道："还有句话商量：前两天漱芳样子不好嚡，我想替她冲冲喜（注二），二少爷总望她好，不许做，这时候可得要去做了喥。再不做，怕来不及。"云甫道："那是做了搁在那儿好了；就好了，也不要紧。"说着起身。玉甫亦即侍立要送。浣芳只恐玉甫跟随同去，拦着不放。云甫也止住玉甫，坚嘱避风早睡。秀姐送出房来。

云甫向秀姐道："玉甫也不大明白，倘若有什么事嚡，你差个人到西公和告诉我，我来帮帮他。"秀姐感谢不尽。云甫并吩咐玉甫的轿班，令其不时通报。秀姐直送出大门外看着上轿方回。

云甫还不放心，到了西公和里覃丽娟家，就差个轿班去东兴里打探二少爷睡了没有。等觳多时，轿班才回，说："二少爷睡嚓睡了，又在发寒热。"云甫更令轿班去说："受了寒气，倒是发泄点的好，需要多盖被，让他出汗。"轿班说过返命。云甫吃了稀饭，和覃丽娟同床共寝。

次早睡醒，正拟问信，恰好玉甫的轿班来报说："二少爷蛮好在那儿，先生也清爽了点。"云甫心上略宽，起身洗脸，又值张秀英的娘姨为换取衣裳什物，从一笠园归家，顺赍一封齐韵叟的便启，请云甫晚间园中小叙，且询及李漱芳之病。云甫令娘姨以名片回覆，说："等会没什么事就来。"

不料娘姨去后，敲过十二点钟，云甫午餐未毕，玉甫的轿班飞报，李漱芳业已去世。云甫急的是玉甫，丢下饭碗，作速坐轿前赴东兴里，一路打算，定一处置之法；迨至门首，即命轿班去请陈小云汤啸庵两位到此会话。

云甫迈步进门，只见左首房间六扇玻璃窗豁然洞开，连门帘也揭去，烧得落床衣及纸钱银箔之属烟腾腾地直冲出天井里，随风四散；房内一片哭声，号啕震天，还有七张八嘴吆喝收拾的，听不清那个为玉甫声音。

适遇相帮桂福卸下大床帐子，胡乱卷起捎出房来，见了云甫，高声向内喊道："大少爷在这儿了。"云甫且往右首房间，兀坐以待。忽听得李秀姐急声嚷道："二少爷，不要嗾！"随后一群娘姨大姐飞奔拢去。轿班等都向窗口探首观望，不知为着甚事。

接着秀姐娘姨围定玉甫，前面挽，后面推，扯拽而出。玉甫哭得喉音尽哑，只打干噎，脚底下不晓得高低，跌跌撞撞，进了右首房间。云甫见玉甫额角为床栏所磕，坟起一块，跺脚道："你像什么样子呀!"

玉甫见云甫发怒,自己方渐渐把气遏抑下去,背转身,挺在椅上。秀姐正拟商量丧事,阿招在客堂里叫秀姐道:"妈,来看嗅;浣芳还在叫姐姐,要爬到床上去拉起来。"秀姐慌得复去挈过浣芳。浣芳更哭得似泪人一般。秀姐埋怨两句,交与玉甫看管。

恰值轿班请的陈小云到了。云甫招呼迎见。小云先道:"啸庵为了朱淑人亲事到杭州去了。你请他什么事?"云甫乃说出拜托丧事帮忙之意。小云应诺。

云甫转向玉甫朗朗说道:"这时候死嚲是死了;你也不懂什么事,就在这儿也没什么用场。我说嚲托小云去代办了,我同你两个人走开点。"玉甫发急道:"那么哥哥再放我四五天好不好?"刚说一句,又哭得接不下去。

云甫道:"不是呀,这时候走了等会再来好了呀。我是叫你去散散心。"秀姐倒也撺掇道:"大少爷一块去散散心,蛮好。二少爷在这儿,我也有点不放心。"小云调停道:"散散心也不错。倘若有什么事嚲,我来请你。"

玉甫被逼不过,垂首无言。云甫就喊打轿,亲手挽了玉甫同行,说:"我们到对过西公和去。"

浣芳听说对过,只道他们去看漱芳,先自跑过左首房间,阿招要挡不及。既而浣芳候之不至,又茫茫然跑出客堂。玉甫方在门首上轿,浣芳顾不得什么,哭着喊着,一直跑出大门,狠命的将头颅往轿杠乱碰;犹幸秀姐眼快,赶紧追上,拦腰抱起,浣芳还倔强作跳。玉甫道:"让她一块去了罢。"秀姐应许放手。浣芳得隙,伏下身子,钻进轿内,和玉甫不依,经玉甫好言抚慰而罢。

轿班抬往西公和里覃丽娟家。云甫出轿,领玉甫暨浣芳登楼进房。丽娟见玉甫浣芳泪眼未干，料为漱芳新丧之故。外场绞上手巾，云甫命多绞两把给浣芳揩。丽娟索性叫娘姨舀盆面水，移过梳具，替浣芳刷光头发，并劝其敷些脂粉。浣芳情不可却。玉甫坐在烟榻上，忽睡忽起，没个着落。

不多时，陈小云来找，坐而问道："棺材嚡有现成的在那儿，一个婺源板，也不错；一个价钱大点，那是楠木。用哪一个？"玉甫说："用楠木。"云甫遂不开口。小云道："所用衣裳开好一篇帐在那儿。他们要用凤冠霞帔嚡如何？"玉甫回答不出，望着云甫。云甫道："那也没什么，玉甫总就不过白花掉两块洋钱。姓李的事与陶姓无涉。随便他们要用什么，让他们用好了。"小云又诉说："阴阳先生看的，初九午时入殓，未时出殡，初十申时安葬。坟嚡在徐家汇（注三），明天就叫水作下去打圹，倒也要赶紧了。"云甫玉甫同声说"是"。小云说毕去了。

黄昏时候，玉甫想起一件事来，须去交代。云甫力阻不听，只得相陪，乘轿同去。浣芳自然从行，仍和玉甫合坐一轿。及至东兴里李漱芳家看时，漱芳尸身早经载出，停于客堂中央；挂着蓝布孝幔，灵前四众尼姑对坐讽经；左首房间保险灯点得雪亮，有六七个裁缝摆开作台赶做孝白；陈小云在右首房间，正与李秀姐检点送行衣。

陶玉甫见这光景，一阵心酸，那里熬得，背着云甫，径往后面李秀姐房中，拍凳捶台，放声大恸。再有李浣芳一唱一和，声彻于外。李秀姐急欲进劝，反是陶云甫叫住，道："你倒不要去劝他。单是哭还不要紧，让他哭出点的好。"李秀姐因令大阿金准备茶汤伺候。

比及送行衣检点停当，后面哭声依然未绝，但不像是哭，竟

是直声的叫喊。陶云甫道："这去劝罢。"李秀姐进去，果然一劝便止，并出前边洗过脸，漱过口。浣芳团团圈牢陶玉甫，刻不相离。

陶玉甫略觉舒和，即问李秀姐入殓头面。李秀姐道："头面是不少在那儿，就缺点衣裳。"陶玉甫道："她几对珠花同珠嵌条，都不中意，单喜欢帽子上一粒大珠子，还拿来做帽正好了。还有一块羊脂玉佩，她一直挂在钮子上，那就让她带了去。不要忘记。"秀姐说："晓得了。"

玉甫心中有多少事，一时却想不起。云甫乃道："你要哭嚜，随便什么时候到这儿来哭好了，倒也没什么；就不过晚上不要住在这儿，你同我到西公和去。西公和就像是隔壁，你有什么话就可以来，他们就好来请你，大家蛮便，对不对？"

玉甫知道是好意，不忍违逆，一概依从。云甫当请陈小云西公和便饭。秀姐坚意款留。云甫道："我们不是客气，为了在这儿吃总不安顿。"秀姐道："我们自己做菜，烧好在那儿，送过来好不好？"

云甫应受。临行，又被浣芳拦着玉甫不放。云甫笑道："还是一块去好了。"浣芳尚紧拉玉甫衣襟，不肯坐轿。于是小云云甫前后遮护，一同步行。

刚至覃丽娟家，相帮桂福提着竹丝罩笼随后送到，摆在楼上房里，清清楚楚四盆四碗。云甫令丽娟浣芳入席共饮。玉甫仍滴酒不闻。小云公事未了，毫无酒兴，甫及三巡，就和玉甫浣芳先偏了吃饭。独有丽娟陪着云甫杯杯照干。云甫欲以酒为消愁遣闷之计，吃到醺然，方才告罢。小云饭后即行。云甫已向丽娟计定，腾出亭子间为玉甫安榻。

这一夜玉甫为思穷望绝，无可奈何，反得放下身心，鼾鼾一觉。

只有浣芳睡在玉甫身旁，梦魂颠倒，时时惊醒。

初八早晨，浣芳睡梦中欸地哭喊："姐姐！我也要去的呀！"玉甫忙唤醒抱起。浣芳还痴着脸呜咽不止。玉甫并不根问，相与穿衣下床，又惊动了云甫丽娟，也比往常起得较早。

吃过点心，玉甫要去东兴里看看，云甫终不放心，相陪并往。浣芳亦随来随去，分拆不开。玉甫自早至晚，往返三次，恸哭三场，害得个云甫焦劳备至。

注一："鹡"典出《诗经》，喻兄弟之谊。"鹡难"指兄弟有难。

注二：替病人定制棺材，与替病人娶亲一样，同是"冲喜"。

注三：上海近郊。

第四一回
入其室人亡悲物在　信斯言死别冀生还

按到了八月初九这日，陶云甫浓睡酣时，被炮声响震而醒，醒来遥闻吹打之声，道是睡过了头，连忙起身。覃丽娟惊觉，问："做什么？"云甫道："晚了呀。"丽娟道："早得很哩。"云甫道："你再睡一会，我先起来。"遂唤娘姨进房，问："二少爷有没起来？"娘姨道："二少爷是天亮就走了，轿子也不坐。"

云甫洗脸漱口，赶紧过去；一至东兴里口，早望见李漱芳家门首立着两架蟲灯，一群孩子往来跳跃看热闹。

云甫下轿进门，只见客堂中灵前桌上已供起一座白绫位套（注一）；两旁一对茶几，八字分排，上设金漆长盘，一盘凤冠霞帔，一盘金珠首饰；有几个乡下女客，粗细不伦，大约系李秀姐的本家亲戚，徘徊瞻眺，啧啧欣羡，都说"好福气"；再有十来个男客在左首房间高谈阔论，料玉甫必不在内。云甫趸进右首房间。陈小云方在分派执事夫役，拥做一堆，没些空隙。靠壁添设一张小小帐台，坐着个白须老者，本系帐房先生，摊着一本丧簿，登记各家送来奠礼。见了云甫，那先生垂手侍立，不敢招呼。云甫向他问玉甫何在。那先生指道："在这边。"

云甫转身去寻，只见陶玉甫将两臂围作栲栳圈，伏倒在圆桌上，埋头匿面，声息全无，但有时头忽闪动，连两肩望上一掀。云甫知是吞声暗泣，置之不睬，等夫役散去，才与小云厮见。云甫向小云说，意欲调开玉甫。小云道："这时候哪肯走。等会完了事看。"云甫道："等到什么时候啊？"小云道："快了，吃了饭嚜，就预备动手了。"

云甫没法，且去榻床吸鸦片烟。须臾，果然传呼开饭。左首房间开了三桌，自本家亲戚以及引礼乐人炮手之属，挤得满满的。右首房间只有陈小云陶云甫陶玉甫三人一桌。

正待入座，覃丽娟家一个相帮进房。云甫问他甚事。相帮说是送礼，袖出拜匣，呈上帐台。匣内代楮一封，夹着覃丽娟的名片。云甫觉得好笑，不去理会。接连又有送礼的，戴着紫缨凉帽，端盘来了。

云甫认识是齐韵叟的管家，慌的去看，盘内三份楮锭、缃（注二），三张素帖，却系苏冠香姚文君张秀英出名。云甫笑向管家道："大人真正要格外周到！其实何必呢？"（注三）管家应是，复禀道："大人说，倘若二少爷心里不开爽嚜，请到我们园子里去玩玩。"云甫道："你回去谢谢大人，过两天二少爷本来要到府面谢。"管家连应两声是，收盘自去。

三人始各就位。小云因下面一位空着，招呼帐房先生。那先生不肯，却去叫出李浣芳在下相陪。玉甫不但戒酒，索性水米不沾牙。云甫亦不强劝。大家用些稀饭而散。

饭后，小云径往外面去张罗诸事。玉甫怕人笑话，仍掩过一边。云甫见浣芳穿一套缟素衣裳，娇滴滴越显红白，着实可怜可爱，特地携着手，同过榻床前，随意说些没要紧的闲话。浣芳平日灵敏非常，此时也呆瞪瞪的，问一句，答一句。

正说间，突然一人从客堂吆喝而出，天井里四名红黑帽便喝起道来。随后大炮三声，金锣九下，吓得浣芳向房后奔逃。玉甫早不知何往。云甫起立探望，客堂中密密层层，千头攒动，万声嘈杂，不知是否成殓。一会儿又喝道一遍，敲锣放炮如前，穿孝亲人暨会吊女客同声举哀。云甫退后躺下，静候多时，听得一阵鼓钹，接着钟铃摇响，念念有词，谅为殓毕洒净的俗例。

洒净之后，半晌不见动静。云甫再欲探望，小云忽挤出人丛，在房门口招手。云甫急急趋出，只见玉甫两手扳牢棺板，弯腰曲背上半身竟伏入棺内，李秀姐竭尽气力，那里推挽得动。云甫上前，从后抱起，强拉到房间里。外面登时锣炮齐鸣，哭喊竞作。盖棺竣事，看的人遂渐渐稀少。

于是吹打赞礼，设祭送行。云甫把守房门，不许玉甫出外。自立嗣兄弟浣芳妹子阿招大姐及楼上两个讨人一一拜过，然后许多本家亲戚男女客陆续各拜如礼。小云赶出大门，指手划脚，点拨夫役，拥上客堂，撤去祭桌，络起绳索。但闻一声炮响，众夫役发喊上肩，红黑帽敲锣喝道，与和尚鼓钹之声——僧众先在衖口等候。这里丧舆方缓缓启行。秀姐率阖家女眷等步行哭送。本家亲戚或送或不送，一哄而去。

玉甫乘乱欻地钻出云甫肋下，云甫看见，拉回。玉甫没奈何，跌足发恨。云甫道："你这时候去做什么？明天我同你徐家汇去一趟那才是正经。这时候就送到船上，一点事都没有，干什么呀？"

玉甫听说的不差，只得罢休。云甫即要拉往西公和。玉甫定要俟送丧回来始去，云甫也只得依从。不意等之良久杳然。

玉甫想着漱芳遗物，未稔秀姐曾否收拾，背着云甫，亲往左首房间要去查看；跨进门槛，四顾大惊：房间里竟搬得空落落的；

一带橱箱都加上锁；大床上横堆着两张板凳；挂的玻璃灯，打碎了一架，伶伶仃仃，欲坠未坠，壁间字画亦脱落不全；满地下鸡鱼骨头尚未打扫。

玉甫心想漱芳一死，如此糟蹋，不禁苦苦的又哭一场。云甫在右首房间并未听见，任玉甫哭个尽情。玉甫一路哭至床前，忽见乌黑的一团，从梳妆台下滚出，眼前一瞥，顷刻不见。玉甫顿发一怔，心想莫非漱芳魂灵，现此变异，使我勿哭，因此不劝自止。

适值陈小云先回，玉甫趋见问信。小云道："船上都预备好了，明天开下去。你嗄明天吃了中饭坐马车到徐家汇好了。"

云甫甚不耐烦，不等轿班，连催玉甫快走。玉甫步出天井，却有一只乌云盖雪的猫蹲着在水缸盖上侧转头咬嚼有声。玉甫恍然，所见乌黑的一团即此畜生作怪，叹一口气，径跟云甫踅往西公和里覃丽娟家。

那时愁云黯黯，日色无光；向晚，就濛濛的下起雨来。云甫气闷已甚，点了几色爱吃的菜，请陈小云事毕过来小饮。小云带了李浣芳同来。玉甫诧问何事。小云道："她要找姐夫呀，跟她妈闹了一会了。"

浣芳紧靠玉甫身边，悄悄诉道："姐夫有没晓得？姐姐一个人在船上，我们嗄倒都回来了，连桂福也跑来了。等会给陌生人摇了去，那可到哪去找嗄？"小云云甫听说，不觉失笑。玉甫仍以好言抚慰。覃丽娟在旁，点头赞叹道："她没了姐姐也苦呵！"云甫嗔道："你可是要她哭？刚刚哭好了不多一会，你还要去惹她！"

丽娟看浣芳当真水汪汪含着一泡眼泪，不曾哭出，忙换笑脸，挈浣芳的手，过自己身边，问其年纪几岁，谁教的曲子，大曲教了几支，一顿搭讪，直搭讪到搬上晚餐始罢。云甫和小云对酌，丽娟

丁其窅人之戀烟花

稍可陪陪。玉甫浣芳先自吃饭。云甫留心玉甫一日所食仅有半碗光景，虽不强劝，却体贴说道："今天你起来得早，可要睡? 先去睡罢。"

玉甫亦觉无味，趁此同浣芳辞往亭子间，关上房门，推说睡了。其实玉甫这些时像土木偶一般，到了亭子间，只对着一盏长颈灯台默然闷坐。浣芳相偎相倚，也像有甚心事，注视一处，目不转睛；半日，浣芳忽道："姐夫听喂! 这时候雨停了点了。我们到船上去陪陪姐姐，等会还到这儿来，好不好? "玉甫不答，但摇摇头。浣芳道："不要紧的呀，不要给他们晓得就是了。"玉甫因其痴心，愈形悲楚，一气奔上，两泪直流。浣芳见了，失声道："姐夫为什么哭啊? "玉甫摇摇手，叫她"不要作声"。

浣芳反身抱住玉甫，等玉甫泪干气复，道："姐夫，我有一句话，你不要去告诉别人，好不好? "玉甫问："什么话? "浣芳道："昨天帐房先生跟我说：姐姐就不过去一趟，去了两礼拜，还到家里来。阴阳先生看好了日子，说是二十一嘻，一定回来的了。帐房先生是老实人，他话先说在那儿，是错不了的! 他还叫我不要哭，姐姐听见哭，怕不肯来。还叫我不要去别人说，说穿了，倒不许姐姐来了。姐夫，这可不要哭喂，好让姐姐回来呀。"

玉甫听完这篇话，再也忍不住，呜呜咽咽，大放悲声。浣芳急得跺脚叫唤，一时惊动小云云甫。推进门去，看此情形，小云呵呵一笑。云甫攒眉道："你可有点谱子! "玉甫狠命收捺下去。覃丽娟令娘姨舀盆水来，并嘱道："二少爷洗了脸睡罢。今天辛苦了一天了。"说毕皆去。娘姨送上面水。玉甫洗过，再替浣芳揩一把。娘姨掇盆去后，玉甫就替浣芳宽衣上床，并头安睡。初时甚是清醒，后来渐次懵腾，连陈小云辞别归去也一概不闻。

次早起身，天晴日出，爽气迎人，玉甫拟独自溜往洋泾浜寻那载棺的船。刚离亭子间，为娘姨所拦，说是："大少爷交代我们，叫二少爷不要走。"一面浣芳又追出相随。玉甫料不能脱身，只好归房，俟至午牌时分，始闻云甫咳嗽声。丽娟蓬头出房喊娘姨，望见玉甫浣芳，招呼道："都起来了，房里来喨。"

玉甫挈浣芳并过前面房间，见了云甫，欲令轿班叫马车。云甫道："吃了饭去喊正好嚛。"玉甫乃欲叫菜。云甫道："叫了。"

玉甫方就榻床坐下，看着丽娟对镜新妆。丽娟向浣芳道："你的头也毛得很，可要梳？我替你梳梳罢。"浣芳含羞不要。云甫道："为什么不要梳？你自己去镜子里看，可毛啊？"玉甫帮着怂恿。浣芳愈形踟蹰。玉甫道："熟了点倒怕面重了。"丽娟笑道："不要紧的，来喨。"一手挽过浣芳来梳，随口问其向日梳头何人。浣芳道："本来是姐姐，这时候是随便什么人。前天早上，要换个湖色绒绳，妈也梳了一回。"

云甫唯恐闲话中打动玉甫心事，故意支说别事。丽娟会意，不复多言。玉甫虽呆脸端坐，意马心猿，无时或定，云甫岂不觉得。适外场报说："菜来了。"云甫便令搬上楼来。浣芳梳的两只丫角比丽娟正头终究容易，赶着梳好，一同吃饭。

饭后玉甫更不耽延，亲喊轿班叫了马车俟于衖口。云甫没法，和玉甫浣芳即时动身，一直驶往西南相近徐家汇官道之旁，只见一座绝大坟山，靠尽头新打一圹，七八个匠人往来工作，流汗相属，圹前叠着一堆砖瓦，铺着一坑石灰，知道是了，相将下车。一个监工的相帮上前禀说："陈老爷也来了，都在这边船上。"

玉甫回头望去，相隔一箭多路，遂请云甫挈浣芳步至堤前，只见一排停着三只无锡大船首尾相接：最大一只载着灵柩暨一班和尚；陈小云偕风水先生坐了一只；李秀姐率阖家女眷等坐了一只。

玉甫先送浣芳交与秀姐，才同云甫往小云坐的船上拱手厮见，促膝闲谈。谈过半点多钟，风水先生道："是时候了。"小云乃命桂福传唤本地炮手，作速赴工；传令小工头点齐夫役，准备行事；传语秀姐，教浣芳等换上孝衫。当下风水先生前行，小云云甫玉甫跟到坟头。

不多时，炮声大震，灵柩离船，和尚敲动法器，叮叮当当，当先接引，阖家女眷等且哭且走，簇拥于后。玉甫目见耳闻，心中有些作恶，兀自挣扎，却不道天旋地转，立刻眼前漆黑，脚底下站不定，仰翻身跌倒在地。吓得小云云甫，搀的搀，叫的叫。秀姐慌张尤甚，顾不得灵柩，飞奔抢上，掐人中，许神愿，乱做一堆。幸而玉甫渐渐苏醒开目，众人稍放些心。

风水先生指点左首一座洋房，说系外国酒馆，可以勾留暂坐。秀姐云甫听了，相与扶掖前往。维时皓皓秋阳，天气无殊三伏，玉甫本为炎热所致；既进洋房，脱下夹衫，已凉快许多，再吃点荷兰水（注四），自然清爽没事。

玉甫见云甫出立廊下，乘间要溜。秀姐如何敢放。玉甫央及道："让我去看看好了；我没什么呀，你放手喂！"秀姐没口子劝道："二少爷，刚刚好了点，再要去，那我们可是担不起这干系的！"云甫隔壁听明，大声道："你可是要吓死人？安静点罢！"

玉甫无奈归座，焦躁异常，取腰间佩的一块汉玉，将指甲用力刻划，恨不得砸个粉碎。秀姐婉婉商略道："我说二少爷，你嘿坐在这儿，我去看一趟。看他们做好了，我叫桂福来请你，那你再去看，不是蛮好？"玉甫道："那么快点去喂。"

秀姐请进云甫软困玉甫于洋房中才去。玉甫由玻璃窗望到坟

头，咫尺之间，历历在目，登科廪主（注五），事事齐备，再想不到这浣芳围绕坟旁，又哭又跳，不解其为甚缘故。恰遇桂福来请，云甫乃与玉甫离了外国酒馆，重至坟头。浣芳犹哭个不止，一见玉甫，连身扑上，只喊说："姐夫，不好了呀！"玉甫问："什么不好？"浣芳哭道："你看喲！姐姐给他们关到里头去了呀！这还好出来啊！"众人听着茫然，惟玉甫喻其痴意。浣芳复连连推搡玉甫，并哭道："姐夫去说喲！教他们开个门在那儿喲！"

玉甫无可抚慰，且以诳言掩饰。浣芳那里肯罢，转身扑到坟上，又起两手，将廪的石灰拚命扒开，泥水匠更禁不得，还是秀姐去拉，始拉下来。秀姐仍把浣芳交与玉甫看管，且道："总算完了事了，请你二少爷先回去，此地有我们在这儿。"

玉甫想在此荒野亦属无聊，即时跟从云甫并坐马车，浣芳挤在中间，驶归四马路西公和里，一路尚被浣芳胡缠瞎闹。及进覃丽娟家门口，只听得楼上有许多人声音。云甫问外场，知为尹痴鸳亲送张秀英回家，连高亚白姚文君咸在。云甫甚喜，领玉甫浣芳上楼，先往覃丽娟房间略坐片刻，便往对过张秀英房间。

注一：加绸套的神主牌。

注二：丧事用的浅黄色帛布。

注三：同是妓女送奠仪，他对自己的相好与齐韵叟代送的，态度判然不同，画出势利。

注四：一种棕色的柠檬苏打水。

注五："廪主"即"廪"（借用的同音字，意即粉刷）的神主——参看下段"廪的石灰"——在坟堆上刷的一条白粉上写死者姓名，因为没有墓碑。

第四二回

赚势豪牢笼歌一曲　惩贪黠挟制价千金

　　按高亚白尹痴鸳一见陶云甫,动问李漱芳之事。云甫历陈大略。尹痴鸳闻陶玉甫在对过覃丽娟房间,特令娘姨相请。陶玉甫遂带李浣芳踅过张秀英房间厮见。坐定,高亚白力劝陶玉甫珍重加餐,尹痴鸳仅淡淡的宽譬两句。

　　玉甫最怕提起这些话,不由自主,黯然神伤。陶云甫忙搭讪问道:"前天晚上四书酒令,有没接下去?"尹痴鸳道:"我们几天工夫添了好些好些好酒令,你说哪一个?"高亚白道:"就昨天我们大会,龙池先生想出个四书酒令,也不错。妙在不难不易,不少不多。统共六桌二十四位客,刚刚二十四根筹。"

　　谁知这里谈论酒令,陶玉甫已与李浣芳溜过覃丽娟房间,背人闷坐。丽娟差个娘姨去陪。高亚白低声向陶云甫道:"令弟气色有点涩滞,你倒要劝劝他,保重点喏。"尹痴鸳接说道:"你为什么不同令弟到一笠园去玩两天,让他散散心?"云甫道:"我们本来明天要去;这几天,连我也无趣得很。"

　　痴鸳四顾一想,即命张秀英喊个台面下去,道:"今天嗄我先请请他,难得凑巧,大家相好都在这儿,刚刚八个人一桌。"

云甫正待阻止，秀英早自应命，令外场去叫菜了。姚文君起立说道："我家里有堂戏在那儿，我先去做掉了一出，就来。"高亚白叮嘱"快点。"文君乃不别而行。

那时晚霞散绮，暮色苍然。姚文君下楼坐轿，从西公和里穿过四马路，回至东合兴里家中，跨进门口，便仰见楼上当中客堂，灯火点得耀眼，幢幢人影，挤满一间，管弦箫鼓之声，聒耳得紧。文君问知为赖公子，也吃一惊，先踅往后面小房间见了老鸨大脚姚，唧唧埋怨，说不应招揽这癞头鼋。大脚姚道："谁去招揽呀！他自己跑了来找你，一定要做戏吃酒，我们可好回掉他？"

文君无可如何，且去席间随机应变。迨上得楼梯，娘姨报说："文君先生回来了。"顿时客堂内一群帮闲门客像风驰潮涌一般赶出迎接，围住文君，欢叫喜跃。文君屹然挺立，瞪目而视。帮闲的那里敢啰唣，但说："少大人等了你半天了，快点来喽。"一个门客前行，为文君开路；一个门客掇过凳子，放在赖公子身后，请文君坐。

文君因周围八九个出局倌人系赖公子一人所叫，密密层层，插不下去，索性将凳子拖得远些。赖公子屡屡回头，望着文君上下打量。文君缩手敛足，端凝不动。赖公子亦无可如何。

文君见赖公子坐的主位上首仅有两位客，乃是罗子富王莲生，胆子为之稍壮。其余二十来个不三不四，近似流氓，并未入席，四散鹄立，大约赖公子带来的帮闲门客而已。

当有一个门客趋近文君，鞠躬耸肩，问道："你做什么戏？你自己说。"文君心想做了戏就可托词出局，遂说做《文昭关》。那门客巴得这道玉音，连忙告诉赖公子，说文君做《文昭关》，并叙述《文昭关》的情节与赖公子听。更有一个门客怂恿文君速去后场打扮起来。

等到前面一出演毕,文君改装登场,尚未开口,一个门客凑趣,先喊声"好"。不料接接连连,你也喊好,我也喊好,一片声嚷得天崩地塌,海搅江翻。席上两位客,王莲生惯于习静,脑痛已甚;罗子富算是粗豪的人,还禁不得这等胡闹。只有赖公子捧腹大笑,极其得意,唱过半出,就令当差的放赏。那当差的将一卷洋钱散放巴斗内呈赖公子过目,望台上只一撒,但闻索郎一声响,便见许多晶莹辉耀的东西满台乱滚。台下这些帮闲门客又齐声一嚷。

文君揣知赖公子其欲逐逐,心上一急倒急出个计较来;当场依然用心的唱,唱罢落场,唤个娘姨于场后戏房中暗暗定议,然后卸妆出房,含笑入席。不提防赖公子一手将文君揽入怀中。文君慌的推开起立,佯作怒色,却又扒在赖公子肩膀悄悄的附耳说了几句。赖公子连连点头,道:"晓得了。"

于是文君取把酒壶,从罗子富王莲生敬起,敬至赖公子,将酒杯送上赖公子唇边,赖公子一口吸干。文君再敬一杯,说是成双,赖公子也干了。文君才退下归座。

赖公子被文君挑逗动火,顾不得看戏,掇转屁股,紧对文君嘻开嘴笑,惟不敢动手动脚。文君故意打情骂俏,以示亲密。罗子富王莲生皆为诧异。帮闲的更没见识,只道文君倾心巴结,信而不疑。

少顷,忽然有个外场高声向内说:"叫局。"娘姨即高声问:"哪儿呀?"外场说:"老旗昌。"娘姨转身向文君道:"这下子好了!三个局还没去,老旗昌又来叫了。"文君道:"他们老旗昌吃酒,向来要天亮的,晚点也没什么。"娘姨高声回说道:"来嚜来的,还

第四十四回

有三个局转过来。"外场声诺下去。

赖公子听得明白，着了干急，问文君："你真的出局去？"文君道："出局嘎可有什么假的呀！"

赖公子面色似乎一沉。文君只做不知，复与赖公子悄悄的附耳说了几句。赖公子复连连点头，反催文君道："那你早点去罢。"文君道："这时候去正好。忙什么呀！"

俄延之间，外场提上灯笼，候于帘下，娘姨拴出琵琶银水烟筒交代外场。赖公子再催一遍。文君嗔道："忙什么呀！你可是在讨厌我？"

赖公子满心鹘突，欲去近身掏摸，却恐触怒不美。文君临行，仍与赖公子悄悄的附耳说了几句。赖公子仍连连点头。这些帮闲门客眼睁睁看着姚文君飘然竟去。罗子富王莲生始知文君用计脱身，不胜佩服。

赖公子并不介意，吃酒看戏，余兴未阑。却有几个门客攒聚一处切切议论，一会推出一个上前请问赖公子缘何放走姚文君。赖公子回说："我自己叫她去，你不要管。"（注）门客无言而退。

罗子富王莲生等上到后四道菜，约会兴辞。赖公子不解迎送，听凭自便。两人联步下楼，分手上轿。

王莲生自归五马路公馆。罗子富独往尚仁里黄翠凤家。大姐小阿宝引进楼上房间。黄翠凤黄金凤皆出局未回，只有黄珠凤扭捏来陪。

俄而老鸨黄二姐上楼厮见，与罗子富说说话，颇不寂寞。黄二姐因问子富道："翠凤要赎身了呀，有没跟罗老爷说？"子富道："说嘎说起过，好像不成功。"黄二姐道："不是不成功；她们自己赎身，要嚜不说；说了出来，还有什么不成功！可是我不许她赎？我是要她做生意，不是要她的人。倘若她赎身不成功，自然生意也不高兴替我做，不是让她赎的好？"

子富道："那她为什么说不成功？"黄二姐叹口气道："不是我要说她！翠凤这人调皮不过！我们开个把势，买了来讨人才不过七八岁，养到了十六岁嚜做生意，吃穿费用倒不要去说它，样样都要教她嚜，她好会。罗老爷，你说要费多少心血哪？那么生意倒也难说。倘若生意不好，白花了本钱，还要白费心，那也是没法子的事。真正要运气到了，人嚜外场也不错，这就生意刚刚好点起来。比方有十个讨人，九个不会做生意，单有一个生意蛮好，那么一直这些时下的多少本钱自然都要她一个人做出来的啰。罗老爷，对不对？这时候翠凤要赎身，她倒跟我说，进来的身价一百块洋钱，就加了十倍不过一千嚜。罗老爷，你说可好拿进来的身价来比？"

子富道："她嚜说一千，你要她多少呢？"黄二姐道："我嚜自己天地良心，到茶馆里教众人去断好了。她一节工夫，单是局帐，就要千把呐；客人办的东西，给她的零用洋钱，都不算它，就拿了三千身价给我，也不过一年的局帐钱。她出去做下去，生意正要好呢。罗老爷，对不对？

子富寻思半晌不语。珠凤乘间掩在靠壁高椅上打瞌睡。黄二姐一眼睃见，随手横挞过去。珠凤扑的一交，伏身跌下，竟没有醒，两手还向楼板上胡抓乱摸。子富笑问："做什么？"连问两遍。珠凤挣出一句道："丢掉了呀！"黄二姐一手拎起来，狠狠的再挞一下，道："丢掉了你的魂灵了喥！"这一下才把珠凤挞醒，立定脚，做嘴做脸，侍于一旁。

戀食檳榔價千金

黄二姐又向子富说道："就像珠凤这样子，白给她饭吃，可好做生意！有谁要她？还是一百也让她走好了嚜。可好说翠凤赎身嚜多少呐，珠凤倒也不能少？"

子富道："上海滩上，倌人身价，三千也有，一千也有，没一定的规矩。我说你嚜将就点，我嚜帮贴点，大家凑拢来，成功了，总算是一桩好事。"黄二姐道："罗老爷说得不错。我也不是一定要她三千。翠凤自己先说了好些蛮话，我可好说什么？"

子富胸中筹画一番，欲趁此时说定数目，以成其事。恰好黄翠凤黄金凤同台出局而回，子富便缩住嘴。黄二姐亦讪讪的告辞归寝。

翠凤跨进房门，就问珠凤："可是在打瞌睡？"珠凤说："没有。"翠凤拉她面向台灯试验，道："你看两只眼睛！倒不是打瞌睡？"珠凤道："我一直在听妈讲话，哪睡呀。"翠凤不信，转问子富。子富道："妈打过的了。你就哝哝罢，管她做什么？"

翠凤怒其虚诳，作色要打，却为子富劝说在先，暂时忍耐。子富忙喝珠凤退去。翠凤乃脱下出局衣裳，换上一件家常背心。金凤也脱换了过来叫声"姐夫"，坐定。子富爱将黄二姐所说身价云云，缕述綦详。

翠凤鼻子里"哼"了一声，答道："你看好了！一个人做了老鸨，她的心一定狠得不得了的哦！妈起先是娘姨呀，就拿的带挡洋钱买了我们几个讨人，哪有多少本钱呀！单是我一个人，五年生意嚜，做了二万多，都是她的嚜。这时候衣裳，头面，家具，还有万把，我可能够带了去？她倒还要我三千！"说到这里，又"哼"了两声，道："三千也没什么稀奇，你有本事嚜拿了去！"

116

子富再将自己回答黄二姐云云，并为详述。翠凤一听，发嗔道："谁要你帮贴啊？我赎身嚜有我的道理，你去瞎说些什么，说上这么些！"

子富不意遭此抢白，只是讪讪的笑。金凤见说的正事，也不敢接口。翠凤重复叮嘱子富道："这可不要去跟妈多嘴了；妈这人，依了她倒不好。"

子富应诺，因而想起姚文君来，笑向翠凤道："姚文君这人倒有点像你。"翠凤道："姚文君嚜，哪像我！我说癞头鼋有点吓死人，文君不做也没什么，不该拿'空心汤团'给他吃。就算你到了老旗昌不回去，明天还有什么法子？"

子富听说得有理，转为文君担忧，道："不错呀，文君这可要吃亏了！"金凤在旁笑道："姐夫干什么呀；姐姐不要你说嚜，你去瞎说。姚文君吃亏不吃亏，让她去好了，要姐夫发急！"子富方笑而丢开。一宿晚景少叙。

十一日近午时候，翠凤金凤并于当中间窗下梳头。子富独在房中，觉得精神欠爽，意欲吸口鸦片烟，亲自烧成一枚夹生的烟泡装上枪去，脱落下来，终不得吸。适值黄二姐进来看见，上前接过签子，替子富另烧一口，为此对躺在烟榻上，切切私议。黄二姐先问夜来帮贴之说。子富遂告诉她翠凤之意，坚不可夺，不惟不肯加增，并且不许帮贴。

黄二姐低声道："翠凤总是说蛮话！照翠凤这样子，我有点气不过，心想就是三千嚜倒也不给她赎了去；这时候说嚜说了半天了，罗老爷肯帮贴点，那是再好也没有。我就请你罗老爷吩咐一声，应该多少，我总依你罗老爷。"

子富着实踌躇道："不然是也没什么，这她说了不要我帮贴，我倒尴尬了。没懂她什么意思。"黄二姐道："那是翠凤的调皮了喔！她自己要赎身，可有什么帮贴她，倒说是不要的呀？她嘴里说不要，心里在要。要你罗老爷帮贴了，等她出去多少用场，还要你罗老爷照应点，可是这意思？"

子富寻思此说倒亦的确，莽莽撞撞，径和黄二姐背地议定二千身价，帮贴一半。黄二姐大喜过望，连装三口鸦片烟。子富吸得够了，黄二姐乃抽身出房。

注：原文；全书唯一的一句普通话对白。显然赖公子与他的帮闲都是北方人——至少长江以北。他对姚文君就说吴语，正如山东人罗子富也会说流利的吴语。

第四三回
成局忽翻虔婆失色　旁观不忿雏妓争风

按黄二姐撇下罗子富在房，踅往中间客堂，黄翠凤黄金凤新妆初毕，刷鬓簪花，黄二姐即欣欣然将子富帮贴一千之议诉与翠凤。翠凤一声儿不言语，忙洗了手，赶进房间，高声向子富道："你钱倒不少哒！我倒不晓得还有在那儿！蛮好，连二千身价在里头，你去拿五千洋钱来！"子富惶急道："我哪有多少钱啊？"翠凤冷笑道："这种客气话，你这时候用不着说！妈一说你就发急了！我这时候赎身出去，衣裳，头面，家具，有了三千嘞，刚刚好做生意。你帮了我一千，可好再说没有？你没有嘞，教我赎身出去可是饿死？"

子富这才回过滋味，亦高声问道："那么你意思总不要我帮贴，对不对？"翠凤道："帮贴嘞，可有什么不要的呀！你替我衣裳，头面，家具，预备好了，随便你去帮贴多少好了！"

子富转向黄二姐道："刚才说的话作废，譬如没说。她赎身不赎身也不关我事。"说罢，倒身往烟榻躺下。

黄二姐初不料如此决撒，登时面色气得铁青，一手指定翠凤嘴脸，恶狠狠数落道："你这人好良心！你自己去想想看！你七岁没了爹娘，落的堂子，我看你可怜，一直拿你当亲生女儿，梳头裹脚，出理到如今，哪一桩事我得罪了你，你死命同我做冤家？你好良心！你赎了身要升高了呀！我一直指望你升高了嚜照应点我老太婆，这时候就在照应了！你年纪轻轻，生了这么个良心，没什么好的哝！"一面咬牙切齿的说，一面鼻涕眼泪一齐进出。

翠凤慌忙眉花眼笑劝道："妈，不要哝！这可有什么要紧啊？我是你的讨人呀，赎不赎嚜随你的便——这我不赎了；等会闹得给隔壁人家听见了倒给他们笑话！"

翠凤尚未说完，黄二姐已出房外揩了把面。赵家妈还在收拾妆奁，略劝两句。黄二姐便向赵家妈道："倌人自己赎身，客人帮贴嚜也多得要命！倘若罗老爷不肯帮，那你也好算是女儿，应该跟罗老爷说，挑挑我；可有什么罗老爷肯帮了，你倒不许罗老爷帮？可是罗老爷的钱你一定要一个人拿了去？"

翠凤在房里吸水烟，听了，笑阻道："妈不要说了呀！我赎身不赎好了，再替妈做十年生意，一节嚜千把局帐，十年做下来要多少？"自己轮指一算，佯作失惊，道："啊唷！局帐洋钱要三万的哦！那是妈快活得呵——连赎身洋钱也不要了，说道：'去罢！去罢！'"

几句说得子富也不禁发笑起来。黄二姐隔房答道："你不要再花言巧语拿我开心！你要同我做冤家嚜，做好了，看你可有什么好处！"说着，迈步下楼。赵家妈事毕随去。珠凤金凤并进房来，皆吓得呆瞪瞪的。

翠凤始埋怨子富道："你怎么这么糊涂的呀！白送给她一千洋钱为了什么哝？有时候应该你要用的地方，我跟你说了，你倒也不是爽爽气气的拿出来；这时候不应该你用嚜，一千也肯了！"子

成局恐翻虔婆失色

富抱惭不辩。自是，翠凤赎身之事挠散不提。

延过一日，子富偶阅新闻纸，见后面载着一条道：

"前晚粤人某甲在老旗昌狎妓请客，席间某乙叫东合兴姚文君出局。因姚文君口角忤乙，乙竟大肆咆哮，挥拳殴辱，当经某甲力劝而散。传闻乙余怒未息，纠合无赖，声言寻仇，欲行入虎穴探骊珠之计，因而姚文君匿迹潜踪，不知何往云。"

子富阅竟大惊，将这新闻告知翠凤。翠凤却不甚信。子富乃喊管家高升，当面吩咐，令其往大脚姚家打听文君如何吃亏，是否癞头鼋所为。

高升承命而去，刚趱出四马路，即望见东合兴里口停着一辆皮篷马车，上面坐着一个倌人，身段与姚文君相仿。高升紧步进前，才看清倌人为覃丽娟，颇讶其坐马车何若是之早；略瞟一眼，转弯进衖，到大脚姚家客堂中向相帮探信。那相帮但说不关癞头鼋之事，其余说得含糊不明。

高升迟回欲退，只见陶云甫从客堂后面出来，老鸨大脚姚随后相送。高升站过一边，叫声"陶老爷"。云甫问他到此何事。高升说："打听文君的事。"

云甫低头一想，然后悄向高升道："事是没这事，骗骗这癞头鼋。怕癞头鼋不相信，去上的新闻纸。这时候文君在一笠园，蛮好在那里。你去跟老爷说，不要给外头人听见。"高升连声应"是"。

云甫遂别了大脚姚，出衖上车，一路滔滔，直驶进一笠园门内方停。陶云甫覃丽娟相将下车，当值管家当先引导，由东转北，绕至一处，背山临湖的五间通连厅屋，名曰拜月房栊；但见帘箄花影，檐叟茶烟，里面却静悄悄的，不闻笑语声息。

陶云甫覃丽娟进去，只有朱霭人躺在榻床吸鸦片烟，旁边坐着陶玉甫李浣芳，更无别人在内。正要动问，管家禀道："几位老爷都在看射箭，就要来了。"

道言未了，果然一簇冠裳钗黛，跄济缤纷，从后面山坡下兜过来。打头就是姚文君，打扮得唧灵唧溜，比众不同。周双玉张秀英林素芬苏冠香俱跟在后。再后方是朱淑人高亚白尹痴鸳齐韵叟暨许多娘姨管家。齐集于拜月房栊，随意散坐。

陶云甫乃向姚文君道："刚才我自己到你家里去问，你妈说，癞头鼋昨天又来，跟他说了倒蛮相信，就是一班流氓，七张八嘴，有点闲言闲语我说也不要紧。"

齐韵叟亦向陶云甫道："还有一桩事要跟你说：令弟今天要回去。我问他：'可有事？我们节上嘿还要热闹热闹，怎么急着回去？'令弟说：'去了再来。'这我倒想起来了：明天十三是李漱芳头七，大约就是为此，所以一定要去一趟。我说漱芳命薄情深，可怜亦可敬，我们七个人明天一块去吊吊她，公祭一坛，倒是一段风流佳话。"云甫道："那先要去给个信才好。"韵叟道："不必；我们吊了就走，出来到贵相好那儿去吃局，我嘿要见识见识贵相好同张秀英的房间。大家去闹她们一天。"覃丽娟接说道："齐大人还要客气。我们那儿地方小点，大人不嫌脏，请过来坐坐，也算我们有面子。"

须臾，传呼开饭，管家即于拜月房栊中央，左右分排两桌圆台。众人无须推让，挨次就位：左首八位，右首六位。齐韵叟留心指数，讶道："翠芬到了哪去了？今天一直没看见她。"林素芬答道："她起来了又睡着。"尹痴鸳忙问："可有什么不舒服？"素芬道："怎晓得她；好像没什么。"

韵叟遂令娘姨去请。那娘姨一去半日，不见回覆。韵叟忽想起一事，道："前天我听见梨花院落里，瑶官同翠芬两个人合唱一套《迎像》，倒唱得不错。"林素芬道："不是翠芬噢，她大曲会嚡会两支，《迎像》没教嚡。"苏冠香道："是翠芬在唱。她就听他们教，听会了好几支呢。"陶云甫道："《迎像》跟《哭像》，连下去一块唱，那可真累死人！"高亚白道："《长生殿》其余角色派得蛮匀，就是个正生，《迎像》《哭像》，两出吃力点。"

齐韵叟闻此议论，偶然高兴，再令娘姨传唤瑶官。瑶官得命，随那娘姨而至。众人见瑶官的鹅圆的面孔，并不敷些脂粉，垂着一条绝大朴辫，好似乌云中推出一轮皓月。韵叟命其且坐一旁，留出一位，在尹痴鸳肩下，专等林翠芬。

维时，上过四道小碗，间着四色点心。管家端上茶碗，并将各种水烟旱烟雪茄烟装好奉上。朱霭人独出席就榻，仍去吸鸦片烟。陶云甫乃想起酒令来，倡议道："龙池先生的四书酒令，我们再行行看。"尹痴鸳摇手道："不成功！一部四书我统统想过，再要凑它二十四句再也凑不全的了。"

不想席间讲这酒令，适值林翠芬挈那娘姨，穿花度柳，姗姗来迟，悄悄的站了多时，大家都没有理会。尹痴鸳觉背后响动，回头看视，只见翠芬满面凄凉，毫无意兴，两鬓脚蓬蓬松松，连簪珥钏环亦未齐整，一手扶定痴鸳椅背，一手只顾揉眼睛。痴鸳陪笑让座。翠芬漠然不睬。痴鸳起身双手来挽。翠芬摔脱袖子，攒眉道："不要噢！"齐韵叟先"格"声一笑，引得众人不禁哄堂。痴鸳不好意思，讪讪坐下。

翠芬岂不知这笑的为己而发，越发气得别转脸去。张秀英谓其系清倌人倒不放在心上，意欲劝和，无从搭口。还是林素芬招手相叫，翠芬方慢慢趄往姐姐面前。素芬替她理理头发，捉空于耳朵边说了两句。翠芬置若罔闻，等姐姐理好，复慢慢趄向远远地烟榻对过一带靠窗高椅上，斜嘴打了一个呵欠。

席间众人肚里好笑，不敢出声。尹痴鸳轻轻笑道："只好我去倒运点了嗹！"说了，便取根水烟筒，趄至烟榻前，点着纸吹，也去坐在靠窗高椅上，和翠芬隔着一张半桌。痴鸳知道清倌人吃醋，必然深自忌讳，不可劝解的，只用百计千方，逗引翠芬顽笑。翠芬回身爬上窗槛，眼望一笠湖中一对白凫出没游泳，听凭痴鸳装腔作势，并不觑一正眼儿。齐韵叟料急切不能挽回，姑命瑶官独唱一套《迎像》。瑶官自点鼓板，央苏冠香为之撒笛。席间急于听曲，不复关心。

朱蔼人自烟榻下来，顺便怂恿翠芬同去吃酒。翠芬苦苦告道："有点不舒服，吃不下呀！"蔼人只得走开。尹痴鸳没奈何，遂去挨坐翠芬身边，另换一副呆板面孔，正正经经，亲亲密密的，特地叫声"翠芬"，道："你不舒服嚜，台面上去稍微坐一会。酒倒不吃也没什么。你不去，就是我嚜晓得你是不舒服，他们非得要说你是吃醋。你自己想想看。"

翠芬见痴鸳还是先时相待样子，气已消了几分；及听斯言，抉出真病，心目中是首肯，但一时翻不转面皮，垂头不语。痴鸳探微察隐，乘间要搋翠芬的手。翠芬夺手嗔道："走开点嗹！讨厌死了！"痴鸳央及道："那你一块去好不好？"翠芬道："你去好了嚜！要我去做什么？"痴鸳道："你去坐一会还到这儿来好了。"翠芬道："你先去！"

痴鸳恐催促太迫，转致拂逆，遂再三叮嘱翠芬就来，先自归席。

125

瑶官的《迎像》正唱到抑扬顿挫之际，席间竦然听之。痴鸳略微消停，即丢个眼色与林素芬。素芬复招手叫翠芬。翠芬便趁势趔趄而前，问："姐姐，什么呀？"素芬向高椅努嘴示意。痴鸳也欠身相让。翠芬却将高椅拉开些，仍斜签身子和瑶官对坐。

痴鸳等瑶官唱完，暗将韵叟本要合唱之意附耳告诉翠芬。翠芬道："《迎像》我不会的嘿。"痴鸳又将韵叟曾经听得之说附耳告诉翠芬。翠芬道："没学全哩呀。"

痴鸳连碰两个钉子，并不介意，只切切求告翠芬吃杯热酒润润喉咙，拣拿手的唱一支。翠芬不忍再拗，装做不听见，故意想出些话头问瑶官。瑶官不得不答。痴鸳手取酒壶，筛满一鸡缸杯，送到翠芬嘴边。翠芬使气大声道："放在那儿喽！"痴鸳慌得缩手放在桌上。翠芬只顾和瑶官搭讪问答，斜刺里抄过手去取那杯酒一口呷干，丢下杯子，用手帕揩揩脸。瑶官问翠芬："可唱？"翠芬点点头。于是瑶官撇笛，翠芬续唱半出《哭像》。席间自然称赞一番，然后用饭撤席。

那时将近三点钟，众人不等齐韵叟回房歇午，陆续踅出拜月房栊，三三两两，四散园中，各适其适去了。林翠芬赶人不见，拉了瑶官先行，转出山坡，抄西向北，一直往梨花院落行来。只见院门大开，院中树荫森森，几只燕子飞出飞进，两边厢房恰有先生在内教一班初学曲子的女孩儿。瑶官径引翠芬上楼到了自己卧房里。隔壁琪官听见，也踅过来，见翠芬脸上粉黛阑珊，就道："你要洗洗脸了呀。哪去闹得这样子？"瑶官笑道："不是闹，为了吃醋。"翠芬怒道："我倒不懂什么叫吃醋！你说说看！"

瑶官不辩，代喊个老婆子，舀盆面水，亲自移过镜台。翠芬坐下，重整新妆。琪官还待盘问。翠芬道："你问她做什么呀？她是听他们在说吃醋，这算学了个乖了！可晓得吃醋是什么事！"

瑶官背地向琪官挤挤眼，摇摇头，琪官便不作声。不提防被翠芬在镜中看得分明，且不提破，急急的掠鬓匀脸，撒手就走；将及房门，复回身说道："我走了！这好两个人去说我好了！"

琪官瑶官赶紧追上挽留。翠芬竟已拔步飞奔，登登下楼，出了梨花院落，一路自思，何处去好；从白墙根下绕至三叉石子路口，抬头望去，遥见志正堂台阶上站立一人，背又着手，形状似乎张寿，翠芬逆料姐夫姐姐必在那里，不如赶去消遣片时再说。

第四四回

逐儿嬉乍联新伴侣　陪公祭重睹旧门庭

按林翠芬打定主意，迤逦趄到志正堂前，张寿揭起帘子，让其进去，只见姐夫朱蔼人躺在堂中榻床吸鸦片烟，姐姐林素芬陪坐闲话。翠芬笑嘻嘻叫声"姐夫"，扒着姐姐膝盖，侧首观看。素芬想起，随口埋怨翠芬道："这可不要去瞎吵得不在当上！尹老爷还跟你蛮好，你也省事点，快快活活，讲讲话嗄好了。他们有交情，自然要好点。你是清倌人，可好眼热啊！"

翠芬不敢回嘴，顿时面涨通红，几乎下泪。蔼人笑道："你再要去说她，真正要气死她的了！"素芬嗤的失笑道："好坏也没懂嗄，还生什么气呀！"翠芬一半羞惭，一半懊悔，要辩又不能辩，着实教她为难。素芬不去理论，仍与蔼人攀谈。

良久良久，翠芬微微换些笑容。蔼人即撺掇她出去玩。翠芬本觉在此无味，彳亍将行。素芬叫住，叮咛道："你嗄自己要乖觉，可晓得？再去竖起了个面孔，给他们笑！"

翠芬默然，懒懒的由志正堂前箭道上低着头向前走，胸中还辘辘的转念头。不知不觉，转个弯，穿入万花深处，顺路趄过九曲平桥。桥下一直西北系大观楼的正路，另有一条小路，向南岔去，都是层层叠叠的假山。那山势千回百折，如游龙一般，故总名为蜿蜒岭。及至岭尽头，翻过龙首天心亭，亦可通大观楼了。

翠芬无心走此小路，或悬崖峭壁，或幽壑深岩，越走越觉隐僻，正拟转身退回，忽见前面一个人，身穿簇新绸缎，蹲踞假山洞口，湿漉漉地。翠芬失声问："谁？"那人绝不返顾。翠芬近前逼视，竟是朱淑人，弯着腰，蹑着脚，手中拿根竹签，在那里撩苔剔藓，拨石掏泥。翠芬问道："丢了什么东西呀？"淑人但摇摇手，只管旁视侧听，一步步挨进假山洞。翠芬道："你看衣裳弄脏了呀。"淑人始低声道："不要作声喤。你要看好东西嘽，这边去。"

翠芬不知如何好东西，依照所指方向，贸然往寻，只见山腰里盖着三间洁白光滑的浅浅石室，周双玉独自一个坐于石槛上，两手合捧一只青花白地磁盆，凑到脸上，将盆盖微开一缝，孜孜的向内张觑。翠芬未至跟前，便嚷道："什么东西呀？给我看喤！"双玉见是翠芬，笑说："没什么好看。"随手授过磁盆。

翠芬接得在手，揭起盆盖，不料那盆内单装着一只促织儿，撅起两根须，奕奕闪动。双玉慌的伸手来掩。翠芬只道是抢，将身一扭，那促织儿就猛可里一跳，跳在翠芬衣襟上。翠芬慌的捕捉，早跳向草地里去了。翠芬发急乱嚷，丢下磁盆，迈步追赶。双玉随后跟去。那促织儿接连几跳，跳到一块山石之隙，被翠芬赶上一扑扑入掌心，一把揾住，笑嘻嘻趈回来，道："在这儿了！险的！"

双玉去草地里拾起磁盆。翠芬松手，放进促织儿，加上盖。双玉再张时，不禁笑道："没用的了，放了它生罢。"翠芬慌的拦阻，问："为什么没用了呀？"双玉道："掉了脚了呀。"翠芬道："掉了脚喤，也不要紧喤。"

双玉恐她纠缠，笑而不答。适值朱淑人满面笑容，一手沾染一搭烂泥，一手揣得紧紧的，亦到了石室前。双玉忙问："有没捉到？"淑人点头道："好像还不错，你去看喂。"双玉向翠芬道："这可要放生了它，装这只了。"翠芬按定盆盖，不许放，嚷道："我要的呀！"

双玉遂把磁盆交给翠芬，和淑人并进石室中间。翠芬接踵相从。这室内仅摆一张通长玛瑙石天然几，几上叠着一大堆东西，还有许多杂色磁盆。双玉拣取空的一只描金白定窑，将淑人手中促织儿装上。双玉一张，果然"玉冠金翅"，雄杰非常，也啧啧道："不错！比'蟹壳青'还要好！"

翠芬在旁，拉着双玉袖口，央告要看。双玉教她看法。翠芬照样捧着，张见这盆内还是一只促织儿，并无别的东西，便不看了。

双玉说起适间"蟹壳青"折脚一节，淑人也要放生。翠芬如何肯放，取那磁盆抱于怀中，只道："我要的呀！"淑人笑道："你要它做什么呀？"翠芬略怔一怔，反问道："正是要它做什么，我不晓得嚹。你说喂。"招得淑人只望着双玉笑。双玉嘱道："你不要作声，那就请你一块看好东西。"

翠芬唯唯遵命。当下展开一条大红老虎绒毯铺设几前石板砌成的平地上，搬下一架象牙嵌宝雕笼，陈于中央；许多杂色磁盆，一字儿排列在外。淑人双玉对面盘膝坐下，令翠芬南向中坐，先将现捉的促织儿下了雕笼，然后将所有"蝴蝶"、"螳螂"、"飞铃"、"枣核"、"金琵琶"、"香狮子"、"油利挞"各种促织儿更替放入，捉对儿开闸厮斗。

初时这"玉冠金翅"的昂昂不动，一经草茎撩拨，勃然暴怒起来，凭陵冲突，一往无前，两下里扭结做一处，那里饶让一些儿。喜欢得翠芬拍腿狂笑，仍垂下头直瞪瞪的注视。不提防雕笼中戛

逐冤孽作眼
新伴侶

然长鸣一声，倒把翠芬猛吓一跳。原来一只"香狮子"竟被"玉冠金翅"的咬死，还见它耸身振翼，似乎有得意之状。接连斗了五、六阵，无不克捷。末后连那"油利挞"都败走奔逃。淑人也喝采道："这才是真将军！"双玉道："你替它起个名字噢。"翠芬抢说道："我有蛮好的名字在这儿！"淑人双玉同声请教。

翠芬正待说出，忽见娘姨阿珠探头一望，笑道："我说小先生也在这儿，花园里到处都找到了，快点去罢。"翠芬生气道："找什么呀？可怕我逃走了！"阿珠沉下脸道："尹老爷在找呀！我们嘎找你小先生做什么！"

说着，即闻尹痴鸳声音，一路说笑而至。淑人忙起立招呼。痴鸳当门止步，顾见翠芬，抵掌笑道："这你也有伴了！"翠芬道："你可要看？来噢。"痴鸳只是笑。双玉道："今天就是它一只在斗，不要难为它，明天看罢。"

阿珠听说，上前收拾一切家伙，淑人俯取雕笼，将这"玉冠金翅将军"亲手装盆，郑重标记。翠芬双玉且撑且挽，一齐起身。痴鸳向双玉道："你也坐在冰冷的石头上，要担干系的噢！不比翠芬不要紧！"淑人道："那为什么？"双玉斜睃一眼道："你不要去问他！可有什么好话！"

痴鸳呵呵一笑，因催翠芬先行。翠芬徙倚石几，还打量那折脚的促织儿，依依不舍。双玉乃道："你要嘎，拿了去。"翠芬欣然携盆出门。痴鸳问淑人道："我们都在大观楼，可就来？"淑人点首应诺。痴鸳又道："老兄两只贵手也要去揩揩了噢！"一面搭讪，已和翠芬去得远了。

阿珠收拾粗毕，自己咕哝道："人嘎小孩子，脾气倒不小！"双玉道："你也道三不着两的！'先生'嘎'先生'，什么'小先生'

呀!"阿珠道:"叫她'小先生'也没什么嚛。"双玉道:"起先是没什么,这时候添了个'大先生'了呀。"朱淑人接嘴说:"这倒不错,我们也要当心点的哦。"阿珠道:"谁去当心呀?不理了嚛好了!"

于是淑人双玉随带阿珠,从容联步,离了石室,趂至蜿蜒岭磴道之下,却不打天心亭翻过去,只因西首原有出路在龙颔间,乃是一洞,逶迤窈窕,约三五十步穿出那洞,反在大观楼之西;虽然远些,较之登峰造极,终为省力;故三人皆由此路转入大观楼前堂。那知茶烟未散,寂无一人,料道那些人都向堂外近处散步,且令阿珠舀水洗手,少坐以待。既而当值管家上堂点灯,渐渐的暮色苍然,延及户牖,方才一对一对陆续咸集于堂上。

谈笑之间,排上晚宴,大家偶然不甚高兴,因此早散。散后,各归卧房歇息。朱淑人初为养病,和周双玉暂居湖房,病愈将拟迁移,恰好朱蔼人林素芬到园,喜其宽绰,就在湖房下榻,淑人亦遂相安。两朱卧房虽非连属,仅空出当中一间为客座。那林翠芬向居大观楼,于尹痴鸳房后别设一床。(注一)后来添了个张秀英,翠芬自觉不便,也搬进湖房来,便把客座后半间做了翠芬卧房,关断前半间,从姐姐房中出入。

这晚两朱暨其相好一起散归,直至客座,分路而别。朱蔼人到了房里,吸着鸦片烟,与林素芬随意攀谈,谈及明晨公祭,今夜须当早睡。素芬想起翠芬未归,必在尹痴鸳那边,叫她大姐吩咐道:"你拿个灯笼去看看她喱。等会没有了自来火,教她一个人怎么好走啊!"大姐说是"在此地天井里。"素芬道:"那喊她进来了呀。天井里去做什么?"大姐承命去喊,半日杳然。素芬自往房门口高声叫唤,隐隐听得外面应说:"来了。"

又半日,蔼人吸足烟瘾,吹灭烟灯,翠芬才匆匆趋至,向姐夫阿姐面前打个遭儿，回身要走。素芬见其袖口露出一物，好像算盘，问："拿的什么东西？"翠芬举手一扬，笑道："是五少爷的呀。"说了已趔进房间，随手将房门掩上。外间蔼人宽衣先睡，比及素芬登床，复隔房叫翠芬道："你也睡罢，明天早点起来。"翠芬顺口嗷应。素芬亦就睡下，因恐睡得过了头，落后见笑，自己格外留心。

正自睡得沉酣甜熟，蔼人忽于梦中翻了个身，依然睡去，反惊醒了素芬。素芬张目存想，不知甚么时候，轻轻欠身揭帐，剔亮灯台，看桌上自鸣钟，不过两点多些；再要睡时，只闻翠芬房里历历碌碌的作响，细听不是鼠耗，试叫一声"翠芬"。翠芬在内问道："可是姐姐喊我？"素芬道："为什么不睡啊？"翠芬道："这要睡了。"素芬道："两点钟了，在做什么，还不睡？"翠芬更不答话，急急收拾，也睡了。

素芬偏又睡不着，听那四下里一片蛙声，嘈嘈满耳，远远的还有鸡鸣声，狗吠声，小儿啼哭声，园中不应有此，园外如何得闻，猜解不出。接着巡夜更夫敲动梆子，迤逦经过湖房墙外，素芬无心中循声按拍，跟着敲去，遂不觉跟到黑甜乡中，流连忘返。次日起身，幸未过晚。刚刚梳洗完备，早有管家传命于娘姨，请老爷先生们到凤仪水阁会齐用点心。朱蔼人应诺，回说："就来。"适值对房里朱淑人亲来探问："预备好了没？"林素芬说："好了。"淑人道："那我们穿好衣裳，一块去。"素芬道："好的。"

翠芬在里间听见淑人声音，忙扬声叫"五少爷。"淑人进去问："什么？"翠芬取那两件雕笼磁盆交还淑人，道："你带了去，不要了。"

淑人见雕笼内竟有两只促织儿，一只是折脚的"蟹壳青"，一

135

只乃是"油葫芦",笑问:"哪来的呀?"翠芬咳了一声,道:"不要去说它!我嚜昨天晚上倒辛辛苦苦捉到了一只,跟它妌个对。哪晓得短命畜生单会奔,团团转的奔来奔去。我死命要它斗,它嚜死命的跑,你说可要火冒?"淑人笑道:"本来说没用的了,你不相信。你喜欢嚜,我送一对给你,拿回去玩玩。"翠芬道:"谢谢你,不要了。看见了也有气。"

淑人笑着,顺赍笼盆,赶紧回房,催周双玉换了衣裳便走。两边不先不后相遇于客座中间。五个人带着娘姨大姐同出湖房,一路并不停留,径赴凤仪水阁。只见众人已齐集等候。厮见就座,用过点心。总管夏余庆趋前禀道:"一切祭礼同应用的东西,都预备好,送了去有一会了。人嚜就派了两个知客去侍候。可要用赞礼?"齐韵叟沉吟道:"赞礼不必了,喊小赞去一趟。"夏总管出外宣命。

须臾,小赞戴个羽缨凉帽,领那班跟出门的管家,攒聚帘外。韵叟顾问:"马车有没套好?"管家回禀:"套了。"韵叟乃向众人道:"我们走罢。"

众人听说,各挈相好,即时起身。于是七客八局并从行仆媪一行人下了凤仪水阁台阶,簇拥至石牌楼下。那牌楼外面一条宽广马路,直通园外通衢大道,十几辆马车,皆停在那里。一行人纷纷然登车坐定,蝉联鱼贯,驶出园门。

不多时,早又在于四马路上。陶玉甫从车中望见"东兴里"门楣三个金字灿烂如故;左右店家,装潢陈设,景象依然;衖口边摆着个拆字先生摊子,挂一轴面目部位图,又是出进所常见的。玉甫那里忍得住,一阵心酸,急泪盈把。惹得个李浣芳也哭起来。

幸而马车霎时俱停，知客立候于衖外，一行人纷纷然下车进去。陶玉甫恐人讪笑，掩在陶云甫背后，徒步相随。比及门首，玉甫更吃一惊：不独李漱芳条子早经揭去，连李浣芳条子亦复不见，却见对门白墙上贴了一张黄榜，八众沙门在客堂中顶礼《大悲经忏》，烧的香烟氤氲不散。知客请一行人暂坐于右首李浣芳房间，不料陈小云在内，不及回避。齐韵叟殊为诧异。陶云甫抢步上前，代通姓名，并述相恳帮办一节。韵叟方拱手说："少会。"大家随便散坐。

一时知客禀请行礼，齐韵叟亲自要行，陶云甫慌忙拦阻。韵叟道："我自有道理，你也何必替她们客气？"云甫遂不言语。

韵叟举目四顾，单少了陶玉甫一人，内外寻觅不见。陶云甫便疑其往后面去的，果然从李秀姐房里寻了出来。韵叟见玉甫两眼圈儿红中泛紫，竟似鲜荔枝一般，后面跟的李浣芳更自满面泪痕，把新换的一件孝衫沾湿了一大块。

韵叟点头感叹，却不好说什么。当和一行人穿过经坛，簇拥至对过左首房间。那房间比先前大不相同：橱箱床榻灯镜几案，收拾得一件也没有了；靠后屏门，张起满堂月白穗帐；中间直排三张方桌，桌上供一座三尺高五彩扎的灵宫，遮护位套；一应高装祭品，密密层层，摆列在下，龙香（注二）看烛（注三）饭亭（注四）俱全。

尔时帐后李秀姐等号咷举哀，秀姐嗣子羞惧不出，灵右仅有李浣芳俯伏在地。小赞手端托盘，内盛三只银爵，躬身侧立，只等主祭者行礼。

注一：容许清倌人与客人这样接近，似乎信任得出奇，虽然

137

有随身女仆看守。当然这是妓家煽动情欲的诱惑手腕，但同时也反映出尹痴鸳的声名地位。

　　注二：龙涎香简称。乃抹香鲸肠内分泌物，色灰褐，为贵重香料。

　　注三："看"是看守。守灵之烛，日夜不熄。

　　注四：想必是纸扎的亭子，里面有一碗饭，代表十里长亭饯别，送亡人上路。

第四五回

陈小云运遇贵人亨　吴雪香祥占男子吉

　　按齐韵叟随身便服诣李漱芳灵案前恭恭敬敬朝上作了个揖，小赞在旁服侍拈香奠酒，再作一揖，乃退下两步，令苏冠香代拜。冠香承命，拜了四拜。其余诸位自然照样行事。次为高亚白，是姚文君代拜的。文君拜过平身，重复跪下再拜四拜。亚白悄问何故。文君道："先是代的呀，我自己也应该拜拜她。"亚白微笑。尹痴鸳欲令林翠芬代拜。翠芬不肯，推说："姐姐还没拜呀。"痴鸳笑道："倒也不错。"只得令张秀英来代。及林素芬为朱蔼人代拜之后，翠芬就插上去也拜了。以下并不待开口，朱淑人作过揖，周双玉便拜；陶云甫作过揖，覃丽娟便拜。末了挨到陶玉甫，正作揖下去，齐韵叟扬言道："浣芳尴尬。（注一）玉甫只好自己拜。"玉甫听说，正中心怀，揖罢即拜，且拜且祝，不知祝些甚么；祝罢又是一拜，方含泪而起。小赞乃于案头取下一卷，只手展开，系高亚白作的四言押韵祭文，叙述得奇丽哀艳，无限缠绵。小赞跪于案旁，高声朗诵一遍，然后齐韵叟作揖焚库。

　　礼成祭毕，陶玉甫打闹里掣起李浣芳先自溜去。一行人纷纷然重回右首李浣芳房间。陈小云侧立迎进。怎奈外间钟鼓之声，

陳小雲
運遇貴
人亨

聒耳得紧，大家没得攀谈。覃丽娟张秀英同词说道："我们完了呀，请那边去坐罢。"

齐韵叟连说"好极"，却请陈小云一块叙叙。小云嗫嚅不敢。韵叟转挽陶云甫代说，小云始遵命奉陪。临行时又寻起陶玉甫来，差大阿金往后面去寻，不见回覆。齐韵叟攒眉道："这可真正罢了！"陶云甫忙道："我去喊。"亲自从房后赶至李秀姐房门首，只见李浣芳独倚门旁，秀姐和玉甫并在房中，对面站立，一行说一行哭。云甫跺脚道："走了呀！多少人单等你一个人！"秀姐因也催道："那么二少爷外头去罢，等会再说好了。"玉甫只得跟云甫踅出前边。大家哄然说："来了来了！"齐韵叟道："人这可齐啦？"苏冠香道："还有个浣芳。"

一语未终，阿招挽着浣芳也来了。浣芳一直踅至韵叟面前便扑翻身磕一个头。韵叟错愕问故。阿招代答道："妈叫她替姐姐谢谢大人老爷先生小姐。"韵叟挥手，道："算什么呀？不许谢。"侧里冠香即一把拉浣芳到身边，替她宽带解钮，脱下孝衫，授与阿招收去。一面齐韵叟起身离座，请陈小云前行。小云如何敢僭，垂手倒退。尹痴鸳笑道："不要让了，我来引导。"当先抢步出房。随后一个一个次第行动。

痴鸳将及东兴里口，忽闻知客在后叫"尹老爷"，追上禀道："马车停在南昼锦里，我去喊了来。"痴鸳道："马车不坐了哝。问声大人看。"知客回身拦禀请命。齐韵叟亦道："一点点路，我们走了去好。"知客应声"是"。韵叟令其传命执事人等一概撤回，但留两名跟班侍候。知客又应声"是"，退站一边。

一行人接踵联袂，步出马路，或左或右，或前或后，参差不齐。转瞬间已是西公和里。姚文君打头，跑进覃丽娟家，三脚两步，一溜上楼。尹痴鸳续到，却不进去，于门首伫立凝望。即时齐韵叟带领大队，簇拥而至。痴鸳拦臂请进。韵叟道："你可是算本家？"痴鸳笑而不辩，跟随进门，趸至客堂。一个外场手持一张请客票呈上陶云甫。云甫接来一看，塞向怀里。众人都不理会。

覃丽娟等在屏门内，要搀扶齐韵叟。韵叟作色道："你道我走不动？我不过老了点，比小伙子不推扳喂。"说着，撩衣蹑足，拾级登梯。娘姨打起帘子，请到房里。韵叟四面打量，夸赞两句。覃丽娟随口答道："不好的。大人请坐喂。"

韵叟略让陈小云，方各坐下。大家陆续进房，随意散坐，恰好坐满一屋子。姚文君满面汗光，畅开一角衣襟，只顾扇扇子。高亚白就说道："你怕热嗄，刚才怎么急着这样跑？"文君道："哪跑呀！我怕给癞头鼋的流氓看见，走急了点。"

齐韵叟见房内人多天热，因向众人道："我们还要去认认秀英的房间了呀。"大家说"好"。张秀英起立崇候，并催道："那么一块请过去喂。"陈小云不复客气，先走一步，与齐韵叟同过对过张秀英房间。众人也有相陪过去的，也有信步走开的，只剩朱蔼人吸烟过瘾。

陶玉甫李浣芳没精打彩，尚在覃丽娟房里。陶云甫令娘姨传命外场摆台面，再去对过胡乱应酬一会，捉个空，仍回房来问陶玉甫道："李秀姐跟你说些什么？"玉甫道："说浣芳。"云甫道："说浣芳嗄，为什么哭啊？"玉甫垂首无语。

云甫从容劝道："你不要单顾了自己哭，样样都不管。今天多少人，跑了来做什么？说嗄说祭李漱芳，终究是为了你：怕你一个人去，想着了漱芳再要哭一场，有多少人一块在那儿，这好让你散散心，撩开点。这时候就说是撩不开，你也应该讲讲笑笑，做出点快活面孔，总算多少人面上领个情。你自己去想，对不对？"

玉甫依然无语。适娘姨来说："台面摆好了。"云甫想去问齐韵叟可要起手巾。朱蔼人道："问什么喏，喊他们绞起来好了。"娘姨应了。云甫替陈小云开张局票，授与娘姨带下发讫。

比及外场绞过手巾，两面房间客人倌人齐赴当中客堂分桌坐席，公议齐韵叟首位，高亚白次位，陈小云第三。其余诸位早自坐定。陈小云相机凑趣，极意逢迎。大家攀谈，颇相浃洽。陶玉甫勉承兄命，有时也搭讪两句。

俄而金巧珍出局到来，众人命于陈小云肩下骈坐。巧珍本系圆融的人，复见在席同侪衔杯举箸，饮啖自如，自己亦随和入席。齐韵叟赏其圆融，偶然奖许。巧珍益自卖弄，诙谐四出，满座风生。为此席间并不寂寞。

齐韵叟忽然想着，问高亚白道："你作的祭文里说起了病源有许多曲曲折折，什么事？"亚白见问，遂将李漱芳既属教坊，难居正室，以致抑郁成病之故彻底表明。韵叟失声一叹，连称："可惜！可惜！起先跟我商量，我倒有个道理。"亚白问是何道理。韵叟道："容易得很。漱芳过继给我，算是我的女儿，还有谁说什么话？"

大家听说默然。惟有陶玉甫以为此计绝妙，回思漱芳病中若得此计或可回生，今则徒托空言，悔之何及，登时提起一肚皮眼泪，按捺不下，急急抽身溜入覃丽娟房间去了。

高亚白道："这是我们不好，讲得起劲了，忘记了玉甫。"姚文君插口道："李漱芳这人也太好了！做了倌人也没什么要紧嚜，为什么不许做大老婆？外头人是瞎说呀！我做李漱芳嚜先拿说闲话的人给他两个嘴巴子吃！"说得大家一笑。

齐韵叟禁阻道："不要去说她了，随便什么讲讲罢。"高亚白瞿然道："有样好东西在这儿，给你看。"欻地出席，去张秀英房间取出一本破烂春册授与韵叟。韵叟揭开细细阅竟，道："笔意蛮好，可惜不全。"随将春册递下传观。亚白道："好像是玉壶山人手迹，不过找不出他凭据。"韵叟道："名家此种笔墨，哪肯落图章款识。"尹痴鸳笑向亚白道："韵叟是行家。你也有意收集呐，这本就送给你。"亚白笑道："是你哒？说你是此地的本家，倒真是本家，失敬了！"痴鸳只随口咕哝了一声，道："这本秀英给了我了。"亚白知道痴鸳不会白拿她的，便笑道："那送我我要请客。"痴鸳笑道："你请我要老旗昌开厅（注二）的！"亚白笑道："就请你开厅，节上没工夫，你说哪天罢！"韵叟拍案笑道："痴鸳真会敲竹杠！"

不料这一拍，倒惊动了陶玉甫，只道外面破口争论，悄悄的揩干泪痕，出房归席，见众人依旧说笑，只听得高亚白说："那就准定十八。在席七位就此面订恕邀。"众人皆说："理应奉陪。"玉甫低声问陈小云，小云取过春册，诉明缘由。玉甫无心展阅，略翻一翻，随手丢下。

齐韵叟见玉甫强作欢容，毫无兴会；又见天色阴晦，恐其下雨，当约众人早些散席。大家无不遵命。金巧珍见出局不散，未便擅行。陈小云暗地催她："走罢。"巧珍方去。

席散后，陶云甫拟进城回家，料理俗务。朱蔼人为汤啸庵出门，没个帮手，节间更忙，并向齐韵叟告罪失陪。韵叟欲请陈小云到园，小云亦托辞有事。韵叟道："那么中秋日务必屈驾光临。"小云未及答言，陶云甫已代应了。韵叟转问尹痴鸳："可回去？"痴鸳道：

"你先请。我就来。"

韵叟乃与高亚白朱淑人陶玉甫各率相好，拱手作别，仍坐原车归园。覃丽娟张秀英直送出大门而回。接着朱蔼人兴辞；林翠芬跟姐姐林素芬乘轿同去。陈小云始向陶云甫打听中秋一笠园大会情形。

云甫道："什么大会呀！说嚜说白天赏桂花，晚上赏月；正经玩还是不过叫局吃酒。"小云道："听说吃了酒嚜一定要作首诗，可有这事？"云甫摇手笑道："没有的。谁肯作诗呀！倘若你高兴作也作好了，总没他们自己人作得好，徒然去献丑。"小云道："我第一趟去可要用个帖子拜望？"云甫摇手道："无须。他请了你嚜，交代园门口，簿子上就添了你陈小云的名字。你嚜便衣到园门口说明白了，自有管家来接你进去。看见了韵叟，大家作个揖，切勿装出点斯斯文文的腔调来。做生意嚜，生意本色好了。"

小云再欲问时，尹痴鸳适从对过张秀英房里特来面说即要归园。尹痴鸳既去，小云亦即起身，说要往东合兴里。云甫道："可是葛仲英请你？我同你一块去，稍微应酬一会，我要进城了。"小云应承暂驻。云甫匆匆穿好熟罗罩衫，夹纱马褂。覃丽娟并不相送。但说声"就来叫。"

云甫随小云下楼，各令车轿往东合兴侍候。两人联步出门，穿过马路，同至吴雪香家。一进房间，便见大床前梳妆台上亮汪汪点着一对大蜡烛，怪问何事。葛仲英笑而不言。吴雪香敬过瓜子，回说："没什么。"

须臾，罗子富王莲生洪善卿三位熟识朋友陆续咸集。葛仲英道："蔼人啸庵都不来，就是我们六个人，请坐罢。"小妹姐检点局票说:"王老爷局票还没有嚟。"仲英问王莲生叫何人。莲生自去写了个黄金凤。然后相让入席。

洪善卿趁小妹姐装水烟时,轻轻探问:"为什么点大蜡烛?"小妹姐悄诉道:"我们先生恭喜在那儿,赍个催生婆婆。"善卿即向葛仲英吴雪香道喜。席间闻得此信一叠连声:"恭喜!恭喜!且借酒公贺三杯。"仲英只是笑。雪香却嗔道:"什么喜呀!小妹姐嚟瞎说!"席间误会其意,皆正色说道:"这是正经喜事,没什么难为情。"雪香咳了一声道:"不是难为情。人家儿子养得蛮大还要坏掉的多得很;刚刚有了两个月,怎晓得他成人不成人,就要道喜,也太等不及了!"

席间见如此说,反觉无可戏谑。雪香叹了一声,又道:"不要说什么养不大,人家还有不好的儿子,起先养的时候,快活死了,大了点倒教人生气!"

仲英不待说毕,笑喝道:"你还要说!你的话人家听了也教人生气!"雪香伸手将仲英臂膀摔了一把,道:"你嚟教人生气了嗄!"仲英叫声"啊唷哇!"惹得哄堂大笑。连小妹姐并既到的出局亦笑声不绝。

罗子富见黄翠凤黄金凤早来,就拟摆庄。罩丽娟继至,回报陶云甫道:"天在下雨,你可好不要进城了?"云甫缘有要件,不可,转向罗子富通融,先摆十杯。子富应诺。席间乃争先出手打陶云甫的庄。

那边黄翠凤乘间问罗子富道:"今天你为什么不来?"子富道:"我怕你妈又要话多。"翠凤道:"我妈又好了呀。赎身也定当了。身价嚟还是一千。"子富大为诧异,道:"还是一千嚟,为什么起先不肯,这时候倒肯啦?"翠凤满面冷笑,半晌,答道:"等会跟你说。"

子富心下鹘突，却不敢紧着问。

泊乎陶云甫满庄，急着回家，挽留不住，竟和覃丽娟告辞别去。罗子富意不在酒，虽也续摆一庄，胡乱应景而已；只等出局一散，约下王莲生要去打茶围。陈小云洪善卿乖觉，覆杯请饭。葛仲英亦不强劝。草草终席。

罗子富喊轿班点灯，径同王莲生于客堂登轿，抬出东合兴里，正遇一阵斜风急雨顶头侵入轿中。高升来安从旁放下轿帘，一路手扶轿杠，直至尚仁里黄翠凤家客堂停轿。子富让莲生前行。

到了楼上，翠凤迎进房间，请莲生榻床上坐，令赵家妈先点烟灯，再加茶碗。黄金凤在对过房间，赶紧过去叫声"姐夫"，即道："王老爷，对过去用烟喂。"莲生道："就这儿吃一样的嘞。"金凤道："对过有多少烟泡在那儿。"翠凤道："烟泡嘞，你去拿了来好了。"

金凤恍然，重复赶去取过七八根烟签子，签头上各有一枚烟泡。莲生本爱其娇小聪明，今见如此巴结，更胜似浑倌人，心有所感，欣然接受，嘴里说："难为你。"一手拉金凤坐于身旁。

金凤半坐半扒看莲生吸烟。黄珠凤扭扭捏捏给罗子富装水烟。子富推开不吸，紧着要问赎身之事。翠凤且笑且叹，慢慢说来。

注一：因为她是家属，在灵右还礼。

注二：即包下餐厅。

第四六回

误中误侯门深似海　欺复欺市道薄于云

　　按黄翠凤当着王莲生即向罗子富说道："我们这妈终究是好人；听她的话嚜好像蛮会说，肚子里意思倒不过这样。你看她，三天气得饭也吃不下！昨天你走了，她一个人在房间里闹了一场。今天赵家妈下头去，妈看见了，就跟赵家妈说，说我的多少不好；说起'我买给她的衣裳头面要万把洋钱的哦，不然她赎身嚜我想多给她点，这可一定一点也不给她的了！'

　　"我在楼上刚巧听见，又好气又好笑；我这就去跟妈说说明白。我说：'衣裳头面都是我撑的东西；我在这儿，我的东西随便谁不许动。我赎了身可好带了去？都要交代给妈的嚜。倘若妈要给点给我，不是我客气，谢谢妈，我一点也不要。不要说什么衣裳头面，就是头上的绒绳，脚上的鞋带，我通身一塌括子换下来交代给妈，这才出此地这门口。妈放心好了。我一点也不要。'

　　"哪晓得我妈倒真要分点东西给我！她当我一定要她多少呢，我说了一点都不要，这我妈再快活也没有，教我赎身嚜赎好了，一千身价就一千好了，替我看了个好日子，十六写纸，十七调头。样样都说好。你说多好？就是我也想不到这么容易！"

子富听了，代为翠凤一喜。莲生不胜叹服，赞翠凤好志气；且道："有句老话说：'好男不吃分家饭，好女不穿嫁时衣。'这不就是你！"

翠凤道："做个倌人，自己总要有点算计，这才好争口气。倘若我赎身出去，先亏空了五六千的债，倒说不定生意好不好，我就要争气也争不来。这时候我是打好了稿子做的事。有几户客人不在上海，都不算；在上海的客人，就不过两户。单是两户客人照应照应我就不要紧的了。五六千的债也轻松得很，我也不犯着要他们衣裳头面。王老爷说得好：'嫁时衣'还是亲生爹娘给女儿的东西，女儿好嘿也不要穿，我倒去要老鸨的东西！就要了来，顶多千把洋钱，哪犯得着呀？"

莲生仍赞不绝口。子富却早知赎身之后定有一番用度，自应格外周全，只不料其如许之多；沉吟问道："哪有五六千的债？"

翠凤道："你说没五六千，你算噢。身价嘿一千；衣裳头面，开好一篇帐在那儿，死命要俭省嘿三千；三间房间铺铺，可要千把？连零零碎碎多少用项，可是五六千哒？这时候我就叫带了去的赵家妈同下头一个相帮先去借了三千，付清了身价，稍微买点要紧东西，调头过去再说。"

子富默然。莲生吸过四五口烟，抬身箕坐。金凤忙取水烟筒要装。莲生接来自吸。

消停良久，子富方问起调头诸事。翠凤告诉大概：看定兆富里三间楼面，与楼下文君玉合租；除带去娘姨相帮之外，添用帐房厨子大姐相帮四人；红木家具暂行租用，合意议价。又道："十六他们写纸，我嘿收拾东西交代给妈，没空，你月半吃台酒好了。"

子富遂面约了莲生，并写了张条子请葛洪陈三位，令高升立刻送去。

高升赶往东合兴里吴雪香家，果然洪善卿陈小云为阻雨未散。看过条子，葛仲英先道："我只好谢谢了。一笠园约定在那儿。"小云亦以此约为辞。只有善卿准到，写张回条，打发高升覆命。却听窗外雨声渐渐停歇，凉篷上点滴全无，洪善卿遂蹈隙步行而去。

小云从容问仲英道："倌人叫到了一笠园，几天住那儿，算多少局呀？"仲英道："看光景起。园子里三四个倌人常有在那儿。各人各样开消。还有的倌人，自己身体，喜欢玩，同客人约好了，索性花园里歇夏，那也只好随便点。"小云道："你可是带着雪香一块去？"仲英道："有时候一块去。到了园里再叫也行。"小云自己盘算一回，更无他话，辞别仲英，径归南昼锦里祥发吕宋票店。

明日，陈小云亲往抛球场相熟衣庄拣取一套簇新时花浅色衫袖（注一），复往同安里金巧珍家给个信。巧珍看见，问道："你在哪去认得这齐大人？"小云道："就昨天刚刚认得。"巧珍道："你跟他做了朋友嚡，我要到他花园里逛逛去。"小云道："明天就请你去玩，好不好？"巧珍道："这时候客客气气算什么呀？"小云道："明天是一笠园中秋大会，热闹得不得了的。我嚡去吃酒。你要逛，早点预备好了，局票一到嚡就来。"巧珍自是欣喜。当晚小云巧珍畅叙一宿。

到了八月十五，中秋节日，陈小云绝早起身打扮修饰，色色停当，钟上刚蔽八点，即催起金巧珍，叮嘱两句。小云赶回店内，坐上包车，往山家园进发。

比及来到齐府大门首，靠对过照墙边停下。小云下车看时，大门以内，直达正厅，崇闳深邃，层层洞开，却有栅栏挡住，不得其门而入，只得退出，两旁观望，静悄悄地不见一人。长福手指左首，似是便门。小云过去打量，觉得规模亦甚气概，跨进门口，始见门房内有三五个体面门公跷起脚说闲话。小云傍门立定，正要通说姓名。一个就摇手道："你有什么事，帐房里去。"

小云诺诺，再历一重仪门，侧里三间堂屋，门楣上立着"帐房"二字的直额。小云趄进帐房，只见中间上面接连排着几只帐台，都是虚位，惟第一只坐着一位管帐先生，旁边高椅上先有一人和那先生讲话。

小云见讲话的不是别人，乃是庄荔甫，少不得厮见招呼。那先生道是同伙，略一颔首。荔甫让小云上座。小云窃窥左右两间皆有管帐先生在内，据案低头，或算或写，竟无一人理会小云。小云心想不妥，趄近第一只帐台向那先生拱手陪笑，叙明来意。那先生听了，忙说："失敬。暂请宽坐。"喊个打杂的令其关照总知客。

小云安心坐候，半日杳然，但见仪门口一起一起出出进进，络绎不绝，都是些有职事的管家，并非赴席宾客。小云心疑太早，懊悔不迭。

忽听得闹嚷嚷一阵呐喊之声，自远而近。庄荔甫慌的赶去。随后二三十脚夫，前扶后拥，扛进四只极大板箱。荔甫往来蹀躞，照顾磕碰，扛至帐房廊下，轻轻放平，揭开箱盖，请那先生出来检点。

小云仅从窗眼里望望。原来四只板箱分装十六扇紫楠黄杨半身屏风，雕镂全部《西厢》图像，楼台仕女，鸟兽花木，尽用珊瑚翡翠明珠宝石镶嵌得五色斑斓。

看不得两三扇，只见打杂的引总知客匆匆跑来问那先生客在何处。那先生说在帐房。

誤中誤侯門深似海

总知客一手整理缨帽，挨身进门，见了不认识，垂手站立门旁，请问老爷尊姓。小云说了。又问："老爷公馆在哪？"小云也说了。总知客想了一想，笑问道："陈老爷可记得哪一天送来的帖子？"小云乃说出前日覃丽娟家席间面约一节。总知客又想一想，道："前天是小赞跟去的嚜。"小云说："不错。"

总知客回头令打杂的喊小赞立刻就来，一面想些话来说；因问道："陈老爷叫局叫谁？我去开好局票在那儿，那好早点，头牌里就去叫。（注二）"

小云正待说时，小赞已喘吁吁跑进帐房叫声"陈老爷"，手持一条梅红字纸递上总知客。总知客排揎道："你办的事好妥当！我一点都没晓得！害陈老爷嚜等了半天！等会我去回大人！"小赞道："园门上交代好的了。就没送条子。也为了大人说：帖子不要补了。我想晚点送不要紧。哪晓得陈老爷走了这里宅门。"总知客道："你还要说！昨天为什么不送条子来？"

小赞没得回言，肩随侍侧。总知客问知小云坐的包车，令小赞去照看车夫，亲自请小云由宅内取路进园。

其时那先生看毕屏风，和庄荔甫并立讲话，陈小云各与作别。庄荔甫眼看着总知客斜行前导，领了陈小云前往赴席，不胜艳羡之至。

那先生讲过，径去右首帐房取出一张德大庄票交付荔甫。荔甫收藏怀里，亦就兴辞，趲出齐府便门，步行一段，叫部东洋车，先至后马路向德大钱庄将票上八百两规银兑换鹰洋（注三），半现半票，再至四马路向壶中天番菜馆独自一个饱餐一顿，然后往西棋盘街聚秀堂来。

陆秀林见其面有喜色，问道："有没发财？"荔甫道："做生意真难说！上回八千的生意，赚它二百，吃力死了；这时候满轻松，八百生意，倒有四百好赚！"秀林道："你的财气到了！今年做掮客都不好，就是你噷做了点外拆生意，倒不错！"荔甫道："你说财气，陈小云那才是财气到了！"遂把小云赴席情形细述一遍。秀林道："我说没什么好。吃酒叫局，自己先要花钱。倘若没什么事做，只好拉倒。倒是你的生意稳当。"

荔甫不语，自吸两口鸦片烟，定个计较，令杨家妈取过笔砚，写张请帖，立送抛球场宏寿书坊包老爷，就请过来。杨家妈即时传下。荔甫更写施瑞生洪善卿张小村吴松桥四张请帖。"陈小云或者晚间回店，也写一张请何妨？"一并付之杨家妈，拨派外场，分头请客，并喊个台面下去。

吩咐粗完，只听楼下绝俏的声音，大笑大喊，嚷做一片，都说："'老鸨'来哅！'老鸨'来哅！"直嚷到楼上客堂。荔甫料知必系宏寿书坊请来的老包，忙出房相迎。不意老包陷入重围，被许多倌人大姐此拖彼拽，没得开交。荔甫招手叫声"老包"。老包假意发个火跳挣脱身子。还有些不知事的清倌人竟跟进房间里，这个拧一下，那个拍一下；有的说："老包，今天去坐马车啰！"有的说："老包，手帕子哅？有没带来？"弄得老包左右支吾，应接不暇。

荔甫佯嗔道："我有要紧事请你来，怎么装糊涂！"老包瞿然起立，应声道："噢，什么事？"惶惶的敛容待命。清倌人方一哄而散。

荔甫开言道："十六扇屏风嘿，卖了给齐韵叟，做到八百块洋钱，一块也不少；不过他们唯恐有点小毛病，先付六百，还有二百，约半个月期。我做生意，喜欢爽爽气气。一点点小交易，不要去算了。这时候我来替他付清了，到了期，我去收，不关你事，好不好？"

欺後
欺市
道薄
金老

老包连说："好极。"

荔甫于怀里摸出一张六百洋钱庄票交明老包，另取现洋一百二十元，明白算道："我嚜除掉了四十，你的四十等会给你。正价应该七百二十块，你去交代了卖主就来。"

老包应诺，用手巾一总包好，将行。陆秀林问道："等会到哪来请你啊？"老包道："就来的，不要请了。"说着，往帘缝中探头一张，没人在外，便一溜烟溜过客堂。适遇杨家妈对面走来，不提防撞个满怀。杨家妈失声嚷道："老包！怎么走啦？"

这一嚷，四下里倌人大姐蜂拥赶出，协力擒拿，都说："老包，不要走噢！"老包更不答话，奔下楼梯，夺门而逃。后面知道追不上，喃喃的骂了两声。老包只作不知，趄出西棋盘街，一直到抛球场生全洋广货店，专寻卖主殳三。

那殳三高居三层洋楼，身穿捆身子，跶着拖鞋，散着裤脚管（注四），横躺在烟榻。下手有个贴身服侍小家丁，名叫奢子的，在那里装烟；既见老包，说声"请坐"，不来应酬。

老包知其脾气，自去打开手巾包，将屏风正价庄票现洋摊在桌上，请殳三核数亲收，并道："庄荔甫说：一点点小交易，做得吃力死了，讲了几天，跑了好几趟，他们帐房门口还要多少开消，八十块洋钱嚜他一个人要的了。我说：'随便好了。有限得很。就没有也不要紧。'"殳三道："你没有不对的嚜。"随把二十块零洋分给老包。

老包推却不收，道："这不要客气。你要挑挑我，做成点生意好了。"殳三不好再强。老包就说声"我走了。"殳三也不相送。老包一径来到陆秀林房间。

庄荔甫早备下四张拾圆银行票，等得老包回话，即时付讫。当有些清倌人闻得秀林有台面，捉空而来，团团簇拥老包，都说："老包叫我！老包叫我！"见老包若无其事笑嘻嘻不睬，越发说的急了。一个拉下老包耳朵，大声道："老包！可听见？"一个尽力把老包揣捏摇撼，白瞪着眼道："老包！说喥！"一个大些的不动手，惟嘴里帮说道："自然全都要叫的了！在这儿吃酒，你可好意思不叫？"老包道："在哪吃的酒呀？"一个道："庄大少爷不是请你吃酒？"老包道："你看庄大少爷可是在吃酒？"一个不懂，转问秀林："庄大少爷可吃酒？"秀林随口答道："怎晓得他。"

大家听说，面面厮觑，有些惶惑。可巧外场面禀荔甫道："请客嘎都不在那儿。四马路烟间茶馆统统去看也没有，没处去请了嘎。"

荔甫未及拟议，倒是这些清倌人却一片声嚷将起来只和老包不依，都说："你好！骗我们！这可一定都要叫的了！"一个个抢上前磨墨蘸笔，寻票子，立逼老包开局票。老包无法可处。

荔甫忍不住，翻脸喝道："哪来的一批小把戏，得罪我朋友！喊本家上来问他声看！他开的把势，可晓得规矩？"外场见机，含糊答应，暗暗努嘴，催清倌人快走。秀林笑而排解道："去罢，去罢。不要在这儿瞎缠了。我们吃酒的客人还没齐，倒先忙着叫局！"这些清倌人一场没趣，讪讪走开。

荔甫向老包道："我有道理。你叫嘎叫本堂局。起先叫过的一定不叫。"老包道："本堂就是秀林嘎没叫过。"秀林接嘴道："秀宝也没。"

荔甫不由分说，即为老包开张局票叫陆秀宝。另写三张请帖，请的两位同业是必到的，其一张请胡竹山。外场接得在手，趁早赍送。

注一：显然另有八成新或是半新不旧的。原来当时的估衣铺兼卖新衣，所以赵二宝初到上海时有现成的衣服可买。近代只有鞋帽庄，没有"衣庄"。

注二：《红楼梦》中贾家每日菜单写在"水牌"上——可用水拭净的大板。此处齐府将召妓名单附地址写在水牌上，仆人去叫了一批之后，拭去再写一批人名，所以"头牌"较早。

注三：当时银两与墨西哥鹰洋并行，银元价值比一两稍低。

注四：时人照片，连在亚热带广州都穿扎脚裤。近代只有北方还穿亚寒带满洲传入的这保暖的服装。海禁未开之前，对外贸易为广州商人垄断，因而豪富，生活穷奢极侈，自成一家。洋广货店主殳三竟有珍异的屏风出售，当是广州大商人后裔。不扎裤脚，是写一个破落户的懒散。

第四七回

明弃暗取攘窃瞒赃　外亲内疏图谋挟质

　　按聚秀堂外场手持请客票赍往南昼锦里，只见祥发吕宋票店中仅有一个小伙计坐守柜台；问胡竹山，说："不在这儿，尚仁里吃花酒去了。"外场笑道："今天请客真正难死了！一个也请不到！"

　　小伙计取看票子，忽转一念，要瞒着长福赚这轿饭钱，因说道："票放在这儿，我替你送去，好不好？"外场喜谢恳托而去。

　　那小伙计唤出厨子，嘱其代看，亲去尚仁里黄翠凤家，直至楼上客堂；张见房间内正乱着坐台面，小伙计怕羞却步，将票交与大姐小阿宝。小阿宝呈上罗子富。子富转授胡竹山。竹山阅竟，回说："谢谢。"小伙计扫兴归店。

　　少顷，出局渐集。周双珠带赍一张票给洪善卿阅，就是庄荔甫请的。善卿遂首倡摆庄，十觥划完，告辞作别。罗子富猜度黄翠凤必有预先料理之事，也想早些散席为妙。席间饮量平常，大抵与胡竹山差不多。惟有姚季莼喜欢闹酒，偏为他人催请不过，去得更早。可惜这华筵令节竟不曾畅叙通宵，无事可叙，无话可述。

罗子富等客散之后，将回公馆。黄翠凤问道："你还有什么事？"子富道："我是没什么事。你可要收拾收拾？明天一天，恐怕忙不过来。"翠凤掉头笑道："咳！我的东西老早收拾好了！等到这时候！"

子富重复坐下。翠凤道："明天忙也不忙，倒要用得着你，不要走。"子富唯唯，打发高升轿班自回。却听对过房间黄金凤台面上划拳唱曲之声聒耳可厌。比及金凤席终，接着翠凤出局，子富又不免寂寞些，将金凤烧的烟泡连吸三口，提起精神。

翠凤于夜分归家，嘱咐相帮小心照看斗香椽烛。相帮约了赵家妈小阿宝挖花赌钱，以为消夜之计。子富闻得楼下人声嘈嘈不绝，不知不觉和翠凤谈至天亮，连忙宽衣登床，懵腾一觉。毕竟有事在心，不致睡过了头，将近午刻，共起同餐。

早有人送到一包什物。翠凤令赵家妈将去暂交黄二姐代为收存，明晨应用。且请黄二姐上楼，翠凤自去捧出先前子富寄留的拜匣，讨子富身边钥匙，当场开锁。匣内只有许多公私杂项文书，并无别样物件。翠凤叫子富把文契点与黄二姐看。黄二姐笑拦道："晓得了！你这人哪有推扳！不要看了！"翠凤道："妈，不是呀；这个是他的东西，妈看过了，我好带了去让他自己也点了一点，倘若过两天缺了什么，不关妈事，对不对？"

黄二姐只得看其点过锁好。翠凤亦令赵家妈将去，连适间一包，做一处安放；更请帐房先生随带衣裳头面帐簿上楼。

子富听这名目新奇，从旁看去。原来那帐簿前半本开具头面若干件，后半本开具衣裳若干件；如有破坏改拆等情，下面分行小注，一览而知。子富暗地叹服其精细。

当下小阿宝帮同赵家妈从橱肚中掇出三只头面箱。翠凤自去先开一箱，把箱内头面一总排列桌上，央帐房先生从头念下。这边念一件，那边翠凤取一件头面付给黄二姐，亲眼验，亲手接。黄二姐递付赵家妈，仍装入箱内。装毕，请黄二姐加上锁。通共一箱金，一箱珠，一箱翡翠白玉。三箱头面，照帐俱全，一件不缺。

赵家妈另喊两个相帮上楼，从床背后暨亭子间两处抬出十只朱漆皮箱。翠凤自去先开一箱，把箱内衣裳一总堆列榻上，央帐房先生从头念下。这边念一件，那边翠凤取一件衣裳付给黄二姐，亲眼验，亲手接。黄二姐递付赵家妈仍装入箱内。装毕，请黄二姐加上锁。通共两箱大毛，两箱中毛，两箱小毛，两箱棉，一箱夹，一箱单与纱罗。十箱衣裳，照帐俱全，一件不缺。

翠凤重央帐房先生翻到帐簿末两页，所有附开各帐一概要念。此乃花梨紫檀一切家具以及自鸣钟银水烟筒之类。翠凤一件件指点明白，某物在某所，某物在某所。黄二姐嘻开嘴，胡乱答应，实未留心。

翠凤一直接说道："还有我家常穿的衣裳同零零碎碎玩的东西，帐嚜没开，都在官箱里，妈空了点再查好了。"黄二姐笑讽道："你也应该吃力了呀！吃筒水烟，请坐会嗹。"

翠凤果然觉得疲乏，和黄二姐对面坐下。黄珠凤慌的过来装水烟。黄金凤正陪着子富说笑，亦遂停止。大家相视，嘿嘿无言。帐房先生料无他事，随带帐簿，领了相帮下楼。赵家妈小阿宝陆续各散。

翠凤特地叫声"妈"，从容规谏道："我这些衣裳头面，多嚜不算多，撑起来也不容易；今天我交代了给妈，妈收起来。你要自己有点谱子才好嗹！再给姘头骗了去，你要吃苦的嗹！你几个老姘头都是租界上拆梢流氓，靠得住点正经人一个也没有。我眼睛里看见嘤，不晓得给他们骗了多少了！我的东西，幸亏我捏牢了，替妈看好在那儿，一直到这时候，没骗了去；倘若在妈手里，此刻也没有了！我嘤做了四五年大生意，替妈撑了点东西，还有今天这一天，妈面上总算我有交代。这儿的事，我完结了；倒是妈这没谱子，有点不放心。我走了还有谁来说你呀！你嘤去听了姘头的话，不消四五年，骗了你钱，再骗你东西，等你没有了，让你去吃苦，你为了姘头吃的苦，可好意思教人照应点？你也没脸去说嘤！"

一席话，说得黄二姐无地容身，低下头去，拨弄手中一把钥匙。子富但微微的笑。翠凤又叫声"妈"，道："你不要怪我话多。我是替妈算计。我赎身嘤赎了出去，我的亲人就只有妈，随便到哪儿，总是黄二姐那儿出来的女儿。妈好，我也体面点；不好，大家坍台。妈样样都不错，做生意蛮巴结，当个家蛮明白，就是在姘头面上吃了亏。我为了看不过说说你，这以后我也不好说的了，你要自己有谱子。五十多岁的年纪，还像了起先那样子，做出点话靶戏给小孩子笑话，我倒替你难为情！"

黄二姐听了，坐着不好，走开不好，渐渐涨得满面绯红。翠凤不忍再说下去，乃更端道："我说，你这时候就拿一千洋钱买个把讨人，衣裳头面都有在那儿，做点生意下来，开消也够了。再过两年，金凤梳了个正头，时髦倌人，就说不时髦，至少也像了我好了嘤，刚刚接下去，那是再好也没有。珠凤本来不中用的，倘若有人家要嘤，倒让她到好地方去罢。金凤可有什么好说的呀？一定数一数二。妈依了我，是福气。"

子富连连点头，插嘴道："这倒是正经话。一点都不错。"翠凤道："那么起先的话可是说错了？"黄二姐因道："都是好话！哪有错呀！"说罢，起立徘徊，自言自语道："他们应该就快来了，我下头去等着。"遂转身径归楼下小房间。

翠凤在后手指黄二姐背脊，低声向子富道："你看她！越说她越是个厚皮！这我说过了不说了！她要去吃苦，让她去！"子富道："她做老鸨也苦：给你埋怨死了，一声也不敢响。"翠凤道："你还说呢！七姊妹里头可有什么好人！我要做错了点，给她打，气得要死！"子富道："我不相信。"翠凤道："你不相信，看诸金花。她们七姊妹，我碰着三个人。诸三姐比我妈好得多呐，就不过打了两顿。要是我妈的讨人，一定要死死不了，要活活不了。教她试试看嘿，晓得了。"

子富笑而不语。翠凤叹口气道："不要说是我妈，你看上海把势里哪个老鸨是好人！她要是好人，哪会吃把势饭！还有个郭孝婆，你也晓得点啰？这时候自己没有讨人，还要去帮诸三姐打这诸金花，你说可教人看着有气！"

不料翠凤说话之间，突然楼梯上一阵脚步声，跑上三个人，黄二姐前引，帐房先生后随，直往对过金凤房间。子富怪诧问故。翠凤摇手悄诉道："都是流氓呀！我们赎身文书要他们到了才好写嘿。"

子富见说，放下窗帘。翠凤惟令珠凤过去应酬，不许擅离。金凤竟不过去，怔怔痴坐，不则一声。子富视其面色如有所思，拉近身边，亲切问道："姐姐走了，可冷静啊？"金凤攒眉含泪而答道："冷静点是不要紧；我在想：姐姐走了，就剩我一个人做生意，房钱、捐钱，多少开消，忙死了我也没几台酒，几个局，妈发急起来，那可要死了！教我还有什么法子呢！"

翠凤一听，嗤的笑道："你这时候做生意够开消了，妈要发财了！"子富也笑慰道："你放心，妈哪会来说你，珠凤比你大一岁，要说嚜先说她。"金凤道："她天生没生意，倒也没什么。我是妈一直在说：'这可应该生意好点了。'姐姐也这么说。哪晓得这节的帐比上节倒少了点！"翠凤道："你嚜不要去转什么念头，自己巴结做生意好了。"子富也道："你要记着姐姐的话，那妈就喜欢你。"

黄二姐适从对过房里蹚来，听得"妈"这字，问说甚话。翠凤为述金凤之言。黄二姐顺口赞道："好女儿！倒难为她想得到！"金凤转觉害羞，一头撞入子富怀抱。大家一笑丢开。

黄二姐袖口掏出一只金时辰表，一串金剔牙杖，双手奉与翠凤，道："你说东西一点都不要，我也晓得你的意思，不好给你。这两样，你一直挂在身上，没了不便的嚜。你带了去。小意思，也不好算什么东西。"

翠凤不推不接，并不觑一正眼儿，冷笑两声，道："妈，谢谢你！我说过一点都不要，妈还要客气，笑话了！"黄二姐伸出手缩不进，忸怩为难。

子富在旁调停道："给了金凤罢。"黄二姐想了想，不得已，给与金凤。翠凤正色道："索性跟妈说了罢：我到了兆富里，妈要来看我，来好了；倘若送副盘（注一）给我，那是妈不要生气，连小帐都没有！"

黄二姐欲说不说，嗫嚅为难。忽见赵家妈送上一张请客票。黄二姐便趁势搭讪问："哪儿请？"子富看那票子乃泰和馆的，知系局中例酒。翠凤不去理会，盛气庄容，凛乎难犯。黄二姐自觉没趣，趔趄半晌，仍往对过房里去了。

子富将行，翠凤嘱道："等会你要来的嗹。不晓得他们赎身文书写得可对。"子富应诺，趑出客堂，望见对过房间点的保险台灯分外明亮，但静悄悄的，毫无一些声息。子富向帘子缝里暗立潜窥，只见帐房先生架起眼镜，据案写字；三个流氓连黄二姐攒聚一堆儿切切私语，不知商议什么事情；珠凤小阿宝侍应左右。

子富并未惊动，自去赴宴。到了泰和馆，自然摆庄叫局，热闹如常。惟子富牢记翠凤所嘱，生恐醉后误事，不敢尽欢；酬酢一回，乘间逃席。

那时金凤房间也摆起四盘八簋请那流氓，雄啖大嚼，吮咂有声，笑詈叫号，杂沓间作。子富逆揣赎身文书必然写好，见了翠凤，将出一张正契，一张收据，上面写的画蚓涂鸦，不成字体；及观文理，倒还清楚。盖有相传秘本作为底稿，所以不致乖谬。

翠凤终不放心，定要子富逐句讲解一遍，自己逐句推敲一遍，始令小阿宝赍交黄二姐签押盖印。子富记得年月底下一排姓名地方，代笔之外，平列三个中证：一个周少和，一个徐茂荣，一个混江龙。问这混江龙是否绰号。翠凤道："这个嗹，我妈的姘头嗹。就是他不声不响，调皮死了！刚才还在出花头！我这人去上他的当！做梦了嗹！"

子富看过赎身文书，瞻顾彷徨，若有行意。翠凤坚留如前，说："明天我们一块过去。"子富没法遵命。待那三个流氓渐次散尽，方各睡下。

翠凤睡中留神，黎明即醒，唤起赵家妈，命向黄二姐索取一包什物。这包内包着一身行头，色色俱备。翠凤坐于床沿，解松裹脚，另换新布。子富朦朦胧胧，重入睡乡。直至翠凤梳洗俱完，

167

第四十九回

明棄暗取懷
霜藤膝
瞰

才来叫醒。

子富一见翠凤，上下打量，不胜惊骇：竟是通身净素，湖色竹布衫裙，蜜色头绳，元色鞋面，钗环簪珥一色白银，如穿重孝一般。

翠凤不等动问，就道："我八岁没了爹娘，进这儿的门就没戴孝；这时候出去，要补足它三年。"子富称叹不置。翠凤道："不要瞎说了！快点走罢！"子富道："那就走好了嘿。"翠凤道："你先走。我收拾好了就来。"随命小阿宝跟子富至楼下向黄二姐索取那只拜匣，置于轿中。

于是子富乘轿往兆富里。先有一轿包车停歇门首。（注二）子富下轿进门，一个添用的大姐，曾经识面，一直请到楼上正房间。高升捧上拜匣，随即退下。子富四下里打量一看时，不独场面铺陈无少欠缺，即家常动用器具亦莫不周匝齐全。子富满口说好，更欲看那对过腾客人的空房间，大姐拦说有客乃止。（注三）

须臾，大门外点放一阵百子高升，赵家妈当头飞报："来了。"大姐忙去当中间点上一对大蜡烛。

翠凤手执安息香，款步登楼，朝上伏拜。（注四）子富蹑足出房，隐身背后观其所为。翠凤觉着，回头招手道："你也来拜拜喽。"子富失笑倒退。翠凤道："那张张望望些什么呀！房里去！"一手推子富进房，把怀中赎身文书叫子富覆勘一遍，的真不误。

翠凤自去床背后，从朱漆皮箱内捧出一只拜匣，较诸子富拜匣，色泽体制，大同小异。匣内只有一本新立帐簿，十几篇店铺发票。

翠凤当场装入赎身文书，照旧加上锁，然后将这拜匣同子富的拜匣一总捧去收藏于床背后朱漆皮箱。凡事大概就绪，翠凤安

外觀內訌
同謀挾質

顿子富在房，趱过对过空房间打发钱子刚回家。

注一：贺人搬家送的一托盘点心。

注二：钱子刚乘包车。

注三：子富对于翠凤在黄二姐处的最后一夜显然提不起兴致来，但是她坚留他住宿，不要他错过次晨戏剧性的改装一幕。而又不肯与他同去新居，知道钱子刚也会来，怕被子刚看见他们俪影双双同来，感到刺激。

注四：补祭父母。

第四八回

软里硬太岁找碴　　眼中钉小蛮争宠

　　按黄翠凤调头这日，罗子富早晚双台张其场面。十二点钟时分，钱子刚回家既去，所请的客陆续才来。第一个为葛仲英。仲英见三间楼面清爽精致，随喜一遭；既而踅上后面阳台。这阳台紧对着兆贵里孙素兰房间。仲英遥望玻璃窗内，可巧华铁眉和孙素兰衔杯对酌，其乐陶陶。大家颔首招呼。

　　华铁眉忽推窗叫道："你有空嚜，来说句话。"葛仲英度坐席尚早，便与罗子富说明，并不乘轿，步行兜转兆贵里。不意先有一群不三不四的人，身穿油晃晃暗昏昏绸缎衣服，聚立门前，若有所俟。

　　葛仲英进门后，即有一顶官轿，接踵而至，一直抬进客堂。仲英赶急迈步登楼。孙素兰出房相迎，请进让座。华铁眉知其不甚善饮，不复客套。葛仲英问有何言。铁眉道："亚白请客条子，你有没看见？什么事，要在老旗昌大请客？"仲英道："我问小云，也刚晓得。"遂述尹痴鸳赠春册之事。铁眉恍然始悟道："我正在说，姚文君家里嚜，为了个癞头鼋不好去请客；为什么要老旗昌开厅？哪晓得是痴鸳高起兴来了！"

道言未了，只见娘姨金姐来取茶碗，转向素兰耳边悄说一句。素兰猛吃大惊，随命跟局的大姐盛碗饭来。铁眉怪问为何。素兰悄说道："癞头鼋在这儿。"铁眉不禁吐舌，也就撒酒用饭。

食顷，倏闻后面亭子间豁琅一声响，好像砸破一套茶碗；接着叱骂声，劝解声，沸反盈天。早有三四个流氓门客，履声橐橐，闯入客堂；竟是奉令巡哨一般，直至房门口，东张西望，打个遭儿。

葛仲英坐不稳要走。华铁眉请其少待，约与同行。孙素兰不敢留，慌忙丢下饭碗，用干手巾抹了抹嘴，赶紧出去。只见赖公子气愤愤地乱嚷，要见见房间里是何等样恩客。那些手下人个个摩拳擦掌，专候动手。金姐没口子分说，扯这个，拉那个，那里挡得住。素兰只得上前按下赖公子，装做笑脸，宛转陪话，说是"莽撞，得罪了。"赖公子为情理所缚，不好胡行，一笑而止。流氓门客亦皆转舵收蓬，归咎于娘姨大姐。

一时，葛仲英华铁眉匆匆走避，让出房间。孙素兰又不敢送，就请赖公子："去嘿。"赖公子假意问："到哪去？"素兰说"房间里。"赖公子直挺挺坐在高椅上，大声道："房间里不去了！我们来做填空！"流氓门客听说，亦皆拿腔作势，放出些脾气来，不肯动身。禁不起素兰揣着赖公子两手，下气柔声，甜言蜜语的央告。赖公子遂身不由主，趔趄相从。一边金姐大姐做好做歹，请那流氓门客一齐踅进房间。

赖公子只顾脚下，不提防头上被挂的保险灯猛可里一撞，撞破一点油皮，尚不至于出血。赖公子抬头看了，嗔道："你只不通气的保险灯也要来欺负我！"说着举起手中牙柄摺扇轻轻敲去，把内外玻璃罩，叮叮当当，敲得粉碎。素兰默然，全不介意。一班流氓门客却还言三语四帮助赖公子。一个道："保险灯不认得你呀！要是恩客嘤，就不碰了！不要看它保险灯也蛮乖觉呢。"一个道："保险灯就不过不会说话！它碰你的头，就是要赶你出去，懂不懂啊？"一个道："我们本底子不应该到这儿正房间里来，倒冤枉死了这保险灯！"

赖公子不理论这些话，只回顾素兰道："你不要在心疼，我赔给你好了。"素兰微哂道："笑话了哦！本来是我们的保险灯挂得不好，要你少大人赔！"赖公子沉下脸道："可是不要？"素兰急改口道："少大人的赏赐，可有什么不要啊。这时候说是赔我们，那我们不要。"赖公子又喜而一笑。弄得他手下流氓门客摸不着头脑，时或浸润挑唆，时或夸诩奉承。素兰看不入眼，一概不睬，惟应酬赖公子一个。

赖公子喊个当差的，当面吩咐传谕生全洋广货店掌柜，需用大小各式保险灯，立刻赍送张挂。

不多时，掌差的带个伙计赍差。赖公子令将房内旧灯尽数撤下，都换上保险灯。伙计领命，密密层层，挂了十架。素兰见赖公子意思之间不大舒服，只得任其所为。赖公子见素兰小心侍候，既不亲热，又不冷淡，不知其意思如何。

继而赖公子携着素兰并坐床沿，问长问短。素兰格外留神，问一句说一句，不肯多话。问到适间房内究属何人，素兰本待不说，但恐赖公子借端兜搭，索性说明为华铁眉。赖公子欸地跳起身子，道："早晓得是华铁眉，我们一块见见蛮好嘤！"素兰不去接嘴。那流氓门客即群起而撺掇道："华铁眉住在大马路乔公馆，我们去请他来好不好？"赖公子欣然道："好！好！连乔老四一块请！"当下写了请客票，另外想出几位陪客，一并写好去请。素兰任其所为，既不怂恿，亦不拦阻。

赖公子自己兴兴头头，胡闹半日，看看素兰，落落如故，肚子不免生了一股暗气。及当差的请客销差，有的说有事，有的不在家，没有一位光顾的。赖公子怒其不会办事，一顿"王八蛋"，喝退当差的，重新气愤愤地道："他们都不来嚜，我们自己吃！"

当下复乱纷纷写了叫局票。赖公子连叫十几个局。天色已晚，摆起双台。素兰生怕赖公子寻衅作恶，授意于金姐，令将所挂保险灯尽数点上，不独眼睛几乎耀花，且逼得头脑烘烘发烧，额角珠珠出汗。赖公子倒极为称心，鼓掌狂叫，加以流氓门客哄堂附和，其声如雷。素兰在席，只等出局到来，便好抽身脱累；谁知赖公子且把出局靠后，偏生认定素兰一味的软厮缠。素兰这晚偏生没得出局，竟无一些躲闪之处。

初时素兰照例筛酒，赖公子就举那杯子凑到素兰嘴边，命其代饮。素兰转面避开。赖公子随手把杯子扑的一碰，放于桌上。素兰斜瞅一眼，手取杯子，笑向赖公子婉言道："你要教我吃酒嚜，应该敬我一杯，我敬你的酒还是拿给我吃，可是你不识敬！"也把杯子一碰，放于赖公子面前。赖公子反笑了，先自饮讫，另筛一杯授与素兰。素兰一口呷干。席间皆喝声采。

赖公子豪兴遄飞，欲与对饮。素兰颦蹙道："少大人请罢，我不大会吃酒。"赖公子错愕道："你还要看不起我！出名的好酒量，说不会吃！"素兰冷笑道："少大人要缠夹死了！我们吃酒，学了来的呀。拿一鸡缸杯酒一气呷下去，过了一会再挖它出来，这才算会吃了。出局去，到了台面上，客人看见我们吃酒一口一杯，都说是好酒量，哪晓得回去还是要吐掉了才舒服！"赖公子也冷笑道："我不相信！要嚜你吃了一鸡缸杯，挖给我看。"素兰故意岔开道："挖什么呀？你少大人嚜，教人挖了，还要教人看！（注一）"

赖公子一路攀谈，毫无戏谑；今听斯言，快活得什么似的，张开右臂，欲将素兰揽之于怀。素兰乖觉，假作发急，俏声一喊，仓皇逃遁。只见金姐隔帘点首儿。素兰出房，问其缘故。原来是华铁眉的家奴，名唤华忠，奉主命探听赖公子如何行径。素兰述其梗概，并道："你回去跟老爷说，一直闹到了这时候，总要挑我的眼；问老爷可有什么法子。"

华忠未及答话，台面上一片声唤"先生"。素兰只得归房。华忠屏息潜踪，向内暗觑，但觉一阵阵热气从帘缝中冲出，席间科头跣足，袒裼裸裎，不一而足。赖公子这边被十几个倌人团团围住，打成栲栳圈儿，其热尤酷。

赖公子喝令让路，要素兰上席划拳。素兰推说"不会划。"赖公子拍案厉声道："划拳嚇可有什么不会的呀！"素兰道："没学过，哪会呀。少大人要划拳，明天我就去学，学会了再划好了。"赖公子瞋目相向，狞恶可畏。幸而流氓门客为之排解道："她们是先生；先生的规矩，弹唱曲子，不划拳。叫她唱支曲子罢。"素兰无可推说，只得和起琵琶来。

华忠认得这一班流氓门客都是些败落户纨袴子弟与那驻防吴淞口的兵船执事（注二），恐为所见，查问起来，难于对答，遂回身退出，自归大马路乔公馆转述于家主。华铁眉寻思一回，没甚法子，且置一边。

次日饭后，却有个相帮以名片相请。铁眉又寻思一回，先命华忠再去探听赖公子今日游踪所至之处，自己随即乘轿往兆贵里孙素兰家等候覆命。

素兰一见铁眉，呜呜咽咽，大放悲声，诉不尽的无限冤。铁眉惟恳恳的宽譬慰劝而已。素兰虑其再至，急欲商量。铁眉浩然长叹，束手无策。素兰道："我想一笠园去住两天，你说好不好？"铁眉大为不然，摇头无语。素兰问怎的摇头。铁眉道："你不晓得，有许多不便哒。我嗄先不好去跟齐韵叟去说；癞头鼋同我们世交，给他晓得了嗄，也好像难为情。"素兰道："姚文君在一笠园，就为了癞头鼋；什么不便呀？"铁眉理屈词穷，依然无语。

良久，素兰鼻子里哼了一声，道："我是晓得你这人，随便什么一点点事，用得着你嗄，总不答应！你放心，我不过先告诉你；齐大人那儿，我自己说好了。癞头鼋晓得了，也不关你事。"铁眉拍手道："那蛮好。等会我们到老旗昌，你要说嗄就说。"素兰鼻子里又哼了一声，亦复无语。

两人素性习静，此时有些口角，越发相对忘言。直至华忠回来报说："这时候少大人在坐马车，回来了到这儿来。"铁眉闻信，甚为慌张，方启口向素兰道："我们走罢。"素兰闻言，愈觉生气，迟回半晌，方启口答道："随便你。"

于是铁眉留下华忠：假使赖公子到此生事，速赴老旗昌报信。素兰嘱咐金姐好生看待赖公子，只实说出局于老旗昌便了。

两人相与下楼，各自上轿。刚抬出兆贵里，便隐隐听得轮蹄之声，驶入石路。一刹间追风逐电，直逼到轿子旁边。铁眉道是赖公子，探头一张，乃系史天然，挈带赵二宝，分坐两辆马车，一路朝南驶去，大约即为高亚白所请同席之客。等得马车过后，轿子慢慢前行，转过打狗桥，经由法大马路，然后到了老旗昌。只见前面一带歇着许多空轿空车，料史天然必然先到。又见后面更有许多轿子衔接抬来。

华铁眉孙素兰站定少待。那轿子抬至门首，一齐停下，却系葛仲英朱蔼人陶云甫三位，连带的局吴雪香林素芬罩丽娟，共是六肩轿子。大家厮见，纷纷进门。

高亚白在内望见，与两个广东婊子迎出前廊，大笑道："催请条子刚刚去，倒都来了，还有个天然兄，还要早。好像大家约好了时候。(注三)"

一行人蹑足升阶，至于厅堂之上。先到者除史天然赵二宝外，又有尹痴鸳朱淑人陶玉甫三位。大家见过。高亚白道："就是个陈小云同韵叟没到。"

众人相让坐下，因而仔细打量这厅堂。果然别具风流，新翻花样，较诸把势，绝不相同。屏栏窗牖，非雕镂即镶嵌，刻划得花梨银杏，黄杨紫檀，层层精致，帐幕帘帷，非藻绘即绮绣，染得湖绉官纱，宁绸杭线，色色鲜明。大而栋梁柱础墙壁门户等类，无不耸翠上腾，流丹下接；小而几案椅杌床榻橱柜等类，无不精光外溢，宝气内含。至于栽种的异卉奇葩，悬挂的法书名画，陈设的古董雅玩，品题的美果佳茶，一发不消说了。

众人再仔细打量那广东婊子，出出进进，替换相陪，约摸二三十个，较诸把势却也绝不相同：或撅着个直强强的头，或拖着根散朴朴的辫（注四），或眼梢贴两枚圆丢丢绿膏药，或脑后插一朵颤巍巍红绒球。尤可异者：桃花颧颊，好似打肿了嘴巴子；杨柳腰肢，好似夹挺了背梁筋（注五）。两只袖口，晃晃荡荡，好似猪耳朵；（注六）一双鞋皮，踢踢踏踏，好似龟板壳。若说气力，令人骇绝！朱蔼人说得半句发松的话，婊子既笑且骂，扭过身子，把蔼人臂膊隔着两重衣衫轻轻摔上一把，摔得蔼人叫苦连天；连忙看时，并排三个指印，青中泛出紫色，好似熟透了的牛奶葡萄一般。众人见之，转相告戒，无敢有诙谐戏谑者。婊子兀自不肯干休，咕咕呱呱，说个不了。

幸而外面通报："齐大人来。"众人乘势起立趋候。齐韵叟率领一群娉娉袅袅袅袅婷婷的本地婊子，即系李浣芳周双玉张秀英林翠芬姚文君苏冠香六个出局。那广东婊子插不上去，始免纠缠。

其时满厅上点起无数灯烛，厅中央摆起全桌酒筵，广东婊子声请入席。众人按照规例，带局之外，另叫个本堂局（注七）。婊子各带鼓板弦索，呕呕哑哑，唱起广东调来。若在广东规例，当于入席之前挨次唱曲，不准停歇。高亚白嫌其聒耳，预为阻止。至此入席之后，齐韵叟也不耐烦，一曲未终，又阻止了。席间方得攀谈，行令如常。

既而华铁眉的家丁华忠趑趄上厅来，附耳报命于家主道："少大人到了清和坊衰三宝那儿去，兆贵里没来。"华铁眉略一领首，因悄悄诉与孙素兰，使其放心。适为齐韵叟所见，偶然动问。铁眉乘势说出癞头鼋软厮缠情形。韵叟遽说道："那到我们花园里来噢。跟文君做伴，不是蛮好？"素兰接说道："我本来要到大人的花园里，为了他说，恐怕不便。"韵叟转问铁眉道："什么不便啊？你也一块来了嘛。"铁眉屈指计道："今天嘛让她先去。我有点事，二十来看她。"韵叟道："那也行。"天然也说是二十来。

铁眉见素兰的事已经议妥，记起自己的事，即拟言归。高亚白知其征逐狎昵皆所不喜，听凭自便。

华铁眉去后，丢下了素兰没得着落，去留两难。（注八）韵叟微窥所苦，就道："这儿的场面，本来是整夜的嘛，我回去就要睡了。"高亚白知其起居无时，惟适之安，亦惟有听凭自便而已。

齐韵叟乃约同孙素兰带领苏冠香辞别席间众人，出门登轿，迤逦而行。约一点钟之久，始至于一笠园。园中月色逾明，满地上花丛竹树的影子，交互重叠，离披动摇。韵叟传命抬往拜月房椻，由一笠湖东北角上兜过圈来。刚绕出假山背后，便听得一阵笑声，嘻嘻哈哈，热闹得很，猜不出是些什么人。

比及到拜月房椻院墙外面，停下轿子，韵叟前走，冠香挈素兰随后，步进院门，只见十来个梨花院落的女孩儿在这院子里空地上相与扑交打滚，踢毽子，捉盲盲，玩耍得昏了头。蓦然抬头见了主人，猛吃大惊，跌跌爬爬，一哄四散。独有一个凝立不动，一手扶定一株桂树，一手垂下去弯腰提鞋，嘴里又咕哝道："跑什么啊！小孩子没规矩！"

韵叟于月光中看去，原来竟是琪官。韵叟就笑嘻嘻上前，手搀手说道："我们到里头去喂。"琪官踅得两步，重复回身，望着别株桂树之下隐隐然似乎有个人影探头探脑。琪官怒声喝道："瑶官！来！"瑶官才从黑暗里应声趋出。琪官还呵责道："你也跟了她们跑，不要面孔！"瑶官不敢回言。

一行人踅进拜月房椻，韵叟有些倦意，歪在一张半榻上，与素兰随意闲谈，问起癞头鼋，安慰两句；见素兰拘拘束束的不自在，因命冠香道："你同素兰先生到大观楼上去，看房间里可缺什么东西，喊他们预备好了。"素兰巴不得一声，跟了冠香相携并往。

韵叟唤进帘外当值管家吹灭前后一应灯火，只留各间中央五盏保险灯。管家遵办退出。韵叟遂努嘴示意，令琪官瑶官两人坐于榻旁，自己朦朦胧胧合眼瞌睡，霎时间鼻息鼾鼾而起。琪官悄地离座移过茶壶，按试滚热，用手巾周围包裹；瑶官也去放下后面一带窗帘，即低声问琪官道："可要拿条绒单来盖盖？"琪官想了想，摇摇手。

两人嘿嘿相对，没甚消遣。琪官隔着前面玻璃窗赏玩那一笠湖中月色。瑶官偶然开出抽屉，寻得一副牙牌，轻轻的打五关。琪官作色禁止。瑶官佯作不知，手持几张牌，向嘴边祷祝些什么，再呵上一口气，然后操将起来。琪官怒其不依，随手攫取一张牌藏于怀内。急得瑶官合掌膜拜，陪笑央及。无奈琪官别转头不理。瑶官没法，只得涎着脸，做手势，欲于琪官身上搜检。琪官生怕肉痒，庄容盛气以待之。

两人正拟交手扭结，忽闻中间门首吉丁当帘钩摇动声音。两人连忙迎上去，见是苏冠香和大姐小青进来。琪官不开口，只把手紧紧指着半榻。冠香便知道韵叟睡着了，幸未惊醒，亲自照看一番，却转身向琪官切切嘱道："姐姐请我去，说有活计要做。谢谢你们两替我陪陪大人。等会睡醒了，叫小青里头来喊我好了。"瑶官在旁应诺。冠香嘱毕，飘然竟去。琪官支开小青不必侍候。小青落得自在嬉游。

琪官坐定，冷笑两声方说瑶官道："你这傻子嚜少有出见的！随便什么话，总是瞎答应！"瑶官追思适间云云，惝惑不解，道："她没说什么嚜！"琪官"哼"的从鼻子里笑出声来，道："你是她买的讨人，应该替她陪陪客人——没说什么！"瑶官道："那我们走开点。"琪官睁目嗔道："谁说走哇！大人叫我们坐在这儿，陪不陪，挨不着她说嚜！"瑶官才领会其意思。琪官复哼哼的连声冷笑，道："倒好像是她们的大人！不是笑话！"

这一席话，竟忘了半榻上韵叟，粲花之舌，滚滚澜翻，愈说而愈高了。恰好韵叟翻个转身，两人慌掩住嘴，鹄候半晌，不见动静。琪官蹑足至半榻前，见韵叟仰面而睡，两只眼睛微开一线，奕奕怕人。琪官把前后襟左右袖各拉直些，仍蹑足退下。瑶官那

里有兴致再去打五关，收拾牙牌，装入抽屉，核其数三十二张，并无欠缺，不知琪官于何时掷还。两人依然嘿嘿相对，没甚消遣。

相近夜分时候，韵叟睡足欠伸。帘外管家闻声，舀进脸水。韵叟揩了把面，瑶官递上漱盂，漱了口。琪官取预备的一壶茶，先自尝尝，温暾可口，约筛大半茶钟递上。韵叟呷了些。韵叟顾问："冠香呢？"琪官置若罔闻。瑶官道："说是姨太太那儿去。"

韵叟传命管家去喊冠香。琪官接取茶钟，随手放下，坐于一旁，转身向外。韵叟还要吃茶，连说三遍。琪官只是不动，冷冷答道："等冠香来倒给你吃。我们笨手笨脚，哪会倒茶！"韵叟呵呵一笑，亲身起立要取茶钟。瑶官含笑近前，代筛递上。

韵叟吃过茶，就于琪官身旁坐下，温存熨贴了好一会。琪官仍瞪着眼，呆着脸，一语不发。韵叟用正言开导道："你不要糊涂。冠香是外头人，就算我同她要好，终不比你自己人。自己人一直在这儿，冠香一年半载嘿回去了嘿。你也何必去吃这醋？"

琪官听说，大声答道："大人，你可是一点谱子都没了？我们晓得什么醋不醋！"韵叟讪讪笑道："吃醋你不晓得？我教你个乖。你这时候嘿就是叫吃醋。"琪官用力推开道："快点去吃茶罢！冠香来了！"

韵叟回头去看，琪官得隙挣脱，招呼瑶官道："冠香来了，我们走罢。"

韵叟见侧首玻璃窗外果然苏冠香影影绰绰来了，就顺势打发，道："大家去睡罢。天也不早了。"瑶官一面应诺，一面跟从琪官踅下台阶，劈面迎着冠香。琪官催道："先生快点来哝。大人等在那儿。"冠香不及对答，迈步进去。琪官瑶官两人遂缓缓步月而归。

注一：挖是性的代名词之一，如与年长妇女交合称为"挖古井"。此处她是说他要她表演活春宫。

注二：赖公子显然是豪门之子出仕，任水师将官。

注三：请帖上向不写明时间，除了午饭有"午"字。

注四：民初一度流行"松辫子"——不自发根扎起。似乎广州早已有了，得风气之先。

注五：参看第二十三回姚奶奶"满面怒气，挺直胸脯，"均与传统女性"探雁脖儿"的微俯姿势不合。

注六：当时的广袖都是上下一样阔，而广东流行的衣袖想必受外来影响，是喇叭袖，或是和服袖，袖口荡悠悠的成为另一片。

注七：原来粤菜馆老旗昌兼设妓院，制度不同，不知是否为了远来的粤商的便利。广州是外贸先进，书中提起的"广东客人"都仿佛是阔客。前文借及三的屏风侧面一写广州的奢华，此回才正面写。

注八：没有自己的客人在旁，对其他的客人就要避嫌疑。所以后来跟着齐韵叟回去，谈话时也还是不自然，因为瓜田李下。旁边虽有人，都是他的姬妾之流，不能作证。孙素兰聪明老练，尚且如此，可见行规之严。

第四九回
小儿女独宿怯空房　贤主宾长谈邀共榻

　　按琪官瑶官两人离了拜月房栊，趁着月色，且说且走。瑶官道："今天晚上的月亮比前天晚上还要亮。前天晚上噻热闹了一夜；今天晚上一个人也没有！"琪官道："他们可算什么赏月呀！像我们这时候，那倒真正是赏月！"瑶官道："我们索性到蜿蜒岭上去，坐在天心亭，一个花园统统都看见。那儿赏月噻最好了。"琪官道："正经要赏月，你可晓得什么地方？在志正堂前头高台上。有多少机器，就是个看月亮同看星的家具。有了家具连太阳都好看了。看了噻，还有多少讲究。他们说：同皇帝家里观象台一个式样，就不过小点。"瑶官道："那我们到高台上去罢。我们也用不着它家具，就这样看看好了。"琪官道："倘若碰见个客人，不行的。"瑶官道："客人都不在这呀。"琪官道："我们还是大观楼去看看孙素兰睡了没有，那倒还差不多。"瑶官高兴，连说："去嘿。"

　　两人竟不转弯归院，一直趸上九曲平桥，遥望大观楼琉璃碧瓦，映着月亮，也亮晶晶的，射出万道寒光，笼着些迷濛烟雾。

　　两人到了楼下，寂静无声，上下窗寮掩闭，里面黑魃魃地，惟西南角一带楼窗——系素兰房间——好像有些微灯火在两重纱

186

幔之中。两人四顾徘徊，无从进步。

琪官道："恐怕睡了噢。"瑶官道："我们喊她声看。"琪官无语。瑶官就高叫一声："素兰先生。"楼上不见接口答应。却见纱幔上忽然现个人影儿，似是侧耳窃听光景。瑶官再叫一声，那人方卷幔推窗，往下问道："什么人在喊？"

琪官听声音正是孙素兰，插嘴道："我们来看你呀。可要睡了？"素兰辨识分明，大喜道："快点上来噢。我且不睡哩。"瑶官道："不睡嗄，门都关啰。"素兰道："我们来开。你等一会。"琪官道："不要开了。我们也回去睡了。"素兰慌的招手跺脚，道："不要走呀！来开了呀！"

瑶官见她发急，怂恿琪官略俟一刻。那素兰的跟局大姐一层层开下门来，手持洋烛手照，照请两人上楼。

素兰迎见即道："我要商量句话：你们两个人睡在这儿，不要回去，好不好？"琪官骇异问故。素兰道："你想这儿大观楼，前头后头多少房子。就剩我跟个大姐在这儿，阴气重死了，好怕，睡也自然睡不着。正要想到你们那儿梨花院落来嚏，倒刚刚你们两个人来喊了。谢谢你们，陪我一晚上，明天就不要紧了。"

瑶官不敢做主，转问琪官如何。琪官寻思半日，答道："我们两个人睡在这儿，本来也不要紧，这时候比不得起先，有点尴尬。(注)要嗄还是你到我们那儿哴哴罢。不过怠慢点。"素兰道："你们那儿去最好了。你嗄还要客气。"

当下大姐吹灭油灯，掌着烛台，照送三人下楼，将一层层门反手带上，扣好钮环。琪官瑶官不复流连风景，引领素兰大姐径往梨花院落归来，只见院墙门关得紧紧的。敲毂多时，有个老婆子从睡梦中爬起，七跌八撞，开了门。瑶官急问："可有开水？"

第五十二回

小兒女獨宿怡空房

老婆子道："哪还有开水！什么时候啦！茶炉子熄了好久了！"琪官道："关好了门去睡，不要话这么多！"老婆子始住嘴。

四人从暗中摸索，并至楼上琪官房间。瑶官划根自来火，点着大姐手中带来烛台，请素兰坐下。琪官欲搬移自己铺盖，让出大床给素兰睡。素兰不许搬，欲与琪官同床。琪官只得依了。瑶官招呼大姐安顿于外间榻床之上。琪官复寻出一副紫铜五更鸡，亲手舀水烧茶。瑶官也取出各色广东点心，装上一大盘，都将来请素兰。素兰深抱不安。

三人于灯下围坐，促膝谈心，甚是相得。一时问起家中有无亲人，可巧三人皆系没爹娘的，更觉得同病相怜。琪官道："小时候没了爹娘，那真正是苦死了！哥哥嫂嫂哪靠得住；面上蛮要好，心里在转念头。小孩子不懂事，上了他们当还不觉得。倘若有个把爹娘在，我为什么到这儿来！"素兰道："一点都不错。我爹娘刚刚死了三个月，伯伯就出我的花头：一百块洋钱卖给人家做丫头。幸亏我晓得了，告诉了舅舅，拿买棺材的钱还给伯伯，这就出来做生意。哪晓得这舅舅也是个坏胚子！我生意好了点，骗了我五百块洋钱去，人也不来了！"

瑶官在旁默然呆听，眼波莹莹然要掉下泪来。素兰顾问道："你到这来了几年了？"琪官代答道："她更叫人生气！来的时候，她爹跟她一块来。她自己也叫他'爹'。后来我问问她什么爹呀？是她晚娘的姘头！"

素兰道："你们两个人运道倒不错，都到了这儿来，也罢了。我的命嚛，生来是苦命。都说我没有帮手的不好。碰着了要紧事，独是我一个人发急，还有谁跟我商量商量；有了点不快活，闷在肚子里，也没处去说嚛。要找个对劲点娘姨大姐都没有的哦。"琪官道："你也总算称心的了，比我们好多少的哦。像我们，就说是两个人，可有什么用啊？自己先一点都不能做主，还要帮别人，自然不成功。过两年，也说不定两个人在一起不在一起。"

素兰道："说到以后的事，大家看不见，怎晓得有结果没结果。我想，没什么法子，过一天嚜是一天，碰着看光景再说了。"瑶官插口道："我们嚜是在过一天是一天；你以后的事有什么没数目？华老爷跟你好得不得了，嫁过去嚜，预备享福好了。可有什么看不见？"

素兰失笑道："你倒说得轻巧的哦。要是这样说起来，齐大人也蛮好嚜，你们两个人为什么不嫁给了齐大人哪？"瑶官道："你嚜说说正经就说到了歪里去！"琪官点头道："话倒也是正经话。总归做了个女人，大家都有点说不出的为难地方。外头人哪晓得？只有自己心里明白。想来你华老爷好嚜好，总不能够十二分称心，对不对？"

素兰抵掌道："你的话，这才蛮准了，可惜我不是长住在这儿；住在这儿，同你讲讲话倒不错。"瑶官道："那也哪说得定；我们出去也不晓得，你进来也不晓得，是你说的'碰着看光景再说'！"琪官道："我说大家说话对劲了，倒不是一定要在一起，就不在一起，心里也好像快活点。"

素兰闻言，欣然倡议道："我们三个人索性拜姊妹好不好？"瑶官抢着说："蛮好。拜了嚜大家有照应。"

琪官正待说话，只听得外面历历碌碌，不知是何声响。琪官胆小，取只手照，拉同瑶官出外看看。那月早移过厢楼屋脊，明星渐稀，荒鸡四叫，院中并无一些动静。

两人各处兜转来，却惊醒了榻床上大姐，迷糊着两眼，问是"做什么"。两人说了。大姐道："下头在响呀。"说着，果然历历碌碌，响声又作，乃班里女孩儿睡在楼下，起来便遗。

两人呼问明白，放心回房；随手掩上房门，向素兰道："天要亮了，我们睡罢。"素兰应诺。瑶官再让素兰用些茶点，收拾干净，自去隔壁自己房间睡下。琪官爬上大床，并排铺了两条薄被，请素兰宽衣，分头各睡。

素兰错过睡性，翻来覆去睡不着；听琪官寂然不动，倒是隔壁瑶官微微有些鼻声。俄而一只乌鸦，哑哑叫着，掠过楼顶。素兰揭帐微窥，四扇玻璃窗倏变作鱼肚白色，轻轻叫琪官不答应，索性披衣起身，盘坐床中。不想琪官并未睡着，仅合上眼养养神，初时不应，听素兰起坐，也就撑起身来，对坐攀谈。

素兰道："你说我们拜姊妹好不好？"琪官道："我说不拜一样好照应，拜个什么呀？要拜嚜，今天就拜。"素兰道："好的。今天就拜。那怎么个拜法喯？"琪官道："我们拜姊妹，不过拜个心。摆酒送礼，许多空场面都用不着，就买副香烛，等到晚上，我们三个人清清爽爽磕几个头好了嚜。"素兰道："蛮好；我也说随便点好。"

琪官见天色已大明，略挽一挽头发，跨下床沿，趿双拖鞋，往床背后去；一会儿，出来净过手，吹灭梳妆台上油灯，复登床拥被而坐，乃从容问素兰道："我们拜了姊妹，就像一家人，随便什么话都好说的了。我要问你：我们看这华老爷不错，为了什么不称心呀？"

素兰未言先叹道："不要提了！提起来真叫人生气！他这人倒不是有什么不称心；我同他样样蛮对劲，就为了一样不好。他这人做一百桩事情总一定有九十九桩不成功的；有点干系的事，他自然不肯做；就叫他做桩小事，他要四面八方统统想到家，是不要紧的，这才做；倘若有个把闲人说了一声不好，就不做的了。

你想这么个脾气可能縠娶我回去？他自己要娶也不成功。"

琪官道："我们一直在说：先生小姐要嫁人，容易得很，哪一个好嚜就嫁给哪一个，自己去拣好了。这时候听你说华老爷，倒真正为难。"

素兰转而问道："我也要问你：你们两个人自己打算，可嫁人不嫁人？"琪官亦未言先叹道："我们嚜再为难也没有了！这时候没什么人在这儿，跟你说说不要紧。我们是从小到这儿的，自然都要依大人的。依了大人了嚜，那可真尴尬！大人六十多岁年纪了，倘若出了事，像我们上不上下不下算什么等样的人哪？这再要想着嫁人嚜晚了！"

素兰道："刚才瑶官在说，出去也说不定，可是这样的意思？"琪官道："她肚子里还算明白，就不过有点道三不着两。看她嚜十四岁了，一点都不知轻重，说得说不得，都要说出来。你想我们这时候可好说这种话？刚才幸亏是你，碰上了别人，说给大人听了嚜，——好！"

琪官一面说，也打了个哈欠。素兰道："我们再睡会罢。"琪官道："当然要睡。"素兰便也往床背后去了一遭，却见一角日光直透进玻璃窗，楼下老婆子正起来开门，打扫院子。约摸七点钟左右，两人赶紧复睡下去。素兰道："等会你起来嚜喊我一声。"琪官道："晚点好了，不要紧的。"这回两人神昏体倦，不觉沉沉同入睡乡。

直至下午一点钟，两人始起。瑶官闻声，进见笑诉道："今天一桩大笑话，说是花园里逃走两个倌人。多少人在闹，一直闹到我起来，刚刚说明白。"素兰不禁一笑。

琪官吩咐老婆子传话于买办，买一对大蜡烛，领价现交，无须登帐。素兰亦吩咐其大姐道："你吃过了饭嚜，到家里去一趟，

回来再到乔公馆问他可有什么话。"大姐承命，和老婆子同去。

瑶官急问："我们可是今天拜姊妹？"素兰颔首。琪官道："你说话要当心点的哝！什么逃走倌人！倘若冠香在这儿，不是要多心吗？就是我们拜姊妹，也不要去跟冠香说。冠香晓得了，一定要同我们一块拜，无趣得很。"瑶官唯唯承教，并道："我一直不说好了。"素兰道："没拜嚜，不要说起；拜过了就不要紧。那是我们明明白白正经事，没什么对不住人的地方！"瑶官又唯唯承教。

说话之间，苏冠香恰好来到，先于楼下向老婆子问话。琪官听得，忙去楼窗口叫"先生"。冠香上来厮见，爰致主人之命，立请素兰午餐。素兰即辞了琪官瑶官跟着冠香由梨花院落往拜月房栊。

齐韵叟既见孙素兰，道："昨天晚上，他们都不在这儿，我倒没想到，这叫冠香来陪陪你。再一晚上嚜铁眉来了。"素兰慌道："我不要呀。梨花院落满舒服。今天晚上说好在这儿，还到那边去。"韵叟道："那么让冠香一块到梨花院落来讲讲话，有伴，起劲点。"素兰道："我不要呀。我同冠香先生一样的嚜。大人把我当了客人，我倒不好意思住这儿，要回去了。"

苏冠香听说，将韵叟袖子一拉，道："你不懂嚜，还要瞎缠！她们梨花院落热闹得很，我去做什么呀？"韵叟笑而置之。

不多时，陶玉甫李浣芳朱淑人周双玉都回说不吃饭了。高亚白姚文君尹痴鸳相继并至。大家入席小酌。高亚白姚文君宿醉醺然，屏酒不饮。尹痴鸳疲乏尤甚，揉揉眼，伸伸腰，连饭都吃不下。齐韵叟知道孙素兰好量，令苏冠香举杯相劝。素兰略一沾唇，覆杯告止。

餐毕，大家各散。尹痴鸳归房歇息。高亚白姚文君随意散步。孙素兰也步出庭前。苏冠香留心探望，见素兰仍往梨花院落一路上去。冠香因笑着，欲和齐韵叟说话，转念一想，又没有甚么话，便缩住口不说了。韵叟觉得，问道："你要说什么说好了。"冠香思将权词推托。

适值小青来请冠香，说是姨太太要描花样。冠香眼视韵叟，候其意旨。韵叟方将歇午，即命冠香："去好了。"冠香道："可要去喊琪官来？"韵叟一想道："不要喊了。"冠香叮嘱帘外当值管家小心伺候，自带小青往内院去了。

韵叟睡足一觉，钟上敲四点，不见冠香出来，自思那里去消遣消遣；独自一个信着脚儿踱去，竟不觉踱过花园腰门。这腰门系通连住宅的。大约韵叟本意欲往内院寻冠香，忽又想起马龙池，遂转身往外，到书房里谒见龙池，相对清谈，娓娓不倦。谈至上灯以后，亲陪龙池晚餐，然后作别兴辞，将回内院。刚趫出书房门口，顶头撞着苏冠香匆匆前来。一见韵叟，嚷道："你怎么一个人跑到这儿来啦？我噷倒在花园里找你，兜了好几个圈子，就像捉迷藏！"韵叟慰藉两句，携了冠香的手，缓缓同行。

比及腰门叉路，冠香撺掇韵叟大观楼去。韵叟勉从其请，重复折入花园，经过陶朱所住湖房，从墙外望望，并未进去。相近九曲平桥，冠香故意回头，倏失惊打怪道："可是月亮啊？"韵叟看时，只见一片灯光从梨花院落楼窗中透出，照着对面粉墙，越显得满院通红。冠香道："不晓得她们在做什么。"韵叟道："一定是打牌，对不对？"冠香道："我们去看嗅。"韵叟道："不要去做讨厌人，闹散她们场子。"冠香只得跟随韵叟仍往大观楼。

注：指被主人收用后，行动更需自己检点。

第五〇回
强扭合连枝姊妹花　乍惊飞比翼雌雄鸟

按齐韵叟挈苏冠香同至大观楼上，适值高亚白姚文君都在尹痴鸳房间里，大家厮见。高亚白手中正拿了一本薄薄的草订书籍要看。齐韵叟见其书面签题，知为小赞所作时文试帖，特来请教于尹痴鸳的。韵叟因问痴鸳道："近来可有进境？"痴鸳道："还算不错，有点内心。"亚白道："给你这囚犯码子教坏了，不要说有内心，连外心也有了！"（注一）大家笑了。

这里说笑，那边姚文君也说得眉飞色舞。苏冠香怔怔呆听，仅偶然附和而已。

韵叟听讲的是打牌情事，遂唤文君道："素兰在打牌呀，你高兴嗄去噢。"文君道："她们一定不是打牌；要打牌，可有什么不来喊我的呀？"韵叟道："你打牌可是好手？"文君嘻着嘴笑。冠香接说道："她打的牌凶死了的哦！就是个琪官，同她差不多。我总要输给她。"亚白道："说她凶也不见得嗄。"文君道："我哪会凶啊！凶的人，可惜打错了牌！"亚白道："前天的牌，我没打错。摸不起真吃不消！"文君欻地起立，嚷道："你说没打错，拿牌来大家看！"说着，转问痴鸳："你那副牌呢？"痴鸳慌忙拦道："好了，不要看了。你总没错就是了。"

文君那里肯依,径自动手开橱,搜寻牌盒。痴鸳撒个谎道:"橱里哪有牌;给琪官借了去,一直没还嚟。"

文君没法回身,屹立当面,还指天划地数说亚白手中若干张牌,所差某张,应打某张,一一数说出来请大家公断。韵叟冠香只是笑。痴鸳罃蹙道:"面孔可要点啊?不是打架就是吵架!我嚟该倒运,刚刚住的对过房间,给他们两个人吵死了!"亚白也只是笑。

文君冷冷答道:"你自己可晓得厌烦?说来说去两句话!大家都听见过。还有什么新鲜点说说我们听嗾?"几句倒堵住了痴鸳的嘴,没得回言。亚白不禁拊掌大笑。韵叟想些别样闲话搭讪开去。文君亦就放下不提。

消停一会,月出东方,渐渐高至树秒,大家皆有些倦意,韵叟冠香始起出行。痴鸳送出房门。亚白文君顺路回房,直送至楼门口而别。韵叟仍携了冠香的手,缓缓踅下大观楼,重过九曲平桥,望那梨花院落中灯光依然大亮,惟逼着外面月色,淡而不红。

冠香复掸掇韵叟道:"我们去看看她们可是打牌。"韵叟道:"你怎么这么等不及!明天问素兰好了。"冠香不好再相强,同出花园,归于内院,相与就寝无话。

次日辰刻,韵叟起身,外面传报华老爷来。韵叟径往花园,请华铁眉在拜月房栊相见。韵叟先嘲笑道:"今天给我猜着了,应该是你先到。"铁眉似乎不好意思。韵叟顾令管家快请孙素兰先生。

须臾,陶玉甫朱淑人高亚白尹痴鸳及李浣芳周双玉姚文君苏冠香孙素兰四路俱集。华铁眉一概躬身延接。

孙素兰轻轻叫声"华老爷",问:"昨天忙?身子可好?"铁眉道:

"没什么，还好。昨天完了事，要想到这儿来看看你，碰见了你的大姐，这就没来，就交代给她一打香槟酒带回去，有没收到？"素兰："谢谢你。一打哪吃得完，分一半送了人了。"

尹痴鸳背地指向朱淑人悄悄笑道："你看，他们两个人多么客气！好像好久不见了！"高亚白听见，也悄悄笑道："自有多少描不出画不出一副功架，也不是客气。"大家掩口葫芦而笑。

华铁眉孙素兰相离虽远，知道笑他两个，赶即缄口。齐韵叟惋惜道："刚刚有点意思，一笑嘿又不作声了！"大家越发笑出声来。华铁眉装做不知，搭讪道："痴鸳先生，令翠喂？"尹痴鸳带笑答道："还没来。"

一语未终，早见陶云甫挈着覃丽娟张秀英，朱蔼人挈着林翠芬林素芬来了。大家迎见，更不寒暄。朱蔼人袖出一封书信，业经拆开，奉与齐韵叟。

韵叟看那封面，系汤啸庵自杭州寄回给蔼人的，信内大略写着，"黎篆鸿既允亲事，特请李鹤汀于老德为媒，约定十二晚间，同乘小火轮船，行一昼夜，可以抵沪。一切面议。惟乾宅亦须添请一媒为要"云云。

韵叟阅竟放下，问道："请的什么人喂？"蔼人道："就请了云甫。"韵叟道："我最喜欢做媒人，你倒不请我。"陶云甫道："你起先就做过媒人的了，这时候挨不着你。"说得大家皆笑。

独朱淑人一呆，逡巡近案，从侧里偷觑那封信，仅得一言半句，已被其兄蔼人收藏。淑人心中忐忑乱跳，脸上却不露分毫，仍逡巡退归原座，复瞟过眼去偷觑周双玉，似觉不甚理会，才放了些心。

接着管家又报说："葛二少爷来。"只见葛仲英挈着吴雪香并卫霞仙，相偕并至。齐韵叟诧异道："可是你带了霞仙一块来？"

葛仲英道："不是，就园门口碰见霞仙的。"

韵叟自知一时误会，随令管家快请马师爷。尹痴鸳向韵叟道："你喜欢做媒人嘎，他们儿子快要养了，你为什么不替他做？"陶云甫抢说道："他们用不着媒人，自己不声不响，就房间里点了一对大蜡烛拜的堂。我倒吃到喜酒的。"大家大笑哄堂。

苏冠香上前拉着齐韵叟问道："你可晓得？昨天晚上，素兰先生不是打牌嘎是做什么？"韵叟道："没问她。"冠香道："我倒问过了，也在房间里点了一对大蜡烛拜的堂呀。"

韵叟不胜错愕。孙素兰遂将三人结拜姊妹之事，缕述分明。韵叟道："拜姊妹倒不错。为什么光是三个人拜呀？要拜嘎一块拜。我来做个盟主。昨天晚上不算，今天先生小姐都到齐了，一块再拜个姊妹，好不好？"孙素兰默然。苏冠香咬着指头要笑。其余皆不在意。

韵叟即命小青去喊琪官瑶官。高亚白向韵叟道："这可是你的生意到了！起劲得呵——！连做媒人也不要做了！"韵叟道："我有了生意嘎，你要干活啰。你嘎替我作篇四六序文，就说拜姊妹的话。序文之后，开列同盟姓名，各人立一段小传，详载年貌籍贯，父母存殁。谁的相好嘎，就是谁做。苏冠香同琪官瑶官三个人，我做好了。名之曰'海上群芳谱'。公议以为如何？"大家无不遵教。

韵叟当命小赞准备文房四宝听用。亚白便打起腹稿来。恰好外边史天然挈着赵二宝进来，里边马龙池及琪官瑶官出来，与现在众人大会于拜月房栊。众人争前诉说如何拜姊妹，如何做小传。史天然马龙池皆道："那是应得效劳。"

于是大家各取笔砚，一挥而就。不及一点钟工夫，不但小传齐全，连高亚白四六序文亦皆脱稿。

齐韵叟托尹痴鸳约略过目再发交小赞誊真。尹痴鸳向众人道："倒有点意思！亚白的序文嚜，生峭古奥，沉博奇丽，不必说了；就是小传也可观。琪瑶素翠嚜是合传体；赵张两传嚜参互成文；李浣芳传中以李漱芳作柱；苏冠香传中虽不及诸姊而诸姊自见；其余或纪言，或叙事，或以议论出之。真正五花八门，无美不备！"大家听了欣然。齐韵叟益觉高兴。

　　其时已交午牌，当值管家调排桌椅。瑶官乘隙暗拉琪官趑出廊下，问道："大人教我们一块拜姊妹，可要拜啊？"琪官道："大人说嚜，自然依他，就一块拜拜，也没什么要紧。"瑶官道："那我们三个人拜的倒不算？"琪官道："你嚜要缠夹死了！什么不算呀？三个人为了要好，拜的姊妹，拜了也不过更要好点。此刻大人教我们拜，要好不要好，我们自己主意，大人不好管我们的嚜！"

　　瑶官涣然冰释，颔首无言。听得里面坐席，两人仍暗地挨身进帏，掩过一边。不想齐韵叟特命琪官瑶官一同入席，坐列苏冠香肩下。琪官瑶官当着众人面前，敛手低头，殊形踟蹰。

　　酒过三巡，食供两套，齐韵叟乃向史天然道："你这趟到上海，带了多少东西来，一点用处都没有，我要你一样好东西，你一定不送给我。这时候替你饯行了，再客气，不着杠了。你可肯送点给我？"天然大惊，问："什么东西呀？"韵叟呵呵笑道："我要你肚子里的东西。你赵二宝那儿，倒还有副对子做给她，我嚜连对子都没有，不是欺人太甚？"天然恍然悟道："我为了四壁琳琅，无从着笔。这下子年伯要我献丑也没法子，缓日呈教好了。"韵叟拱手道谢。

　　华铁眉因问饯行之说。天然说："接着个家信，月底要回去一趄。"铁眉道:"我也要饯行了噰。"韵叟道:"你要饯行噰,同葛仲英轧了个姘头,索性订期二十七,就在这儿,不是蛮好?"铁眉道:"再早点也行。"韵叟道:"早点没空,从明天到二十四,大家都有点事。二十五噰高尹饯行,二十六噰陶朱饯行,你同仲英只好二十七了。"铁眉就招呼仲英约定。天然亦拱手道谢。

适小赞将誊正的《海上群芳谱》,呈上齐韵叟看了。韵叟遂令管家传谕志正堂中,安排香案,又令小赞赍这《群芳谱》四座传观。葛仲英看是一笔《灵飞经》小楷 (注二),妍秀可爱,把小赞打量一眼。高亚白讪讪的笑道:"你不要看轻了他!他的衔头,叫'赞礼佳儿','茂才高弟'。"尹痴鸳叉口道:"你噰喜欢给人骂两声,为什么要带累我?"小赞在旁嗤的失笑。仲英一些不懂。

痴鸳分说道:"他是赞礼的儿子,人都叫他小赞。时常作点诗文,请教我。亚白就同他开玩笑,出个对子教他对,说是'赞礼佳儿'。他对不出。亚白就说:'我替你对了罢,"茂才高弟"(注三)可是蛮好的绝对?'"仲英朗念一遍,道:"是真对得好!"

小赞接取《群芳谱》送往别桌上去。痴鸳悄向仲英耳边说道:"你看他年纪噰轻,坏得很嗻!他爹问他:'高老爷的对子为什么不对?'他说:'我对了。为了尹老爷一块在那儿,没说。'问他:'对的什么?'他说:'对"尚书清客"。'"(注四)仲英大笑道:"为什么不说'狎客'(注五)喏?索性骂得爽快点了噰!"亚白痴鸳共笑一阵。

席间上到后四道菜,管家准备鸡缸杯更换。大家止住,都欲留量,以待晚间畅饮。齐韵叟不复相强,用饭散席。

于是齐韵叟声言,请众姊妹团拜,请诸位老爷监盟。众人一笑遵命,各率相好由拜月房柂来到志正堂。只见堂前一桁湘帘高高吊起，堂中烛焰双辉，香烟直上；地下铺着一片大红毡毯。众人散立两旁，监视行礼。小赞在下唱名。众姊妹按齿排班，雁行站定，一齐朝上拜了四拜，又转身对面拜了四拜。礼毕，各照所定辈行，互相称唤。卫霞仙廿三岁，最长，是为"大姐姐"；李浣芳十二岁，最幼，是为"十四妹"。其余不能尽记，但呼某姊某妹，系之以名而已。

齐韵叟欢喜无限，谆嘱众姊妹，此后皆当和睦，毋忘今日之盟。众姊妹含笑唯唯，跟随众人，趱下志正堂来。恰有一匹小小枣骝马，带着鞍辔散放高台龁草。姚文君自逞其技，竟跑过去亲手带住，耸身骑上，就这箭道中跑个趟子。众人四分五落看她跑。

琪官看罢转身，不见了齐韵叟，四面找寻。见韵叟独自一个大踱西行，琪官暗地拉了瑶官，撇下众人，紧步赶上，跟在后面。

韵叟并未觉着，只顾望拜月房桅一路上踱去。踱至山坡之下，突然斜刺里，闪过一个人，蹑手蹑脚，钻入竹树丛中。韵叟道是朱淑人捕促织儿，也蹑手蹑脚的赶上，要去吓他作耍。比及到跟前，方看清后形，竟是小赞在那里做手势，好似向人央求样子。韵叟止步，扬声咳嗽。小赞吓得面如土色，垂手侍侧，不作一声。韵叟问："还有个什么人？"小赞呐呐答道："没什么人在这儿嚜。"瑶官在后面，用手指道："哪，哪！"韵叟不提防，也吃一吓。琪官急丢个眼色与瑶官，叫她莫说。韵叟却又盘问瑶官："说什么？"瑶官不得已，仍用手指了一指。韵叟再回头望前面时，果然影影绰绰，一个人已穿花度柳而去。

韵叟喝退了小赞，带着琪官瑶官，拾级登坡。这山坡正当拜月房桅之背，满山上种的桂树，交柯接干，蓊翳葱茏，中间盖着三间小小船屋，颜曰眠香坞。韵叟踱进内舱，据坐胡床，盘问瑶官：

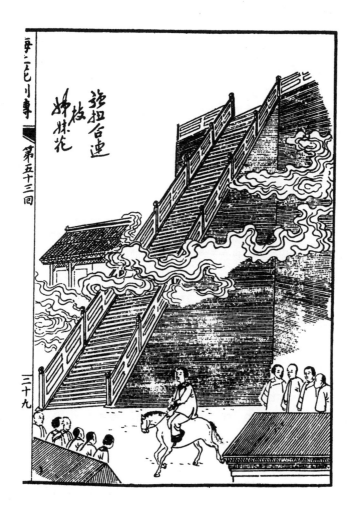

諸担台連枝妹妹花

"看见的什么人？"瑶官不答，眼望琪官。韵叟即转问琪官。琪官道："我们也没看清楚。"韵叟咳了一声道："我问你嗄，还有什么不好说的话？"琪官道："不是我们花园里的人，让她去好了。"（注六）

韵叟略想一想，遂置不究，复搭讪问道："我来的时候，大家在看跑马，都不觉着，你们两个人什么时候跟了来？"瑶官道："可是大人也没觉着？我们是一直在跟着。"琪官道："你嗄只顾看着前头，哪晓得我们后头也在看。"韵叟道："你后头可去看看？恐怕还有谁跟着。"瑶官道："这可没谁了。"琪官道："要嗄不过冠香。"

瑶官见说，真的出门去看。韵叟亦即起立，笑挽琪官的手，道："我们到拜月房栊去。"举步将行，忽闻门外瑶官高声报说："朱五少爷来了。"

韵叟诧异得紧，抬头望外，果然朱淑人独自一个，翩翩然来。韵叟请其登榻对坐，良久默然。韵叟搭讪问道："听说前天捉着一只'无敌将军'，可有这事？"淑人含糊答应，并未接说下去。

又良久，淑人面色微红，转睐偷盼，似有欲言不言光景。韵叟摸不着头脑，顾令琪官喊茶。琪官会意，拉同瑶官，退出门外，单剩韵叟淑人在眠香坞中。

注一：一语成谶。

注二：道藏中之四种统称。唐钟绍京节录其文，书为《灵飞经》帖，今多为习小楷之范本。

注三：茂才即秀才，东汉避开国皇帝刘秀讳，改称茂才。"高弟"即高级弟子。尹痴鸳显然没中举，难怪佯狂掩饰满腹牢骚。高亚白揭他痛疮，也有点谑而虐了。

注四："赞礼"乃古代官名，对"尚书"，官名，"尚"字又是动词，

作鸳鸯比翼雌雄鸟

尤妥。"礼"对"书",因有《礼记》《书经》二书,更是绝对。极写小赞的才华。

注五:陪同去妓院的帮闲。

注六:作者在跋中提及预备写的续集情节,有"小赞小青挟赀远遁"句。显然小赞是与苏冠香的大姐小青私会。琪官不肯说出来,想是惧祸,惹不起主人的小小姨兼新宠。

第五一回

负心郎模棱联眷属　失足妇鞭笪整纲常

按朱淑人见眠香坞内更无别人，方嗫嚅向齐韵叟道："哥哥教我明天回去，不晓得可有什么事？"韵叟微笑道："你哥哥替你定亲呀，你怎么没晓得？"淑人低头蹙额而答道："哥哥嚛，总是这样！"

韵叟听说，不胜惊讶，道："替你定亲倒不好？"淑人道："不是说不好，这时候忙什么嚛。可好跟哥哥说一声，不要去定什么亲？"

韵叟察貌揣情，十猜八九，却故意探问道："那么你什么意思喽？"连问几声，淑人说不出口。

韵叟乃以正言晓之道："你不要去跟哥哥说。照你年纪是应该定亲的时候，你又没爹娘，自然你哥哥做主。定着了黎篆鸿的女儿，交情再好也没有。你这时候不说哥哥好，倒说道不要去定什么亲，不要说你哥哥听见了要生气，你就自己想，媒人都到齐，求允行盘都预备好了，可好教哥哥再去回报他？"

淑人一声儿不言语。韵叟道："虽然定亲，大家都要情愿了嚛好。你还有什么不称心，索性说出来，商量商量倒没什么。我替你打算，最要紧是定亲，早点定嚛早点娶，那就连周双玉一块可以娶回去，不是蛮好？"

淑人听到这里，咽下一口唾沫，俄延一会，又嗫嚅道："说起这周双玉，起先就是哥哥代叫几个局，后来也是哥哥一块去吃了台酒，双玉就问我可要娶她。她说她是好人家出身，今年到了堂子，也不过做了一节清倌人，先要我说定了娶她的嚟，第二户客人，她不做了。我嚟倒答应了她。"韵叟道："你要娶周双玉，容易得很。倘若娶她做正夫人，不成功的哝。就像陶玉甫，要娶这李漱芳做填房，到底没娶，不要说是你了。"

淑人又低头蹙额了一会，道："这倒有点尴尬。双玉的性子，强得不得了，到了这儿来，就算计要赎身，一直跟我说，再要娶了个人嚟，她一定要吃生鸦片烟的。"韵叟不禁呵呵笑道："你放心！哪一个倌人不是这样说呀！你嚟还要去听她的！"

淑人面上虽惭愧，心里甚着急，没奈何，又道："我起先也不相信，不过双玉不比别人，看她样子，倒不像是瞎说。倘若弄出点事来，终究无趣。"韵叟连连摇手，道："出什么事！我包场好了！你放心。"

淑人料知话不投机，多言无益。适值茶房管家送进茶来，韵叟擎杯相让，呷了一口，淑人即起兴辞。韵叟一面送，一面嘱道："我说你这时候去就告诉了双玉，说哥哥要替我定亲。双玉有什么话，都推说哥哥好了。"淑人随口唯唯。

两人踅出眠香坞，琪官瑶官还在门外等候，一同跟下山坡，方才分路。齐韵叟率琪官瑶官向西往拜月房栊而去。朱淑人独自一个向东行来，心想："韵叟乃出名的'风流广大教主'，尚不肯成全这美事，如何是好？假使双玉得知，不知要闹到什么田地！"想来想去，毫无主意，一路踅到箭道中，见向时看跑马的都已散去，志正堂上只有两个管家照看香烛。

淑人重复趱回，劈面遇见苏冠香，笑嘻嘻问淑人道："我们大人到哪去了，五少爷可看见？"淑人回说："在拜月房栊。"冠香道："拜月房栊没有嘛。"淑人道："刚刚去呀。"冠香听了，转身便走。淑人叫住问她："可看见双玉？"冠香用手指着，答了一句。

淑人听不清楚，但照其所指之处，且往湖房寻觅；比及趱进院门，闻得一缕鸦片烟香，心知荔人必在房内吸烟，也不去惊动，径回自己卧房，果然周双玉在内，桌上横七竖八摊着许多磁盆，亲自将莲粉喂促织儿，见了淑人，便欣然相与计议明日如何捎带回家。

淑人只是懒懒的。双玉只道其暂时离别，未免牵怀，倒以情词劝慰。淑人几次要告诉她定亲之事，几次缩住嘴不敢说；又想双玉倘在这里作闹起来，太不雅相，不若等至家中告诉未迟；当下勉强笑语如常。

迨至晚间，张灯开宴，丝竹满堂，齐韵叟兴高采烈，飞觞行令，热闹一番，并取出那《海上群芳谱》，要为众姊妹下一赞语，题于小传之后。诸人齐声说好。朱淑人也胡乱应酬，混过一宿。

次日午后，备齐车轿，除马龙池高亚白尹痴鸳及姚文君仍住园内，仅留下华铁眉孙素兰两人，其余史天然葛仲英陶云甫陶玉甫朱蔼人朱淑人及赵二宝吴雪香覃丽娟李浣芳林素芬周双玉卫霞仙张秀英林翠芬一应辞别言归。

齐韵叟向陶玉甫道："你是单为了李漱芳接煞，过了就来罢。"玉甫道："明天想回去，二十五一准到。"韵叟见说回家去，不便强邀，转向朱淑人道："你明天可以就来。"淑人深恐说出定亲之事，

覓心
郎
模糊联
眷属

含糊应答。

大家出了一笠园，纷纷各散。朱淑人和周双玉坐的马车，一直驶至三马路公阳里口。双玉坚嘱："你有空嚟就来。"

淑人"噢噢"连声，眼看阿珠扶双玉进衖，淑人才回中和里。只见哥哥朱蔼人已先到家中，正在厅上拨派杂务。淑人没事，自去书房里闷坐，寻思这事断断不可告诉双玉，我且瞒下，慢慢商量。

将近申牌时分，外间传报："汤老爷到了。"淑人免不得出外厮见。汤啸庵不及叙话，先向蔼人说道："李实夫同我们一块来，这时候在船上，也没登岸。"蔼人忙发三副请帖，三乘官轿，往码头迎请李老德李实夫李鹤汀；再着人速去西公和里催陶老爷立等就来。不料陶云甫不在覃丽娟家，又不知其去向。

蔼人方在着急，恰好云甫自己投到，见了汤啸庵，说声"久别"。蔼人急问道："到哪去了？请也请不着你。"云甫笑道："我在东兴里。"蔼人道："东兴里做什么？"云甫笑而攒眉道："还是玉甫了嗉。李漱芳刚刚完结嚟，李浣芳来了。又有点尴尬事！"

蔼人道："什么事啊？"云甫未言先叹道："还是李漱芳在的时候，说过这么句话，说她死了嚟叫玉甫娶她妹子。这时候李秀姐拿这浣芳交代给玉甫，说等她大了点收房。"

蔼人道："那也蛮好嚟。"云甫道："哪晓得个玉甫倒不要；他说：'我作孽嚟就作了一回，这以后再也不作孽的了，倘若浣芳要我带回去，算了我干女儿，我替她给人家嫁出去。'"

蔼人道："那也蛮好嚟。"云甫道："哪晓得个李秀姐一定要给玉甫做小老婆！她说漱芳命苦，到死没嫁玉甫，这时候浣芳譬如做她的替身；倘若浣芳有福气，养个把儿子，终究是漱芳根脚上起的头，也好有人想到她。"

蔼人听罢，点头。汤啸庵插口道："大家话都不错，真正是尴尬事！"陶云甫道："我倒想到个法子，一点都不要紧。"

一语未了，忽见张寿手擎两张大红名片，飞跑通报。朱蔼人朱淑人慌即衣冠同迎出去，乃是于老德李鹤汀两位，下轿进厅，团团一揖，升炕献茶。朱蔼人问李鹤汀："令叔为什么不来？"鹤汀道："家叔有点病，此次是到沪就医。感承宠招，心领代谢。"

蔼人转和于老德寒暄两句，然后让至厅侧客座，宽衣升冠，并请出陶云甫汤啸庵两位会面陪坐。大家讲些闲话，惟朱淑人不则一声。

少顷，于老德先开谈，转述黎篆鸿之意，商议聘娶一切礼节。朱淑人落得抽身回避。张寿有心献勤，捉个空，寻到书房，特向淑人道喜。淑人憎其多事，怒目而视。张寿没兴，讪讪走开。

晚间，张寿来请赴席，淑人只得重至客座，随着蔼人陪宴。其时亲事已经商议停当，席间并未提起。到得席终，于老德李鹤汀陶云甫道谢告辞。朱蔼人朱淑人并送登轿。单剩汤啸庵未去，本系深交，不必款待。淑人遂退归书房，无话。

廿二日，蔼人忙着择日求允。淑人虽甚闲暇，不敢擅离。直至傍晚，有人请蔼人去吃花酒，淑人方溜至公阳里周双玉家一会。

可巧洪善卿在周双珠房里，淑人过去见了，将定亲之事悄悄说与善卿，并嘱不可令双玉得知。善卿早会其意，等淑人去后，便告诉了双珠。双珠又告诉了周兰，吩咐阖家人等毋许漏言。

别人自然遵依，只有个周双宝私心快意，时常风里言，风里语，调笑双玉。适为双珠所闻，唤至房里，呵责道："你还要去多嘴！前两天银水烟筒可是忘记掉了？双玉闹起来，你也没什么好处！"

双宝不敢回嘴，默然下楼。

隔了一日，周兰往双宝房间里床背后开只皮箱检取衣服，丢下一把钥匙不曾收拾，偶见阿珠，令去寻来。阿珠寻得钥匙，翻身要走。双宝一把拉住，低声问道："你为什么不到朱五少爷那儿去道喜呀？"阿珠随口答道："不要瞎说！"双宝道："朱五少爷大喜呀！你怎么不晓得？"

阿珠知道双宝嘴快，不欲纠缠，大声道："快点放喏！我要喊妈了！"双宝还不放手。只听得客堂里阿德保叫声"阿珠，有人来看你。"阿珠接口答应，问"什么人？"趁势撇下双宝，脱身出房，看时，乃旧日同事大姐大阿金。阿珠略征一怔，问："可有什么事？"大阿金道："没什么；我来看看你呀。"

阿珠忙跑进去将钥匙交明周兰，复跑出来，携了大阿金的手，踅到衖堂转弯处对面立在白墙下切切说话。大阿金道："这时候索性不对了！不要说是王老爷，连两户老客人也都不来，生客天生没有，节下赏钱统共分到四块洋钱。我们嘘急死了在那儿；她倒坐马车，看戏，蛮开心！"阿珠道："小柳儿生意蛮好在那儿，有什么不开心？我替你打算，歇了嘘好了嘛。"大阿金道："这是要歇了呀！他们在租小房子，叫我跟了去，一块洋钱一月，我一定不去。"阿珠道："我听见洪老爷说起，王老爷家里没个大姐，你可要去做做看？"大阿金道："好的，你替我去说喏。"阿珠道："你要去嘘，等我回头再问了声洪老爷。明天没空，二十六两点钟，我同你一块去好了。"

大阿金约定别去。阿珠亦自回来。廿五日早晨，接得一笠园局票，阿珠乃跟周双玉去出局。翌日，阿珠到家传说道："小先生要二十八才回来呢。"周兰没甚言语。吃过中饭，略等一会，大阿金就来了，会同阿珠，径往五马路王公馆。

两人刚至门首，只见一个后生慌慌张张冲出门来低着头一直奔去，分明是王莲生的侄儿，不解何事。两人推开一扇门掩身进内，静悄悄的竟无一人。直到客堂，来安始从后面出来，见了两人即摇摇手，好像不许进去的光景。两人只得立住。阿珠因轻轻问道："王老爷可在这儿？"来安点点头。阿珠道："可有什么事啊？"

来安蹩上两步，正待附耳说出缘由，突然楼上劈劈拍拍一顿响，便大嚷大哭，闹将起来。两人听这嚷哭的是张蕙贞，并不听得王莲生声息。接着大脚小脚一阵乱跑，跑出当中间，越发劈劈拍拍响得像撒豆一般，张蕙贞一片声喊"救命"。

阿珠看不过去，撺掇来安道："你去劝嗷。"来安畏缩不敢。猛可里楼板彭的一声震动，震得夹缝中灰尘都飞下些来，知道张蕙贞已跌倒在楼板上。王莲生终没有一些声息，只是劈劈拍拍闷打，打得张蕙贞在楼板上骨碌碌打滚。阿珠要自己去劝，毕竟有好些不便之处，亦不敢上楼。楼上又无第三个人，竟听凭王莲生打个尽情。打到后来，张蕙贞渐渐力竭声嘶，也不打滚了，也不喊救命了，才听得王莲生长叹一声，住了手，退入里间房里去。

阿珠料想不好惊动，遂轻轻辞别了来安要走。大阿金还呆瞪着两眼发呆，见阿珠要走，方醒过来。两人仍携着手，掩身出门，又听得楼上张蕙贞直着喉咙，干嚎两声，其声着实惨戚。大阿金不禁吁了口气，问道："到底不晓得为什么事？"阿珠道："管他们什么事，我们吃碗茶去罢。"

大阿金听说高兴，出衖转弯，迤逦至四马路中华众会，联步登楼，恰遇上市时候，往来吃茶的人逐队成群，热闹得很。两人拣张临街桌子坐定，合泡了一碗茶，慢慢吃着讲话。阿珠笑道："起

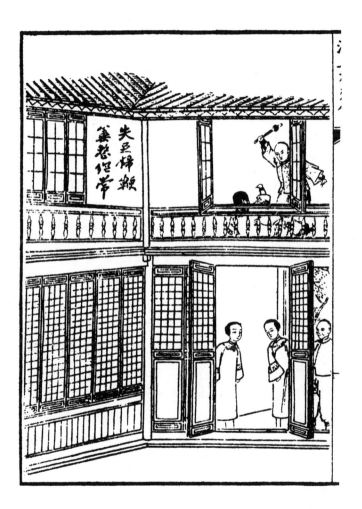

先我们都说王老爷是个好人，这时候倒也会打小老婆了，可不稀奇！"大阿金道："王老爷跟我们先生好的时候，嫁了嚜，倒好了。倘若我们先生嫁给了王老爷嚜，王老爷哪敢打呀！"阿珠道："沈小红可好做人家人！那还更要有好戏看哩！"大阿金太息道："我们先生嚜真正叫自己不好！怪不得王老爷娶了张蕙贞！上海数一数二的红倌人，这时候弄得这样子！"阿珠冷笑道："这时候倒还不算蹩脚了嗅！"

正说时，堂倌过来冲开水，手揣一角小洋钱，指着里面一张桌子，道："茶钱有了，他们会过了。"两人引领望去，那桌子上列坐四人，大阿金都不认得。阿珠觉有些面熟，似乎在一笠园见过两次，惟内中一年轻的认得是赵二宝哥哥赵朴斋。因朴斋穿着大袍阔服，气概非凡，阿珠倒不好称呼，但含笑颔首而已。

一会儿，赵朴斋笑吟吟踅过外边桌子旁，阿珠让他坐了，递与一根水烟筒。朴斋打量大阿金一眼，随向阿珠搭讪道："你先生在山家园呀，你怎么回来啦？"阿珠说："这就要去了。"朴斋转问大阿金："你跟的谁？"大阿金说是沈小红。阿珠接嘴道："她这时候在找事。可有什么人家要大姐？荐荐她。"朴斋瞿然道："西公和张秀英说要添个大姐，等她回来了，我替你去问声看。"阿珠道："蛮好，谢谢你。"朴斋即问明大阿金名字，约定二十九回音。阿珠向大阿金道："那你就等两天好了。张秀英那儿不要嚜，再到王老爷那儿去。"大阿金感谢不尽。朴斋吸了几口水烟，仍回里面桌子上去。

须臾，天色将晚，阿珠大阿金要走，先往里面招呼朴斋，朴斋同那三个朋友也要走，遂一齐踅下华众会茶楼，分路四散。

第五二回

订婚约即席意彷徨　掩私情同房颜怩怩

按朴斋自回鼎丰里家里见了母亲赵洪氏，转述妹子赵二宝之言，二十八日要给史三公子饯行，另办一桌路菜，皆须精致丰盛。

朴斋说罢出外，自去找寻大姐阿巧，趁二宝不在家，和阿巧打情骂俏，无所不至。阿巧见朴斋近来衣衫整齐，银钱阔绰，俨然大少爷款式，就倾心巴结起来。因此朴斋倒断绝了王阿二这段交情。便是同时一班朋友，朴斋也渐渐不相往来，只和一个小王十分知己，约为兄弟；又辗转结识了华忠夏余庆，四人时常一处作乐。

这日八月二十八日，赵朴斋知道小王自必随来，预约华忠夏余庆作陪，专诚请小王叙叙，也算是饯行之意。

等到日色沉西，方才听得门外马铃声响，赵洪氏与朴斋慌张出迎。只见史三公子赵二宝已在客堂里下轿进来。朴斋站立一边。三公子向洪氏微笑一笑，款步登楼。

二宝叫声"妈"，一把拉了洪氏，径往后面小房间，关上门，悄嘱道："妈这可不要再这样噢！你这时候做了他丈母了呀！他没来请你，你倒先跑了出去，可不难为情！"洪氏嘻着嘴，把头乱点。

二宝临走，又嘱道："我先上去，等会他再要请你见见嚜，我叫阿虎伺候你，你看见他就叫了声三老爷好了，不要说什么话，倘若说错了给他笑话。"洪氏无不遵依。

二宝遂开门出房，到楼梯边忽见朴斋帮着小王搬取衣包什物。二宝低声喝道："让他们搬好了，要你去瞎巴结！"朴斋连忙交与阿虎带上楼去。二宝随同到了楼上房里脱换衣裳，相伴三公子对坐笑语，没有提起赵洪氏。

一时，对过书房排好筵席，阿虎请去赴宴。二宝要说些亲密话儿，并不请一个陪客。三公子道："请你妈哥哥一块来吃了呀。"二宝道："他们不行的，我在这儿陪你了嚜。"当请三公子南向上坐，手取酒壶，满斟三杯，自斟一小杯，坐于其侧。

三公子三杯饮尽，二宝乃从容说道："明天要回去了，我嚜要问你一声。你一直在说的话，可做得到？倘若你这时候说得蛮高兴，你回去了，家里倒不许你，你不是要尴尬了吗？你索性说明白了，倒也没什么。"三公子惶然起立，道："你可是不相信我？"

二宝一手捺坐，笑道："不是我不相信你；我为了哥哥不争气，没法子做个倌人，自己想，哪还有什么好结果！你要娶我做大老婆，那是我做梦也想不到这样的好处！不过你家里有了个大老婆，这时候再娶个大老婆回去，好像人家没有过。不要等会太起劲了，倒弄得一场空。"三公子安慰道："你放心！倘若我自己想娶三房家小，那是恐怕做不到；这时候是我嗣母的主意，再要娶两房，谁好说声闲话？索性跟你说了罢：嗣母早就看中一头亲事在那儿，倒是我偷懒，没去说。这可回去就请媒人去说亲；说定了，我再到上海接你回去，一块拜堂。不过一个月光景，十月里我一定到的了。你放心！"

二宝听说，不胜欢喜，叮咛道："那你十月里要来的嗷。你走了，我一个人在这儿，不出大门，不见客人，等你来了嚜，我好放心。你不要为什么事多耽搁了嗷。倘若你家里的夫人不许你娶，你就娶我做小老婆，我也就唉唉好了。"

二宝说到这里，忽然涕泪交颐，两手扒着三公子肩膀，脸对脸的道："我是今生今世一定要跟你的了，随便你娶几个大老婆小老婆，你总不要扔掉我！你要扔掉了，我是……"一句话说不完，噎在喉咙口，呜呜的竟要哭。慌得三公子两手合抱拢来搂住二宝，将自己手帕子替她轻轻揩拭，一面劝道："你瞎说个什么呀！你这时候嚜应该快快活活，办点零碎东西，预备预备。你倒还要哭，真正道三不着两！"

二宝趁势滚在三公子怀中，缩住哭声，切切诉道："你不晓得我的苦处！我给乡下自己地方的人说了不知多少坏话，这时候说是你要娶我去做大老婆，他们都不相信，在笑，万一不成功，我的脸搁到哪去！"三公子道："还有什么不成功；除非我死了，那就不成功！"

二宝火速抬身，一把握了三公子的嘴道："你可不是糊涂！这可不跟你说了！"三公子一笑丢开。

二宝斟一杯热酒亲奉三公子呷干。三公子故意问问乡下风景，搭讪开去。二宝早自领会，抛撇愁颜，兴兴头头和三公子顽笑。二宝说道："我们乡下有个关帝庙，到了九月里嚜做戏，看戏的人那是多到个没数目的呵！连墙外头树桠枝上都是个人。我就跟张秀英看了一趟，自己搭好的看台，爬在墙头上，太阳照下来，热得要死。大家都说道，真好看哦！像这时候大观园，清清爽爽，一个人一间包厢，请我们看，谁高兴去看啊！"三公子点点头。

二宝又敬两杯酒，说道："还有句笑话告诉你：我们关帝庙隔壁有个王瞎子，说是算命准得很嗻。前年我妈喊他到家里算我们几个人，他算我嗻，说是一品夫人的命。他还说可惜推扳了一点点，不然要做到皇后的哦。我们嗻当他瞎说，哪晓得这时候给他算得蛮准！"三公子笑而点头。

两人细酌深谈，尽兴始散。三公子踅过房间里，向着窗口喊声"小王"，二宝在后拦道："我在这儿呀，还要喊他们做什么？"三公子问："小王可在这儿？"二宝道："小王嗻，是我哥哥请他到酒馆里饯饯行。你什么事喊他？"三公子道："没什么，叫他回去收拾行李，明天早点来。"二宝道："等会我们跟他说好了。"三公子没甚言语，消停多时，安置不表。

次日，二宝起个绝早，在当中间梳洗，不敷脂粉，不戴钗钏，并换一身净素衣裳，等三公子起身，问道："你看我可像个人家人？"三公子道："倒蛮清爽。"二宝道："就今天起，我一直这样子。"说着，陪三公子吃了点心。

三公子遂令阿虎请了赵洪氏上楼厮见。三公子于靴叶子内取出一张票子交与赵洪氏，道："我嗻要回去一趟，再等我一个月，盘（注一）里衣裳头面，我到家里办了来。你先拿一千洋钱去给她办点零碎东西，嫁妆嗻等我来了再办。"

洪氏不敢接受，只把眼睃二宝。二宝劈手抢过票子，转问三公子道："你的一千洋钱嗻算什么？要是开消局帐的，那我们谢谢了，还了你。你说就要来娶我的嗻，还给我们什么洋钱啊？说到了零碎东西，我们穷嗻穷，还有两块洋钱在这儿，也不要你费心的了。"

三公子见如此说，俯首沉吟。洪氏接嘴道："三老爷这么客气。这是一家人了呀，没什么客气嚟。"二宝忙丢个眼色，勿令多言。赵洪氏辞别下楼。

三公子只得收起票子，喊小王打轿。二宝也坐了轿子去送三公子。先到了公馆里，发下行李，用过中饭，却有一起一起送行的络绎不绝。三公子匆匆会客，没些空闲。直至四点多钟，三公子才收拾下船。

二宝送至船上，只见哥哥赵朴斋正在舱中替小王照看行李。二宝悄问："路菜有没挑来？"朴斋回说"来了。"

二宝寻思没事，将欲言归，紧紧握着三公子的手，嘱道："你到了家里，写封信给我。我身体嚟还在上海，我肚子里的心也跟着你一块回去的了。你不要到别处再去耽搁嗷。"三公子唯唯答应。二宝又道："你十月里什么时候来？有了日子嚟再写封信给我。能彀早点最好。你早一天到，我们一家子多少人早一天放心。"三公子又唯唯答应。

二宝再要说时，被船家催促开船，没奈何撒手登岸。史天然立在船头，赵二宝坐在轿里，大家含泪相视，无限深情。直到望不见船上桅影，赵朴斋始令轿班接轿回家。

原来赵二宝是个心高气硬的人，自从史天然有三房家小之说，二宝就一心一意嫁与天然；又恐天然看不起，极力要装些体面出来，凡天然所有局帐，二宝不许开消，以为你既视我为妻，我亦不当自视为妓，一过中秋便揭去名条，闭门谢客，单做史天然一人。

天然去时约定十月间亲来迎接。二宝核算家中尚存鹰洋四百

訂婚
約紹
序記
徨儜意
四十三

余元，尽觳浇裹，坦然无忧。

这日送行回来，赵朴斋自去张秀英家荐个大姐大阿金生意。赵二宝却和母亲赵洪氏商议道："他说嫁妆等他来再办，我想嫁妆应该我们坤宅办了去才对嘞。他办了，恐怕他们底下人话多，坍我们的台。"洪氏道："你要办嫁妆嘞，推扳点了哝。这时候就剩了四百块洋钱嘞。"

二宝咳了一声，道："妈嘞总是这样！四百块洋钱哪好办嫁妆啊！我想嘞，先去借了来办好了，等他拿了盘里的银两来嘞，再去还。（注二）"洪氏道："那也行。"

二宝转和阿虎商议道："你可有什么地方借点钱？"阿虎道："我们就好借嘞也有限得很，倒不如赊帐。绸缎店、洋货店、家具店，都有熟人在那儿，到年底付清好了。"

二宝大喜，于是每日令阿虎向各店家赊取嫁妆应用物件。二宝忙忙碌碌自己挑拣评论，只要上等时兴市货。

赵朴斋在家没事，同阿巧绞得像扭股糖一般，缠绵恩爱，分拆不开。阿巧知道朴斋是史三公子嫡亲大舅子，更加巴结万分。朴斋私与阿巧誓为夫妇，将来随嫁过门便是一位舅太太了。二宝没工夫理会他们，别人自然不管这些事。

一日，忽见齐府一个管家交到一封书信，是史三公子寄来的。朴斋阅过，细细演讲一遍。前面说是一路平安到家，已央人去说那头亲事，刻尚未有回音；末后又说目今九秋风物，最易撩人，闷来时可往一笠园消遣消遣。二宝既得此信，赶紧办齐嫁妆，等待三公子一到，成就这美满姻缘。

朴斋因连日不见夏总管，问那管家，说是现在华众会吃茶。朴斋立刻去寻，果见夏余庆同华忠两人泡茶在华众会楼上。

华忠一见朴斋，问道："你为什么一直不出来？"夏余庆抢说道："他嚜家里有点花样在那儿了，晓得罢？"华忠愕然道："什么花样啊？"夏余庆道："我也不清楚，要去问小王的。"

朴斋讪讪的笑着入座。堂倌添一只茶钟，问："可要泡一碗？"朴斋摇摇手。华忠道："那我们走罢。"夏余庆道："好的。我们去逛街。"

当下三人同出华众会茶楼，从四马路兜转宝善街，看了一会倌人马车，踅进德兴居酒馆内烫了三壶京庄，点了三个小碗，吃过晚饭。余庆请去吸烟，引至居安里潘三家门首，举手敲门。门内娘姨接口答应，却许久不开。夏余庆再敲一下。娘姨连说："来了！来了！"方慢腾腾出来开了。

三人进了门，只听得房间里地板上历历碌碌一阵脚声，好像两人扭结拖拽的样子。夏余庆知道有客，在房门口立住脚。娘姨关上大门，说道："房里去嗅。"

夏余庆遂揭起帘子让两人进房，听得那客人开出后房门，登登登脚声，踅上楼梯去了，房间里暗昏昏地，只点着大床前梳妆台上一盏油灯。潘三将后房门掩上，含笑前迎，叫声"夏大爷"。娘姨乱着点起洋灯烟灯，再去加茶碗。

夏余庆悄问那上楼的客人是何人。潘三道："不是我的客人，是客人他们的朋友呀。"夏余庆道："客人他们的朋友嚜，怎么不是客人哪？"随手指着华忠赵朴斋道："那他们都不是客人了嚜？"潘三道："你嚜还要瞎缠！吃烟罢！"

夏余庆向榻床睡下。刚烧好一口烟，忽听得敲门声响。娘姨在客堂中高声问："谁呀？"那人回说："是我。"娘姨便去开了进来。那人并不到房间里，一直径往楼上。知道与楼上客人是一帮，皆不理会。

夏余庆烟瘾本自有限，吸过两口，就让赵朴斋吸，自取一支水烟筒坐在下手吸水烟。华忠和潘三并坐靠窗高椅上讲些闲话。

忽又听得有人敲门。夏余庆叫声"啊唷"，道："生意倒兴旺的嘿！"说着，放下水烟筒，立起身来往玻璃窗张觑。潘三上前拦道："看什么呀？给我坐在这儿！"

夏余庆听得娘姨开出门去，和敲门的唧唧说话。那敲门的声音似乎厮熟。夏余庆一手推开潘三，赶出房门看是何人。那敲门的见了慌的走避。夏余庆赶出弄堂，趁着门首挂的玻璃油灯望去，认明那敲门的是徐茂荣，指名叫唤。

徐茂荣只得转身，故意喊问："可是余庆哥啊？"余庆应了。茂荣方才满面堆笑，连连打恭，道："我再想不到余庆哥在这儿！"一面说，一面跟着夏余庆蹱进房间，招呼华忠赵朴斋两人。

朴斋认得这徐茂荣，曾经被他毒手殴伤头面，不期而遇，着实惊惶。茂荣心里觉着，外面只做不认得。

大家各通姓名，坐定。夏余庆问徐茂荣道："你为什么看见了我跑了？"茂荣没口子分说道："不晓得是你呀。我就问了声虹口杨可在这儿，不在这儿嘿，我自然走了嘿。哪晓得你倒在这儿！"余庆鼻子里哼了一声。

茂荣笑嘻嘻望潘三道："三小姐，好久不见，好像胖了点了。可是我们余庆哥给你吃了好东西？"潘三眼梢一瞟，答道："你嘿为了好久不见，还要教我骂两声，对不对？"

徐茂荣拍掌道："正是！蛮准！"接着别转脸去，又向华忠赵朴斋指手划脚的，且笑且诉道："上趟我们余庆哥在上海嘿就做个三小姐，我们一伙人都到这儿来找他，一天跑几趟，就像是华众会，

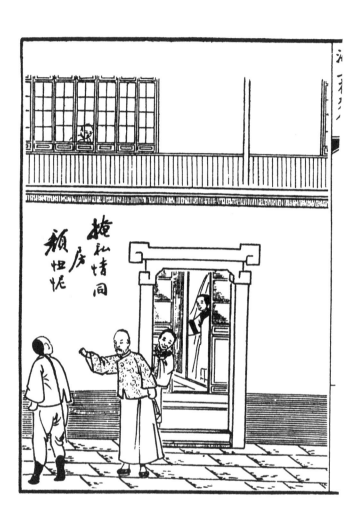

掩私情同房顏忸怩

给三小姐嘤骂得要死；这时候余庆哥不来了，我们一伙人也都不来了。"

华忠赵朴斋不置一词。徐茂荣却问潘三道："为什么我们余庆哥不来？可是你得罪了他？"潘三未及答话。夏余庆喝住道："不要瞎说了！我们有公事在这儿！"

注一：陈列嫁妆衣饰的托盘，女家贫寒可由男家代办。下文"嫁妆"指大件家具等。

注二：聘金也放在托盘里，"过礼"时展览。

第五三回

私窝子潘三谋胅箧　破题儿姚二宿勾栏

　　按潘三因夏余庆说有公事，逡巡出房，且去应酬楼上客人。徐茂荣正容请问是何公事。夏余庆道："你们一班人管的什么公事！我们山家园一带有没去查查啊？"茂荣大骇道："山家园可有什么事？"余庆冷笑道："我也不清楚！今天我们大人吩咐下来，说山家园的赌场兴旺得很，成天成夜赌下去，摇一场摊有三四万输赢的哦，索性不像个样子了！问你可晓得？"（注一）

　　茂荣呵呵笑道："山家园的赌场嚜，哪一天没有啊！我还当山家园出了个强盗，倒吓一跳！这我明天去说一声，叫他们不要赌了就是了。"余庆道："你不要马马虎虎敷衍过去！等会弄出点事来，大家没意思！"

　　茂荣移座相近，道："余庆哥，山家园的赌场，我们倒都没用过它一块洋钱哝。开赌的人，你也晓得的。多少赌客都是老爷们，我们衙门里也都在赌嚜，我们跑进去，可敢说什么话？这时候齐大人要办，容易得很，我就立刻喊齐了人一塌括子去捉了来，好不好？"余庆沉吟道："他们不赌了，我们大人也不是一定要办他们。你先去给个信，再要赌嚜，自然去捉。"

228

茂荣拍着腿膀，道："就是这么说呀；有几个赌客就是大人的朋友。我们不比新衙门里巡捕，有多少为难的地方呀。(注二)"余庆怫然作色，道："大人的朋友，就是李大少爷嗄去赌过。不关我们的事。我们门口里什么人在赌？你说说看！"茂荣连忙剖辩道："我没说是门口里嗄。倘若你门口里有人去了，我可有什么不告诉你的呀？"夏余庆方罢了。

徐茂荣笑着，更向华忠赵朴斋说道："我们这余庆哥，那才真正是大本事！齐府上统共一百多人喏，就是余庆哥一个人管着，一直没出过一点点错。"华忠顺口唯唯。赵朴斋从榻床起身让徐茂荣吸烟。徐茂荣转让华忠。

正在推挽之际，欻地后门呀的声响，踅进一个人，蹑手蹑脚，直至榻床前。大家看时，乃是张寿，皆怪问道："你什么时候来的呀？"张寿不发一言，只是曲背弯腰，眯眯的笑。华忠就让张寿躺下吸烟。

夏余庆低声问张寿道："楼上是什么人？"张寿低声说是匡二。余庆道："那一块下头来坐一会了嗄。"张寿急摇手道："他就像私窝子，不要去喊他！"

余庆鼻子里又哼了一声，道："为什么这时候几个人都有点阴阳怪气！"随手指着徐茂荣道："刚才他一个人跑了来同娘姨说话，我去喊他，他倒想逃走了，可不奇怪！"

徐茂荣咧着嘴，笑向张寿道："余庆哥一直在埋怨我，好像我看不起他，你说可有这种事？"张寿笑而无语。

夏余庆道："堂子里总是玩的地方，大家走走，没什么要紧。匡二哥当我要吃醋，他也转错了念头了。"张寿道："他倒不是为你，恐怕东家晓得了说他。"余庆道："还有句话，你去跟他说，教他

私窩子潘三謀脱

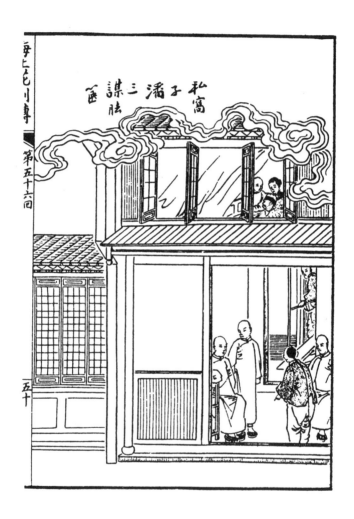

劝劝东家，山家园的赌场里不要去赌。"即将适间云云缕述一遍。

张寿应诺，吸了一口烟，辞谢四人，仍上楼去。只见匡二潘三做一堆儿滚在榻床上。见了张寿，潘三才缓缓坐起，向匡二道："我下头去。你不许走的嗳。我有话跟你说。"又嘱张寿："坐一会，不要走。"潘三遂复下楼。

楼上张寿轻轻地和匡二说了些话。约半点钟光景，听得楼下四人纷然作别声，潘三款留声，娘姨送出关门声。随后潘三喊道："下来罢。"

匡二遂请张寿同到楼下房间。张寿有事要走。匡二要一块走。潘三那里肯放，请张寿"再吃筒烟嗳。"一手拉着匡二拉至床前藤椅上叠股而坐，密密长谈。张寿只得稍待，见那潘三谈了半日，不知谈的甚么事，匡二连连点头，总不答话。及潘三谈毕走散，匡二还呆着脸踌躇出神。张寿呼问："可走啊？"匡二始醒过来。临出门，潘三复附耳立谈两句，匡二复点点头，始跟张寿趱出居安里。

张寿在路上问："潘三说什么？"匡二道："她瞎说呀！还了债嗳，要嫁人了。"张寿道："那你去娶了她了嚜。"匡二道："我哪有这么些钱！"

当下分路。匡二往尚仁里杨媛媛家。张寿自往兆贵里黄翠凤家，遥望黄翠凤家门首七八乘出局轿子，排列两旁，料知台面未散。进得门来，遇见来安，张寿问："局有没齐？"来安道："要散了。"张寿道："王老爷叫的什么人？"来安道："叫两个呢：沈小红周双玉。"张寿道："洪老爷可在这儿？"来安道："在这儿。"

张寿听说，心想周双珠出局，必然阿金跟的，乘间溜上楼梯从帘子缝里张觑。其时台面上拳声响亮，酒气蒸腾。罗子富与姚季莼两人合摆个庄，不限杯数，自称为"无底洞"，大家都不服。王莲生洪善卿朱蔼人葛仲英汤啸庵陈小云联为六国，约纵连横，车轮鏖战，皆不许相好娘姨大姐代酒，其势汹汹，各不相下，为此比往常分外热闹。

张寿见周双珠跟的阿金空闲旁立，因向身边取出一枚叫子往内"许"的一吹。席间并未觉着。阿金听得，溜出帘外，悄地约下张寿隔日相会。张寿大喜，仍下楼去伺候。阿金复掩身进帘。席间那有工夫理会他们，只顾划拳吃酒。

这一席，直闹到十二点钟。合席有些酪酊，方才罢休。许多出局皆要巴结，竟没有一个先走的。

席散将行，姚季莼拱手向王莲生及在席众人道："明天奉屈一叙，并请诸位光陪。"回头指着叫的出局道："就在她那儿，庆云里。"众人应诺，问道："贵相好可是叫马桂生？我们都没看见过。"姚季莼道："我也新做起。本来朋友在叫，这时候朋友荐给我，我也就叫叫好了。"众人皆道："蛮好。"

说毕，客人倌人一齐告辞，接踵下楼。娘姨大姐前遮后拥，还不至于醉倒。罗子富送客回房，黄翠凤窥其面色，也不甚醉，相陪坐下。

翠凤问道："王老爷为了什么事，都要请他吃酒？"子富道："他要江西做官去，我们老朋友自然替他饯饯行。"翠凤失声叹道："沈小红这可要苦死了！王老爷在这儿嗄，巴结点再做做，倒也不错；这下子走了——好！"

子富道："这时候这王老爷，不晓得为什么，好像同沈小红好了点了。"翠凤道："这时候就好死了也没用嗄。起先沈小红转错了个念头；起先要嫁给了王老爷，这时候就不要紧了，跟了去也好，再出来也好。"子富道:"沈小红自己要找乐子,姘个戏子,哪肯嫁呀!"翠凤又叹道:"偌人姘戏子的好多,就是她嗄吃了亏!"两人评论一回,收拾共睡不表。

次日是礼拜日,午后,罗子富拟作明园之游,命高升喊两部马车。适值黄二姐走来玩,到房间里叫声"罗老爷"及"大先生"。黄翠凤仍叫"妈",请其坐下。寒暄两句,翠凤问及生意。

黄二姐蹙额摇头道:"不要提了!你在那儿的时候,一直蛮兴旺,这时候不对了,连金凤的局也少了点!想买个讨人,怕不好嗄,像诸金花样子。就这样哝下去总不行。我来跟你商量,可有什么法子?"翠凤道:"那是妈自己拿主意,我不好说。买个讨人也难死了。就算人好嗄,生意哪说得定?我这时候也没什么生意。"黄二姐寻思不语。翠凤置之不理。

须臾,高升回报:"马车来了。"黄二姐只得告辞,踯躅而去。于是罗子富带着高升,黄翠凤带着赵家妈,各乘一辆马车,驶往明园,就正厅上泡茶坐下。

子富说起黄二姐,道:"你妈是不中用的人,倒还是要你去管管她才好。"翠凤道:"我去管她做什么!我本来教她买个讨人。她舍不得洋钱,不听我的话,这时候没生意了,倒问我可有什么法子。再给她点洋钱了噀!"

子富笑了。翠凤又说起沈小红,道:"沈小红那才是不中用的人:王老爷做了张蕙贞嗄,再好也没有啰;你不要去说穿他,暗底下拿个王老爷去挤,那才凶了。"

话犹未了,不想沈小红独自一个款步而来。翠凤便不再说。子富望去,见沈小红满面烟色,消瘦许多,较席间看得清楚。小红亦自望见，装做没有理会，从斜刺里踅上洋楼。随后大观园武小生小柳儿来了，穿着单罗夹纱崭新衣服，越显出唧灵唧溜的身材；脚下厚底京鞋，其声橐橐；脑后拖一根油晃晃朴辫，一直踅进正厅，故意兜个圈子，挨过罗子富桌子旁边，细细打量黄翠凤。原来翠凤浑身缟素，清爽异常，插戴首饰，也甚寥寥；但手腕上一付乌金钏臂从东洋赛珍会上购来，价值千金。小柳儿早有所闻，特地要广广见识。

黄翠凤误会其意，投袂而起，向罗子富道："我们走罢。"子富自然依从，同往园中各处随喜一遭。至园门首坐上马车，径驶回兆富里口停下。踅进家门，只见厢房内文君玉独坐窗前，低头伏桌，在那里孜孜的看。

罗子富近窗踮脚一望，桌上摊着一本《千家诗》。文君玉两只眼睛离书不过二寸许，竟不觉得窗外有人看她。黄翠凤在后暗地将子富衣襟一拉，不许停留。子富始忍住笑，上楼归房，悄悄问翠凤道："文君玉好像有点名气的嚜，怎么这样子啊？"

翠凤不答，只把嘴一披。赵家妈在旁悄悄笑道："罗老爷，可是好有趣的？我们有时候碰见了，跟她讲讲话，那可笑死了：她说这时候上海就像是说梦话，租界上倌人一个也没有，幸亏她到了上海，这可要撑点场面给她们看！"说着又笑。子富也笑个不了。

赵家妈道："我们问她：'那你的场面有没撑呢？'她说：'这可是撑了呀！可惜上海没有客人！有了客人，总做她一个人！'"（注三）子富一听，呵呵大笑起来。翠凤忙努嘴示意。赵家妈方罢。

比及天晚，高升送上一张请客票，子富看是姚季莼的，立刻下楼就去。经过文君玉房门首，尚听得有些吟哦之声。子富心想上海竟有这种倌人，不知再有何等客人要去做她。高升服侍上轿，径抬往庆云里马桂生家。姚季莼会着，等齐诸位，相让入席。

姚季莼既做主人，那里肯放松些，个个都要尽量尽兴。王莲生吃得胸中作恶，伏倒在台面上。沈小红问他："做什么？"莲生但摇手，忽然咽的一响，呕出一大堆，淋漓满地。朱蔼人自觉吃得太多，抽身出席，躺于榻床，林素芬替他装烟，吸不到两口，已懵腾睡去。葛仲英起初推托不肯多吃，后来醉了，反抢着要吃酒。吴雪香略劝一句，仲英便不依，几乎相骂。罗子富见仲英高兴，连喊："有趣！有趣！我们来划拳！"即与仲英对划了十大觥。仲英输得三拳，勉强吃了下去。子富自恃酒量，先时吃得不少，此刻加上这七觥酒，也就东倒西歪，支持不住。惟洪善卿汤啸庵陈小云三人格外留心，酒到面前，一味搪塞，所以神志湛然，毫无酒意；因见四人如此大醉，央告主人姚季莼屏酒撤席，复护送四人登轿而散。

季莼酒量也好，在席不觉怎样，欲去送客，立起身来，登时头眩眼花，不由自主，幸而马桂生在后挡住，不致倾跌。桂生等客散尽，遂与娘姨扶掖季莼向大床上睡下，并为解钮宽衣，盖上薄被。季莼一些也不知道，竟是昏昏沉沉一场美睡；天明醒来，睁眼一看，不是自家床帐，身边又有人相陪，凝神细想，方知在马桂生家。

这姚季莼为家中二奶奶管束严紧，每夜十点钟归家，稍有稽迟，立加谴责。若是官场公务丛脞，连夜不能脱身，必然差人禀明二奶奶。二奶奶暗中打听，真实不虚，始得相安无事。在昔做卫霞仙时，也算得是两情浃洽，但从未尝整夜欢娱。自从"当场出丑"之后，二奶奶几次吵闹，定不许再做卫霞仙，季莼无可如何，忍

第一百二十回

破迷兒
姚二宿勾欄

心断绝。

但季莼要巴结生意，免不得与几个体面的，往来于把势场中。二奶奶却也深知其故。可巧家中用的一个马姓娘姨，与马桂生同族，常在二奶奶面前说这桂生许多好处。因此二奶奶倒怂恿季莼做了桂生。便是每夜归家时刻，也略微宽假些，迟到十二点钟还不妨事。

不料季莼醉后失检，公然在马桂生家住了一宿，斯固有生以来破题儿第一夜之幸事；只想着家中二奶奶这番吵闹定然加倍厉害，若以谎词支吾过去，又恐轿班戳破机关，反为不美，再四思维，不得主意。

桂生辛苦困倦，睡思方浓。季莼如何睡得着，却舍不得起来，眼睁睁的，直到午牌时分，忽听得客堂中外场高叫："桂生小姐出局。"娘姨隔壁答应，问："谁叫的？"外场回说："姓姚。"

季莼听得一个"姚"字，心头小鹿儿便突突地乱跳，抬身起坐，侧耳而听。娘姨复道："我们的客人就是二少爷嚜姓姚，除了二少爷，没有了嚜。"外场复"格"声一笑，接着啁啾嘈杂声音，低了下去，听不清楚说些甚的。

季莼推醒桂生，急急着衣下床，喊娘姨进房盘问。娘姨手持局票，呈上季莼，嘻嘻笑道："说是二奶奶在壶中天，叫我们小姐的局。就是二少爷的轿班送了票来。"

季莼好似半天里起个霹雳，吓得目瞪口呆，手足无措。还是桂生确有定见，微微展笑，说声"来的"，打发轿班先去。桂生就催娘姨舀水，赶紧洗脸梳头。

季莼略定定心，与桂生计议道："我说你不要去了，我去罢。我反正不要紧，随便她什么法子来好了，可好拿我杀掉了头？"

桂生面色一呆，问道："她叫的我嚜，为什么我不好去？"季莼攒眉道："你去嚜倘若等会大菜馆里闹起来像什么样子呀？"桂生失笑道："你给我坐在这儿罢。要闹嚜在哪不好闹，为什么要大菜馆里去？可是你二奶奶发疯了？"

季莼不敢再说，眼看桂生打扮停当，脱换衣裳，径自出门上轿。季莼叮嘱娘姨，如有意外之事，可令轿班飞速报信。娘姨唯唯，迈步跟去。

注一：流氓徐茂荣原来是华界衙役，正如赖公子手下的水师将校也都是流氓。

注二：新衙门是租界捕房，可以不顾中国官场人情。

注三：文君玉不过是直译文言某地"无人"（无人才）的话，所以说上海没有倌人也没有客人。

第五四回

甜蜜蜜骗过醋瓶头　狠巴巴问到沙锅底

按马桂生轿子径往四马路壶中天大菜馆门首停下。桂生扶着娘姨进门登楼。堂倌引至第一号房中，只见姚二奶奶满面堆笑，起身相迎。桂生紧步上前叫声"二奶奶"，再与马娘姨厮见。姚奶奶携了桂生的手向一张外国式皮褥半榻并肩坐下。姚奶奶开言道："我请你吃大菜，下头帐房里缠错了，写了个局票。你喜欢吃什么东西？点哦。"桂生推说道："我饭吃过了呀。二奶奶你自己请。"姚奶奶执定不依，代点几色，说与堂倌，开单发下。

姚奶奶让了一巡茶，讲了些闲话，并不提起姚季莼。桂生肚里想定话头，先自诉说昨夜二少爷如何摆酒请客，如何摆庄划拳，如何吃得个个大醉，二少爷如何瞌睡，不能动身，我与娘姨两个如何扛抬上床；二少爷今日清醒如何自惊自怪，不复省记向时情事；细细的说与姚奶奶听，绝无一字含糊掩饰。

姚奶奶闻得桂生为人诚实，与别个迥然不同；今听其所言，果然不错，心中已自欢喜。适值堂倌搬上两客汤饼，姚奶奶坚请桂生入座，桂生再三不肯。姚奶奶急了，顾令马娘姨转劝。桂生没法，遵命吃过汤饼，换上一道板鱼。

姚奶奶吃着问道："那这时候二少爷有没起来啊？"桂生道："我来嚓刚刚起来。说了二奶奶来喊我，二少爷急死了，唯恐二奶奶要说他。我倒就说：'不要紧的。二奶奶是有规矩的人，怕你在外头白花了钱，还要伤身体，你自己不要去荒唐，二奶奶总也不来说你了嚓。'"

姚奶奶叹口气，道："提起了他嚓真正要气死人！他不怪自己荒唐，倒好像我多嘴。一到了外头，也不管是什么地方，碰见的什么人，他就说我这样那样不好，说我嚓凶，要管他，说我不许他出来。他也叫了你好几个局了，有没跟你说过？"

桂生道："那是二少爷倒也不。二少爷这人，说嚓说荒唐，他肚子里也明白的。二奶奶说说他总是为好。我有时候也劝二少爷声把。我说：'二奶奶不比我们堂子里。你到我们堂子里来，是客人呀。客人有谱子没谱子，不关我们事，自然不来说你。二奶奶跟你一家人，你好嚓二奶奶也好。二奶奶不是要管你，也不是不许你出来，总不过要你好。我倘若嫁了人，丈夫外头去荒唐，我也一样要说的嚓。'"

姚奶奶道："这我不去说他了；让他去好了。我说嚓，一定不听，死命帮堂子里，给这卫霞仙杀坏当面骂了一顿，还有他这铲头东西还要替杀坏去点了副香烛（注一），说我得罪了她了！我可有脸去说他？"

姚奶奶说到这里，渐渐气急脸涨，连一条条青筋都爆起来。桂生不敢再说。当下五道大菜陆续吃毕。桂生每道略尝一脔，转让与马娘姨吃了。揩把手巾，出席散坐。

桂生复慢慢说道："我不然也不好说。二少爷这人倒真是荒唐得很喏，本来要你二奶奶管管他才好哝。依了二少爷，上海租界

甜蜜蜜騙過醋瓶頭

上倌人，巴不得都去做做。二奶奶管着，终究好了点。二奶奶，对不对？"

姚奶奶虽不曾接嘴，却微露笑容。消停半刻，姚奶奶复携了桂生的手，踅出回廊，同倚栏杆，因问桂生几岁，有无父母，曾否攀亲。桂生回说十九岁；父母亡故之后，遗下债务，无可抵挡，走了这条道路；那得个有心人提出火坑，三生感德。姚奶奶为之浩叹。

桂生因问姚奶奶："可要听曲子？我唱两支给二奶奶听。"姚奶奶阻止道："不要唱了。我要走了。"遂与桂生回身归座，令马娘姨去会帐。

姚奶奶复叹道："我为了卫霞仙这杀坯嘿跟他闹了好几回，出了多少恶名。谁晓得我冤枉！像这时候二少爷做了你，我就蛮放心。——要是吃醋嘿，为什么不闹啦？"

桂生微笑，道："卫霞仙是书寓呀。她们会骗。像我是老老实实，也没有几户客人。做着了二少爷，心里单望个二少爷生意嘿好，身体嘿结实，那才好一直做下去。"

姚奶奶道："我还有句话要跟你说。既然二少爷在你那儿，我就拿个二少爷交代给你。二少爷到了租界上，不要让他再去叫个倌人。倘若他一定要叫，你教娘姨给我个信。"

桂生连声应诺。姚奶奶仍携着手款步下楼，同出大菜馆门首。

桂生等候马娘姨跟着姚奶奶轿子先行，方自坐轿归至庆云里家中。只见姚季莼正躺在榻床上吸鸦片烟。桂生装腔做势道："你倒心定的嘿！二奶奶要打你了！当心点！可晓得？"

季莼早有探子报信，毫不介意，只嘻着嘴笑。桂生脱下出局衣裳，遂将姚奶奶言语情形详细叙述一遍，喜得季莼抓耳挠腮，没个摆布。桂生却教导季莼道："你等会去吃了酒嚜，早点回去。二奶奶问起我来，你总说是没什么好，哪能比卫霞仙！"

季莼不等说完，嚷道："再要说卫霞仙，那可真正给她打了噢！"桂生道："那你就说是幺二堂子没什么意思。二奶奶再问你可要做下去，你说这时候没有合意的倌人，做做罢了。照这样两句话，二奶奶一定喜欢你。"

季莼唯唯不迭。又计议一会，季莼始离了马桂生家，乘轿赴局办些公事，天晚事竣，径去赴宴。

这晚是葛仲英在东合兴里吴雪香家为王莲生饯行，依旧那七位陪客。姚季莼本拟早回，不及终席而去。其余诸位只为连宵大醉，鼓不起酒兴，略坐坐也散了。

王莲生因散得甚早，便和洪善卿步行往公阳里周双玉家打个茶围，一同坐在双玉房间。周双珠出来厮见，就道："今天倒还好；像昨天晚上吃酒，吓死人的！"阿珠方给莲生烧鸦片烟，接嘴道："王老爷，酒这可少吃点；酒吃多了，再吃鸦片烟，身体不受用，对不对？"

莲生笑而颔之。阿珠装好一口烟。莲生吸到嘴里，吸着枪中烟油，慌得爬起，吐在榻前痰盂内。阿珠忙将烟枪去打通条。双玉远远地坐着，往巧囡丢个眼色。巧囡即向梳妆台抽屉里面取出一只玻璃缸，内盛半缸山查脯，请王老爷洪老爷用点。莲生忽然感触太息。

阿珠通好烟枪替莲生把火，一面问道："这时候小红先生那儿就是个娘在跟局？"莲生点点头。阿珠道："那么大阿金出来了，大姐也不用？"莲生又点点头。阿珠道："说要搬到小房子里去了呀，可有这事？"莲生说："不晓得。"

阿珠只装得两口烟，莲生便不吸了，忽然盘膝坐起，意思要吸水烟。巧囡送上水烟筒。莲生接在手中，自吸一口，无端掉下两点眼泪。阿珠不好根问。双珠双玉面面相觑，也自默然。房内静悄悄地，但闻四壁厢促织儿唧唧之声，聒耳得紧。（注二）

善卿揣知莲生心事，无可排遣，只得与双珠搭讪说些闲话。适见房门口帘子一飐，探进一个头来望望，似乎是小孩子。双珠喝问："什么人？"外面不见答应。双珠复喝道："进来！"方才遮遮掩掩，逴至双珠面前。果系阿金的儿子阿大，咕呱咕噜告诉双珠，不知说的甚么。双珠鼻子里哼了一声。阿大逡巡退出。随后楼下踢踢蹋蹋一路脚声直跑到楼上房间里。双珠见阿金，生气不理。阿金满面羞惭，溜出当中间与阿大切切商量。善卿不觉失笑。

莲生再躺下去吸两口鸦片烟，遂令阿珠喊来安打轿。善卿及双珠双玉都送至楼门口而别。

王莲生去后，善卿径往双珠房间。阿珠收拾既毕，特地过来问善卿道："王老爷为什么气得这样？"善卿叹道："也怪不得王老爷！"阿珠道："王老爷做了官嚜，应该快活点，还有什么气啊？"善卿道："起先王老爷不是一直喜欢沈小红？为了沈小红不好嚜，去娶了个张蕙贞；哪晓得张蕙贞也不好！这就为了张蕙贞不好，再去做个沈小红。做嚜在做，心里嚜在气！"阿珠道："张蕙贞什么不好？"善卿道："也不过不好就是了，说她做什么！"阿珠乃说出日前往王莲生公馆听张蕙贞被打一节。善卿亦说道："险呃！王老爷打了一顿，不要了。张蕙贞嚜吃了生鸦片烟，还是我们几个朋友去劝好了，拿个侄子嚜赶出去，算完结了这桩事。"阿珠亦叹道："张蕙贞也太不争气！给沈小红晓得了，那可快活得呵——要笑死了！"

刚刚讲得热闹，外场喊报："小先生出局。"阿珠回对过房间跟周双玉出局去了。善卿转向双珠道："可惜王老爷要走了；不然，让他做双玉倒蛮好。"双珠道："提起双玉，想起来了。我妈要商量句话，我倒忘了，没说。"善卿急问："什么话？"双珠道："我们双玉山家园回来一直不肯留客人。我同妈说了好几回。她说五少爷一定要娶她，说好的了。我们不好说穿它。请你去问五少爷，应该怎么样。要娶嚹娶了去，不娶嚹教五少爷自己跟双玉说一声嚹让她做生意，对不对？"善卿道："双玉倒看不出她！花头大得很喏！"双珠道："他们两个人都是说梦话！不要说五少爷定了亲，就没定亲，可能够娶双玉去做大老婆！"

善卿未及接言，不想周双宝因多时不见善卿，乘间而来，可巧一脚跨进房门，就搭讪道："哪来的大老婆啊？给我们看看喏。"双珠憎其嘴快，瞪目相视。双宝忙缩住口，退坐一旁。阿金随到房里向双宝附耳说话。双宝也附耳回答。阿金轻轻地骂了一句（注三），转身坐下，取出那副牙牌随意摆弄。善卿问问双宝近日情形。

须臾，双玉出局回家。双宝听见，回避下楼。双玉过来闲话一会。敲过十二点钟，巧囡搬上稀饭，阿金丢下牙牌服侍善卿双珠双玉三人吃毕。巧囡收起碗筷。阿金依然摆弄牙牌。善卿见阿大躲在房门口黑暗里，呼问："做什么？"阿大即蹑足潜逃；转瞬间仍在房门口踟蹰不去。双珠看不入眼，索性不去说他。

既而闻得相帮卸下门灯，掩上大门，双玉告睡归房。巧囡复舀上面水。阿金始将牙牌装入匣内，服侍双珠洗面卸妆；吹灭保险灯，点着梳妆台长颈灯台；揭去大床五色绣被，单留一条最薄的，展开铺好。巧囡既去，阿金还向原处低头兀坐。阿大挨到房里，偎傍阿金身边。善卿肚里寻思，看他怎的。

俄延之间，阿德保手提水铫子来冲了茶，回头看定阿金冷冷的问道："可回去呀？"阿金哆嘴不答，挈挈阿大，拔步先行。阿德保紧紧相从。一至楼梯之下，登时沸反盈天。阿德保的骂声打声，阿金的哭声喊声，阿大的号叫跳掷声，又间着阿珠巧囡劝解声，相帮拉扯声，周兰呵责声，杂沓并作。

善卿要看热闹，从楼门口往下窥探，一些也看不见。只听得阿德保一头打，一头骂，一头问道："大马路什么地方去？我问你：大马路什么地方去？说嚡！"问来问去要问这一句话。阿金既不招供，亦不求饶，惟狠命的哭着喊着。阿珠巧囡相帮乱烘烘七手八脚的拉扯劝解，那里分得开，挡得住。还是周兰发狠，急声喝道："要打死了呀！"就这一喝里，阿德保手势一松，才拖出阿金来。阿珠巧囡忙把阿金推进周兰房间里去。

阿德保气不过，顺手抓到阿大，问他："你跟了娘大马路去做什么？你这好儿子！你只猪！"骂一声，打一下。打得阿大越发号叫跳掷，竟活像杀猪一般。相帮要去抢夺，却被阿德保揪牢阿大小辫子，抵死不放。

双珠听到这里，着实忍耐不得，蓬着头，赶出楼门口，叫声"阿德保"，道："你倒打得起劲死了在这儿是不是！他小孩子嗄懂什么呀？"相帮因双珠说，一齐上前用力扳开阿德保的手，抱了阿大，也送至周兰房间。阿德保没奈何，一撒手，径出大门，大踏步去了。

善卿双珠待欲归寝，遇见双玉也蓬着头站立自己房门首打听阿金有没打坏。善卿笑道："坍坍她台呀！打坏了嚡可好做生意？"当下大家安置。阿金阿大就于周兰处暂宿一宵。

次日。善卿起得早些。阿金恰在房间里弯腰扫地，兀自泪眼凝波，愁眉锁翠。善卿拟安慰两句，却不好开谈。吃过点心，善

狼
巴二間
沙刀
底鍋

卿将行，不复惊动双珠，仅嘱阿金道："我到中和里去。等三先生起来，跟她说一声。"阿金应承。

善卿离了周双珠家，转两个弯，早到朱公馆门首。张寿一见，只道有什么事故，猛吃一惊，慌问："洪老爷，做什么？"善卿倒怔了一怔，答道："我来看看五少爷，没什么嘎。"

张寿始放下心，忙引善卿直进里面书房，会见朱淑人让坐攀谈。慢慢谈及周双玉，其志可嘉，至今不肯留客，何不讨娶回家，倒是一段风流佳话；否则周兰为生意起见，意欲屈驾当面说明，令双玉不必痴痴坐待，误其终身。淑人仅唯唯而已。善卿坚请下一断语。淑人只说缓日定议报命。善卿只得辞别，自去回报周兰。

淑人送出洪善卿，归至书房，自思欲娶周双玉还当与齐韵叟商量。韵叟曾经说过容易得很。但在双玉意中，犹以正室自居，降作偏房，恐非所愿。不若索性一直瞒过，挨到过门之后，穿破出来，谅双玉亦无可如何的了。

到了午后，探听乃兄朱蔼人已经出门，淑人便自坐轿径往一笠园来。园门口的管家皆已稔熟，引领轿子抬进园中，绕至大观楼前下轿，禀说大人歇午未醒，请在两位师爷房里坐一会。

淑人点点头。当值管家导上楼梯，先听得当中间内一阵历历落落的牙牌声音。淑人知是打牌，踌躇止步。管家已打起帘子，请淑人进去。

注一：为住宅除晦气。

注二：双玉自园中带回来的蟋蟀。于此处点一笔，除增加气氛，一石二鸟，千里伏线。

注三：当是问知阿德保已经觉察她溜了出去。

248

第五五回

李少爷全倾积世资　诸三姐善撒瞒天谎

按朱淑人踅进大观楼当中间，见打牌的一桌四人乃是李鹤汀和高亚白尹痴鸳及苏冠香，皆出位厮见。苏冠香就道："我替大人输掉了多少了。五少爷来打一会罢。"朱淑人推说"不会。"高亚白道："不会打也不要紧，有冠香在这儿。"尹痴鸳道："不要听他瞎说。上回凤仪水阁同周双玉一块打的是谁呀？"朱淑人不好意思，入座下场。

刚打了一圈庄，齐韵叟歇过午觉，缓缓而来。朱淑人见了，起身让位。齐韵叟道："你打下去啰。"朱淑人执意不肯。韵叟亦不强致，仍命苏冠香代打，自与淑人闲话。淑人当着众人绝不提起商量的事。

挨延多时，齐韵叟方要下场亲手去打，却嘱朱淑人道："你住在这儿，等会叫周双玉来，一块玩两天。等赏过了菊花回去。"淑人呐呐承命。

待至天色将晚，麻将散场，大家踅下大观楼，迤逦南行，抄入横波槛。齐韵叟用手隔水指道："菊花山倒先搭好，就不过搭个凉棚了。"

李鹤汀朱淑人翘首凝望，只见西南角远远地楼房顶上三四个匠作蹲着做工，并不见有菊花山；左张右觑，但于蒙茸竹树中露出一角朱红栏杆。高亚白道："这儿在菊花山背后，自然看不见。"尹痴鸳道："有什么等不及看！再过一天才预备好。"

说话时，大家出了横波槛，穿过凤仪水阁，迤至渔矶。上面三间厦屋，当头横额写着"延爽轩"三个草字，笔势像凌风欲飞一般。

其时落日将沉，云蒸霞蔚，照得窗棂几案，上下通明。大家徘徊欣赏，同进轩中。管家早经安排一席筵宴。等得四个出局——杨媛媛周双玉姚文君张秀英——陆续齐集，齐韵叟乃相邀入席。

杨媛媛袖出一张请帖，暗暗递与李鹤汀。鹤汀阅竟，塞在搭连袋内，便有些坐不定，只想要走，那里还吃得下酒。朱淑人心中有事，亦自懒懒的，不甚高兴。因此席间就寂寞了许多。

点心之后，肴馔全登。李鹤汀托故兴辞。齐韵叟冷笑道："你还要骗我！我晓得你有要紧事。这时候去正好。"鹤汀面有愧色，不敢再言。

少时，终席散坐，李鹤汀方与杨媛媛道谢告别，即于延爽轩前上轿而去。抬出一笠园门口，两肩轿子背道分驰。杨媛媛自归尚仁里，李鹤汀转弯向北不多几步停在一家大门楼下。匡二先去推开一扇旁门。里面有人提灯出迎，叫声"李大少爷，今天晚了点了嘎。"

鹤汀见是徐茂荣，点点头，跟着进门。及仪门首，即有马口铁玻璃壁灯嵌在墙间。徐茂荣就止步，让鹤汀主仆自行。自此以内，一路曲曲折折的衖堂皆有壁灯照着接引。衖堂尽处，乃是正厅。正厅上约有六七十人攒聚中央，挤得紧紧的，夹着些点心水果小买卖，四下里串来串去，却静悄悄鸦雀无声，但闻开配者喊报"青龙""白虎"而已。这里叫做"现圆（注一）台"。

鹤汀踮起脚望了望，认得那做上风的是混江龙。鹤汀不去理会，从人缝中绕出正厅后面。管门的望见，赶紧开门，放进鹤汀主仆。这门内直通客堂。伺候客堂的人忙跑出来，一个邀着匡二，另去款待；一个请鹤汀先到客堂。上面设立通长（注二）高柜台，周少和在内坐着管帐。这是兑换筹码处所。

鹤汀取出一张二千庄票交付少和。少和照数发给筹码，连说"发财！发财！"鹤汀笑而颔之。然后请鹤汀到了厢房，拾级登楼。楼上通连三间，宽敞高爽。满堂灯火，光明如昼。中央一张董桌，罩着本色竹布台套。四面围坐不过十余人，越发静悄悄地。

这会儿是殳三做的上风，赢了一大堆筹码。李鹤汀不胜艳羡。殳三下来，乔老四接着上场摇庄。鹤汀四顾，问："癞头鼋为什么不来？"殳三道："回去了呀。刚刚在说，癞头鼋走了嚜，少了个人摇庄。"鹤汀也说："无趣！"

乔老四亮过三宝（注三）。鹤汀取铅笔外国纸画成摊谱，照谱用心细细的押，并未押着宝心。鹤汀遂不押了，径往靠壁烟榻吸两口鸦片烟。乔老四摇到后来被杨柳堂吕杰臣两人接连打着四平头复宝，只得撮起骰子。（注四）

李鹤汀心想除了赖公子更无大注的押客，欸地从烟榻起身，坦然放胆，高坐龙头，身边请出"将军"（注五），摇起庄来。起初吃的多，赔的少，约摸赢二千光景。忽然开出一宝重门，尽数赔发，兀自不够。

鹤汀心中懊恼，想就此停歇，却没甚输赢；不料风色一变，花骨无灵，又是两宝进宝，外面押家没一个不着的，竟输至

李少爺
全傾積
世資

五六千。

鹤汀急于翻本，不曾照顾前后，这一宝摇出去便大坏了！第一个，乔老四先出手，押了一千孤注。乏三跟上去也是一千，另押五百穿钱。随后三四百，七八百，孤注穿钱，参差不等。总押在进宝一门。

鹤汀犹自暗笑，那里见得定是进宝。揭起摊钟，众目注视，端端正正摆着"幺""二""四""六"四只骰子。鹤汀气得白瞪着两只眼，连话都说不出。旁人替他核算，共须一万六千余元。鹤汀所带庄票连十几只金锞止合一万多些，十分焦急，没法摆布。乔老四笑道："这可忙什么呀。这时候借了来赔出去，明天还给他好了。"

一句提醒了鹤汀，就央杨柳堂吕杰臣两人担保，向乏三借洋五千，当场写张约据，三日为期，方把一应孤注穿钱分别赔发清楚。

李鹤汀仍去烟榻躺下，越想越气，未及天明，喊楼下匡二点灯，还由原路趄出旁门，坐上轿子，回到石路长安客栈，敲开栈门，进房安睡，也不问起乃叔李实夫；次日饭后，始问匡二："四老爷在哪儿？"匡二笑道："就不过大兴里了喔。"

鹤汀自己筹度，日前同实夫合买一千篓牛庄油，其栈单系实夫收存，今且取来抵用，以济急需；爰命匡二看守，独自步行往四马路大兴里诸十全家。只见门首停着一乘空的轿子，三个轿班站在天井里。鹤汀有些惶惑。诸三姐认得鹤汀，从客堂里望见，慌的迎出叫道："大少爷，来喔。四老爷在这儿呀。"

鹤汀进去，问道："可是四老爷的轿子？"诸三姐道："不是。四老爷请了来的先生，就叫是窦小山，在楼上。大少爷楼上去请坐。"

鹤汀趄上楼梯，李实夫正歪在烟榻上，撑起身来睬见。诸十全还腼腼腆腆的叫声"大少爷"，惟窦小山先生只顾低头据案开方子，不相招呼。

鹤汀随意坐下，见实夫腮边额角尚有好几个疮疤，烟盘里预备下一叠竹纸不住的揩拭脓水。倒是诸十全依然脸晕绯红，眼圈乌黑，绝无半点瘢痕。

一会儿，窦小山开毕方子，告辞去了。鹤汀始问实夫要张栈单。实夫怪问道："你要了去做什么？"鹤汀谎答道："昨天老翟说起，今年新花（注六）有点意思，我想去买点在那儿。"

实夫听说，冷笑一笑。正欲盘驳，忽听得诸三姐脚声，一步一步蹭到楼上，见她两手掇着个大托盘，盘内堆得满满的，喊诸十全接来放下。诸三姐先从盘内捧出一盖碗茶送与鹤汀，随后搬过一盆甜馒头，一盆咸馒头（注七），一盆蛋糕，一盆空着，抓了一把西瓜子装好，凑成四色点心，排匀在桌子中间；又分开两双牙筷，对面摆列。

实夫就道："你怎么一声不响去买了来啦。"诸三姐笑嘻嘻不答，只把个诸十全往前用力推搡。诸十全只得趑近两步，说道："大少爷请用点心。"说的声音轻些，鹤汀不曾理会。诸三姐忍不住，自己上来，一面说："大少爷，用点喽。"一面取双牙筷每样夹一件送在鹤汀面前。鹤汀连声阻止。早夹得件件俱全，还撮上些西瓜子。

实夫笑劝鹤汀"随便吃点。"鹤汀鉴其殷勤，拆一角蛋糕来吃，并呷口茶过口。诸三姐在旁，蓦然想起，连忙向抽屉寻出半匣纸烟，拣取一卷，点根纸吹，送上鹤汀，说："大少爷，请用烟。"（注八）

鹤汀手中有茶碗，口中有蛋糕，接不及，吃不及，不觉好笑起来。

诸十全不好意思，把诸三姐衣襟悄地一拉，诸三姐才逡巡退下。

实夫乃将药方交与诸三姐。诸三姐因问："先生有没说什么？"实夫道："先生也不过说这好点了，小心点。"诸三姐念声"阿弥陀佛"，道："这可好了罢！你生着，我们心里一直急死了！"

诸三姐说着，转向鹤汀叫声"大少爷"，慢慢说道："四老爷嚟吃了个两筒烟，在乡下，不比上海，随便哪里小烟馆都是稀脏的地方，想必四老爷去吃烟嚟，倒不知不觉睡下去，就过了这毒气。四老爷刚到的时候，好怕人！脸上都是的了！我们说：'四老爷在哪去过了来的呀？'这可是四老爷太不当桩事了，连自己都没晓得是什么地方。我同十全两个人整天整夜服侍四老爷没睡。幸亏这先生吃了几帖药好了点，不然四老爷再要生下去，我同十全一直在服侍，倘若两个人都过上了，一块生起来，那可真正要死了！大少爷，对不对？"

鹤汀暗忖这段言词亏她说得出口，眼看着诸十全打量一番。诸三姐复道："大少爷可晓得？外头人还有点不明不白冤枉我们的话，听见了气死人的哦！说四老爷这个疮就是我们这儿过给他毒气。我们这儿嚟不过十全同我，清清爽爽两个人，谁生的疮呀？要说十全生着，四老爷两只眼睛可是瞎啦？"说到这里，一手把诸十全拖到鹤汀面前，指着脸上道："大少爷看嚟。四老爷面孔上，我们十全可有点像？"又将出诸十全两只臂膊翻来覆去给鹤汀看了，道："一点点影踪都没嚟！"诸十全羞得挣脱身子，避开一边。

鹤汀总不则声，但暗忖这诸三姐竟是个老狐狸，若实夫为其所愚，恐将来受害不浅。

当下实夫嗔着诸三姐道："外头人的话，听它做什么？我总没说你嚟，就是了嚟。"诸三姐笑道："四老爷自然没说什么；四老爷

諸二

姐

善
騎
膊

天
驼

再要说我们，那是我们要……"

诸三姐说得半句，即缩住嘴，笑而下楼。实夫方向鹤汀笑道："你嗱也不要出什么花头了。你自己洋钱自己去输，不关我事。这时候我手里拿了去的栈单，倘若输掉了，教我回去可好交代？"鹤汀默然不悦。实夫道："栈单在小皮箱里，要嗱你自己去拿，我不好给你。"

鹤汀略一沉吟，起身就走。实夫问："可要钥匙？"鹤汀赌气不要了。楼下诸三姐挽留道："大少爷，再坐会哝。"鹤汀也不睬，一直出了大兴里，仍回长安客栈，心想实夫既然怕不好交代，又教我自己去拿，难道说我偷的不成？似这等鄙琐悭吝，怪不得诸三姐撮弄他，摆布他！我如今也不去管他！但是攴三一款，如何设法？想来想去，只好寻出两套房契，坐轿往中和里朱公馆谒见汤啸庵，托他抵借一万洋钱。汤啸庵应承，约定晚间杨媛媛家回话。李鹤汀先去坐等。

汤啸庵送客之后，寻思朱蔼人处所存有限，须和罗子富商量，即时便去兆富里黄翠凤家相访。罗子富正在楼上房里，请进厮见。适值黄二姐在座，也叫声"汤老爷"。汤啸庵点点头，道："好久不见了。生意可好？"黄二姐道："生意不行，比先差远啰。"黄翠凤冷笑插口道："你是有生意不做嗱！什么不行呀！"

汤啸庵不解所谓，丢开不提；袖出房契，给罗子富看，说明李鹤汀抵借一节。子富知其信实，一口允诺，当与啸庵同诣钱庄划付汇票。

黄二姐见罗子富汤啸庵既去，房里没人，遂告诉黄翠凤道："前天看了个人家人，倒不错，我想就买了她罢。不过新出来，不会做生意。就年底一节嗱，要短三四百洋钱呢。真正急死了在这儿！"

翠凤低着头不言语。黄二姐说："你可好替我想想法子？还是进个把伙计？还是拿楼上房间租给人家？"

翠凤仍低着头，好似转念头样子。黄二姐揣度神情，涎脸央及道："谢谢你，你说过的话，我总都依你。倘若生意好了点，我也不忘记你的呀。谢谢你！替我想想法子！"

翠凤开言道："你这个人太心不足，这时候不要说没法子，倘若有法子教给你，赚到了三四百洋钱，你倒还要嫌少了嘤！"黄二姐没口子分辩道："那是没这事的！有得赚嘤，再好也没有了！还要嫌少，可有这种人哪！"

翠凤又低着头，足足有炊许时不言语。黄二姐亦自乖觉，静静的在旁伺候。翠凤忽睁开眼睛把黄二姐相了一相，即招手令其近前，附耳说话。黄二姐弯腰偻背，仔细听着。又足足有炊许时，翠凤说话才完。黄二姐亦自领悟。

计议已定，恰好罗子富回来，手中拿的一包抵借契据，令翠凤将去收藏。黄二姐跟至床背后，帮翠凤撑起皮箱盖，怪问道："罗老爷的拜盒有两只在这儿了？"翠凤道："一只是我的呀。赎身文书嘤就放在拜盒里。"

子富听其重重关锁停当，黄二姐就辞别去了。翠凤鼻子里"哼"的一声，向子富道："可是给我猜着了！她要跟我借钱了呀！"子富诧异道："黄二姐还又要借钱？"翠凤道："她这人嘤可有什么谱子！两个月不到，一千洋钱完了嘤！"子富随风过耳，亦不在意。

隔得一日，黄二姐复来再三再四求告翠凤。翠凤咬定牙关，一毛不拔。黄二姐一连五日纠缠不清。翠凤索性不睬。黄二姐渐渐吵闹起来。

子富看不过去，欲调和其间，不想黄二姐一口要借五百。子富劝其减些，黄二姐便唠唠叨叨缕述从前待翠凤许多好处，道："这时候会做生意了，她倒忘了！我嚜一定不答应！赎身不赎身，总是我的女儿，可怕她逃走到外国去！"

子富接不下嘴，因将其言诉与翠凤。翠凤笑道："有了赎身文书嚜怕她什么呀！随便什么法子，来好了！"

注一：即银元，用现钱不用筹码。

注二：与房间一样长的。

注三：把碗、盖、骰子给大家看过。

注四：庄家自备骰子，想因当时赌场信用不佳，而做庄的赌客都是当地知名的殷实的人。

注五：即骰子。

注六：新上市的棉花。

注七：即甜咸包子。

注八：纸吹又称纸捻或纸媒，是竹纸卷成细长卷，燃着一端，插入水烟筒内点燃烟丝。当时还没有火柴。参看第四十九回（原第五十二回）"瑶官划根自来火"。此处用纸捻点燃香烟，是因为火柴梗短，怕他烧了手。

第五六回
攫文书借用连环计 (注一)　　挣名气央题和韵诗

按一日午后黄二姐到了黄翠凤家，将欲吵闹。黄翠凤令外场喊两部皮篷车，竟和罗子富作明园之游，丢下黄二姐坐在房间里，任其所为。及至明园泡下茶，翠凤还是冷笑，道："赎身文书在我手里，看她还有什么法子！"子富道："你应该叫个大姐陪陪她。"翠凤颈项一扭，道："让她去好了！谁去陪她呀！"子富道："不行的哤！"翠凤道："什么不行？可怕她偷了我们的家具？"子富道："她家具嚜不要，赎身文书，晓得在皮箱里，她可要偷啊？"

一句提醒了翠凤，顿时白瞪瞪两只眼，失声道："啊哟！不好了！"赵家妈在旁也是一怔，道："可不真是不好哤！我们快点回去罢！"

子富欲令翠凤先行。翠凤道："你嚜自然一块回去！倘若给她偷了去嚜，也好有个商量。"

当下三人各坐原车赶回家中。一进家门，翠凤先问："妈可在楼上？"外场回说："刚刚回去，不多一会。"

翠凤三脚两步奔到楼上房间里看看陈设器皿，并未缺少一件；再往床背后一看时，这一惊非同小可！翠凤跺脚嚷道："这可不好了呀！"

子富随后奔到，只见皮箱铰链丢落地上；揭开盖来，箱内清清爽爽，只有一只拜盒。翠凤急得只是跺脚，又哭又骂，欲向黄二姐拚命。子富与赵家妈且劝翠凤坐下，慢慢商量。翠凤道："商量什吗？她是要我的命呀！我就死了，看她可有好处了！"子富道："你嘘先拿我的拜盒放好了再说。"

翠凤复从皮箱中取那只拜盒别处收藏，忽然失惊打怪的喊道："咦！我那只拜盒在这儿嘘！"既而恍然大悟道："噢！她拿错了！拿了罗老爷的拜盒去了！"说着呵呵大笑。

子富听说慌问："我那只拜盒可在这儿啊？"翠凤捧出那只拜盒给子富看，嘻嘻笑道："她拿错了，拿了你的拜盒，我拜盒嘘倒在这儿！"

子富面色如土，拍腿说道："这可真正不好了！"翠凤道："你这拜盒不要紧的，她拿了去也没什么用场。可敢去变钱！她也没处好变嘘。"

子富呆想不语。翠凤乃叫赵家妈吩咐道："你去跟妈说，这只是罗老爷的拜盒，问她拿了去做什么。这时候罗老爷等着要了。还叫她拿了来。"

赵家妈答应而去。子富终有些忐忑惶惑。翠凤却决定黄二姐断无扣留不放之理。

一会儿，赵家妈回来见了子富，先拍着掌笑一阵，然后覆道："这才笑话！她们还没觉着拿错了呀，倒快活死了；我说是罗老爷的拜盒，这才刚刚晓得了，呆掉了，一句话都说不出！我嘘笑得呵——！她们叫我带回去。我说不管，就走。"子富跌足道："嗳！你为什么不带了来啊？"赵家妈道："她们拿了去的嘘，让她们自己拿了来。"翠凤接口道:"不要紧,等会一定来。"

子富像热锅上蚂蚁一般,坐不定,立不定,着急得紧。翠凤见子富着急,欲令赵家妈去催。子富止住,把高升唤至当面,令向黄二姐索取拜盒,并道:"你话不要去多说,就说我有事,要用得着这拜盒,快点拿了来带回去。"

高升领命,径往尚仁里黄二姐家。黄二姐见是高升,满面堆笑,请去后面小房间。高升口致主人之言,立等要那拜盒。黄二姐道:"拜盒在这儿的,我要跟罗老爷说句话。你不要急着催,请坐嗳。"

高升不得已坐下。黄二姐喊人泡茶,从容说道:"你来得正好。我有好些话在这儿,拜托你去说给罗老爷听。起先翠凤在这儿做讨人,生意兴旺得很嗜;为了我们这儿开销大,一直没多下钱来。翠凤赎了个身嘞,不好了,生意一点也没有,开销倒省不了,一千洋钱的身价不知不觉都用完了,这可没法子了嘞,还是去跟个翠凤商量,借几百洋钱用。哪晓得个翠凤一定不借!跑了好几趟,她倒一定回报我没有!我想你翠凤小时候梳头裹脚都是我,调理你到如今,总当你是亲生女儿,你倒这样没良心!我第一回开口,你就一点情面都没有!这可气得呵要死!今天我也不说了,存心要拿她的赎身文书难难她。拿到了她的赎身文书嘞,喊她回来,还替我做生意。她倘若要赎身嘞,一定要她一万洋钱的哦。再想不到拿错了,不是个赎身文书,倒拿了罗老爷的拜盒!罗老爷对我是再好也没有,生意上嘞照应了我多少,就是小处嘞也幸亏罗老爷十块二十块借给我用。我不像翠凤没良心,时常在记挂个罗老爷。刚才晓得是罗老爷的拜盒,我就来不及要送来。不过我再想着,翠凤跟罗老爷就像是一个人,罗老爷的拜盒就像是翠凤的拜盒。我嚜气不过个翠凤，要借罗老爷的拜盒押在这儿，教翠凤拿一万洋钱来赎了去。等翠凤一万洋钱拿了来，我就拿拜盒送还给罗老爷。你回去跟罗老爷说，教罗老爷放心好了。"

高升听这一席话，吐吐舌头，不敢擅下一语，回至兆富里，一五一十，细细说了。翠凤听至一半，直跳起来，嚷道："什么话呀！放屁也不是这么放的嚜！"子富也气得手足发抖，瘫在榻床，说不出半句话。

翠凤呆了一呆，欻地站起身来，说声"我去"，就要下楼。子富一把拉住，问："你去做什么？"翠凤道："我要去问声她可是要我的命！"子富连忙横身拦劝道："你慢点嘅。你去没什么好话。我去罢。看她可好意思说什么。就依她嚜，也不过借几百洋钱就是了。"翠凤咬牙切齿恨道："你要气死我了！还要给她钱！"

子富即喊高升打轿前去。小阿宝迎着，请至楼上先时翠凤住的房间。黄金凤黄珠凤同声叫"姐夫"，并说："姐夫好久不来了。"子富问："你妈呢？"小阿宝说："就来了。"

道声未了，黄二姐已笑吟吟掀帘进房；趱到子富面前，即扑翻身磕了个头，口中说道："罗老爷不要生气。我给罗老爷磕个头。种种对不住罗老爷！罗老爷的拜盒嚜，就此地放两天，同放在翠凤那儿一样的呀。罗老爷一直对我这样好，我可敢糟蹋了拜盒里的要紧东西！难为罗老爷，你罗老爷索性不要管，不怕翠凤不赎了去。等翠凤发急了，自己跑了来找我，这就好说话了。翠凤这人，不到发急时候，哪肯爽爽快快一万洋钱来给我！"

子富听其一派胡言，着实生气，且忍耐问道："你瞎说嚜不要说。到底要借她多少，说给我听听看。"黄二姐笑道："罗老爷，我不是瞎说呀。起初不过借几百洋钱，这时候倒不是几百洋钱的

攔玉書
借用
連環計

话了。翠凤没良心，这以后再要没了钱，翠凤自然不借给我，我也没脸再去跟翠凤借。难得这时候有罗老爷的拜盒在这儿嗱，一定要敲她一下了！一万倒没多要嗉！前天汤老爷拿来的房契不是也有一万的哦？"子富道："那你在敲我了，不是为翠凤！"黄二姐忙道："罗老爷，不是呀。翠凤哪有一万洋钱？自然跟罗老爷借。罗老爷一节的局帐有一千多的，不消三年，就局帐上扣清了好了。罗老爷，对不对？"

子富无可回答，冷笑两声，迈步便走。黄二姐一路送出来，又说道："这可种种对不住罗老爷！都是没生意的不好。用完了钱没法子。反正要饿死嗱，还怕什么难为情啊？倘若翠凤再要跟我两个人强，索性一把火烧光了！看她可对得住罗老爷！"

子富装做不听见，坐轿而回。翠凤迎问如何。子富唉声叹气，只是摇头。问得急了，子富才略述大概。翠凤暴跳如雷，抢得一把剪刀在手，一定要死在黄二姐面前。子富没得主意，听其自去。

翠凤跑至楼下，偏生撞见赵家妈，夺下剪刀，且劝且拦，仍把翠凤抱上了楼。翠凤犹自挣扎道："我反正要死的了呀！为什么一班人都要帮她们，不许我去啊？"赵家妈按定在高椅上，婉言道："大先生，你死也没用嗱。你嗱就算死了，她们也拚了死嗱，真正拿只拜盒一把火烧光了，那罗老爷吃的亏恐怕要几万的嗉！"子富听说，只得也去阻止翠凤。翠凤连晚饭也不吃，气的睡了。

子富气了一夜，眼睁睁的睡不着；清早起来即往中和里朱公馆寻着汤啸庵商议这事如何办法。啸庵道："翠凤赎身不过一千洋钱，这时候倒要借一万，这是明明白白拆你的梢。若使经官动府，倒也不妥。一则自己先有狎妓差处。二则抄不出赃证，何以坐实其罪？三则防其烧毁灭迹，一味混赖，一拜盒的公私文书，再要补完全，不特费用浩繁，且恐纠缠棘手。"

子富寻思没法，因托啸庵居间打话。啸庵应诺。子富遂赴局理事，直至傍晚公毕，方到了兆富里黄翠凤家。下轿进门，只见文君玉正在客堂里闲坐，特地叫声"罗老爷"。子富停步，含笑点头。君玉道："罗老爷可看见新闻纸？"

子富大惊失色，急问："新闻纸上说什么呀？"君玉道："说是客人的朋友——名字叫个什么？……噜苏得很喏！"说着又想。子富道："名字不要去想了。客人朋友嚜什么事？"君玉道："没什么事，作了两首诗送给我，说是登在新闻纸上。"子富嗑的笑道："我不懂的！"更不回头，直上楼去。

文君玉不好意思，别转脸来向个相帮说道："我刚才跟你说上海的俗人，就像罗老爷嚜也有点俗气！亏他还算客人，连作诗都不懂——好！"相帮道："这才搅明白了！你说上海客人都是'熟人'（注二），我倒吓一跳：你生意好了不起！那是成天成夜，出来进去，忙死了嚜，大门槛不要踏坏啦？哪晓得陌生人，你也说是熟人！"君玉道："你嚜瞎缠了喥！我说的俗人，不是呀，要会作诗嚜，就不俗了！"相帮道："先生，你不要说，上海丝茶是大生意。过了垃圾桥，多少湖丝栈，都是做'丝'生意的好客人（注三），你熟了嚜晓得了。"

君玉又笑又叹，再要说话，只听相帮道："这可真是熟人来了。"君玉抬头一看，原来是方蓬壶，即诉说道："他们喊你'俗人'，可不气人！"

蓬壶踅进右首书房，说道："气人倒不要紧，你跟他们说说话，不要给他们俗气薰坏了你！"君玉抵掌懊悔道："这倒的确！幸亏你提醒了我！"

蓬壶坐下，袖中取出一张新闻纸，道："红豆词人送给你的诗，有没赏鉴过？"君玉道："没有呀。让我看喨。"

蓬壶揭开新闻纸指与君玉看了。君玉道："他在说什么？讲给我听喨。"蓬壶戴上眼镜，把那诗朗念一遍再讲解一遍。君玉大喜。蓬壶道："应该和他两首，送给他，我替你改。题目嚄就叫'答红豆词人。即用原韵'九个字，不是蛮好？"君玉道："七律当中四句我不会作，你替我代作了罢。"蓬壶道："那可累死了！明天我们海上吟坛正日，哪有工夫！"君玉道："谢谢你，随便什么作点好了。"蓬壶正色道："你这是什么话呀！作诗是正经大事，可好随便什么作点！"君玉连忙谢过。蓬壶又道："不过我替你作，倒要省力点。太惨淡经营，就不像你作的诗，他们也不相信了。"君玉亦以为然。

于是蓬壶独自一个闭目摇头，口中不住的呜呜作声；忽然举起一只指头向大理石桌子上戳了几戳，划了几划，攒眉道："他用的韵倒不容易押！一时倒作不出，等我带回去作两句出色的给你！"君玉道："在这儿用晚饭了呀。"蓬壶道："不要了。"君玉复嘱其须当秘密而别。

蓬壶踱出兆富里，一路上还自言自语的构思琢句，突然斜刺里冲出一个娘姨，一把抓住蓬壶臂膊，问："方老爷，到哪去？"

蓬壶骇愕失措，挤眼注视，依稀认得是赵桂林的娘姨，桂林叫做"外婆"的。蓬壶便也胡乱叫声"外婆"。外婆道："方老爷为什么我们那儿不来？去喨。"蓬壶道："这时候没空，明天来。"

争名
飞尖题
和祯诗

外婆道："什么明天呀！我们小姐记挂死了你，请了你几趟了，你不去！"不由分说，把蓬壶拉进同庆里，抄到尚仁里赵桂林家。

赵桂林迎进房间，叫声"方老爷"道："可是我们怠慢了你，你一趟也不来？"蓬壶微笑坐下。外婆搭讪道："方老爷就上节壶中天叫了局，后来嘞，没来过。两个多月了。可好意思！"桂林接嘴道："给个文君玉迷昏了呀！哪想得到这儿来！"蓬壶慌的喝住，道："你不要瞎说！文君玉是我女弟子，客客气气，你去糟蹋她，岂有此理！"

桂林哼了一声无语。外婆一面装水烟，一面悄说道："我们小姐生意，瞒不过你方老爷。上节方老爷在照应，倒哝了过去；这时候你也不来了，连着几天，出局都没有。下头杨媛媛嘞打牌吃酒，好热闹；我们楼上冰清水冷，可不坍台！"

蓬壶不等说完，就插口道："单是个打牌吃酒，俗气得很！我上回替桂林上了新闻纸，天下十八省的人，哪一个不看见？都晓得上海有个赵桂林嘞，这样比起打牌吃酒怎么好比啊？"

外婆顺他口气，复接说道："方老爷这就还像上回照应点她罢。你一样去做个文君玉，就我们这儿走走，有什么不好？吃两台酒，打两场牌，那是我们要巴结死了。"蓬壶道："打牌吃酒嘞，什么稀奇啊？等我过了明天，再去替她作两首诗好了。"外婆道："方老爷，你嘞没什么稀奇，我们倒是打牌吃酒的好。你辛辛苦苦作了什么东西，送给她，她用不着嘞；就不是打牌吃酒嘞，有应酬，叫叫局，那也不错。"蓬壶呵呵冷笑，连说："好俗气！"

外婆见蓬壶呆头呆脑，说不入港，望着赵桂林打了一句市井泛语。桂林但点点头。蓬壶那里懂得。外婆水烟装毕，桂林即请蓬壶点菜，欲留便饭。蓬壶力辞不获，遂说不必叫菜，仅命买些熏腊之品。外婆传命外场买来，和自备饭菜一并搬上。

注一：京戏《连环计》用《三国演义》故事，剧中貂蝉唆使董卓爱将吕布行刺。此回黄翠凤也是利用黄二姐敲诈罗子富，自己扮演一个可怜的"难女"角色，需要英雄救美，像貂蝉一样。

注二：吴语"俗""熟"二字同音。

注三：吴语"诗""丝"同音。湖州出丝，运到上海，丝商就住在堆栈里，比当时的客栈舒服。

第五七回
老夫得妻烟霞有癖　监守自盗云水无踪

　　按方蓬壶和赵桂林两个并用晚饭之后，外婆收拾下楼。稍停片刻，蓬壶即拟兴辞。桂林苦留不住，送出楼门口，高声喊"外婆"，说："方老爷走了。"

　　外婆听得，赶上叫道："方老爷，慢点嗷。我跟你说句话。"蓬壶停步问："说什么？"外婆附耳道："我说你方老爷嗄，文君玉那儿不要去了。我们这儿一样的呀。我替你做媒人，好不好？"

　　蓬壶骤闻斯言，且惊且喜，心中突突乱跳，连半个身子都麻木了，动弹不得。外婆只道蓬壶踌躇不决，又附耳道："方老爷，你是老客人，不要紧的。就不过一个局，跟小帐，没多少开消，放心好了。"

　　蓬壶只嘻着嘴笑，无话可说。外婆揣知其意，重复拉回楼上房间里。桂林故意问道："为什么你急死了要走？可是想文君玉了？"外婆抢着说道："怎么不是呀！这可不许去了！"桂林道："文君玉在喊了嗷！你当心点，明天去嘿，预备好打你一顿！"蓬壶连说："岂有此理！岂有此理！"外婆没事自去。

　　桂林装好一口鸦片烟请蓬壶吸。蓬壶摇头说："不会。"桂林就自己吸了。蓬壶因问："有多少瘾？"桂林道："吃着玩，一筒两筒，哪有瘾啊！"蓬壶道："吃烟的人都是吃着玩吃上的瘾，到底不要去吃它的好。"桂林道："我们要吃上了个烟，还好做生意？"

蓬壶遂问问桂林情形。桂林也问问蓬壶事业。可巧一个父母姊妹俱没，一个妻妾子女均无，一对儿老夫老妻，大家有些同病相怜之意。

桂林道："我爹也开的堂子。我做清倌人时候，衣裳头面家具倒不少，都是我娘的东西。上了客人的当，一千多局帐漂下来，这可堂子也关了，爹娘也死了，我嚜出来包房间（注一），倒欠了三百洋钱债。"蓬壶道："上海浮头浮脑空心大爷多得很，做生意的确难死了。倒是我们一班人，几十年老上海，叫叫局，打打茶围，生意嚜不大，倒没坍过台！堂子里都说我们是规矩人，跟我们蛮要好！"

桂林道："这时候我也不想了，把势饭不容易吃，哪有好生意给你做得着！随便什么客人，替我还清了债嚜就跟了他去。"蓬壶道："跟人自然最好，不过你当心点，再要上了个当，一生一世吃苦的嚜！"

桂林道："这是不啰！起先年纪青，不懂事，单喜欢标致面孔的小伙子，听了他们吹得了不起的话，上的当；这时候要拣个老老实实的客人，可还有什么错啊？"蓬壶道："错是不错，哪有老老实实的客人去跟他？"

说话之间，蓬壶连打两次呵欠。桂林知其睡得极早，敲过十点钟，喊外婆搬稀饭来吃，收拾安睡。

不料这一晚上，蓬壶就着了些寒，觉得头眩眼花，鼻塞声重，

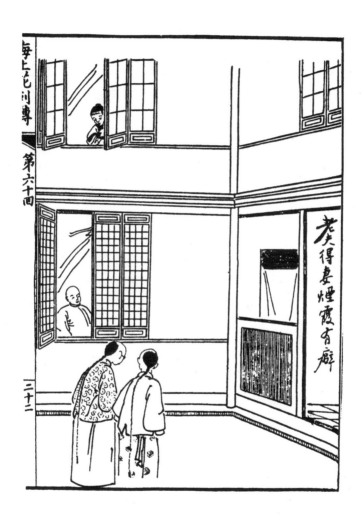

老夫得妻煙霞有癖

委实不能支持。桂林劝他不用起身，就此静养几天，岂不便易。蓬壶讨副笔砚在枕头边写张字条送上吟坛主人告个病假，便有几个同社朋友来相问候；见桂林小心服侍，亲热异常，诧为奇遇。

桂林请了时医窦小山诊治，开了帖发散方子。桂林亲手量水煎药给蓬壶服下。一连三日，桂林顷刻不离，日间无心茶饭，夜间和衣卧于外床。蓬壶如何不感激！第四日热退身凉，外婆乘间撺掇蓬壶讨娶桂林。

蓬壶自思旅馆鳏居，本非长策；今桂林既不弃贫嫌老，何可失此好姻缘；心中早有七八分允意。及至调理痊愈，蓬壶辞谢出门，径往抛球场宏寿书坊告诉老包。老包力赞其成。蓬壶大喜，浼老包为媒，同至尚仁里赵桂林家当面议事。

老包跨进门口，两厢房倌人娘姨大姐齐声说："咦！老包来了！"李鹤汀正在杨媛媛房间里，听了也向玻璃窗张觑；见是老包，便欲招呼，又见后面是个方蓬壶，因缩住嘴，却令盛姐楼上去说："请包老爷说句话。"

约有两三顿饭时，老包才下楼来。李鹤汀迎见让坐。老包问："有何见教？"鹤汀道："我请爻三吃酒，他谢谢不来。你来得正好。"老包大声道："你当我什么人啊？请我吃镶边酒！要我填爻三的空！我不要吃！"

鹤汀忙陪笑坚留。老包偏装腔做势要走。杨媛媛拉住老包，低声问："赵桂林可是要嫁人了？"老包点头道："我做的大媒人，三百债，二百开消。"鹤汀道："赵桂林还有客人来娶了去？"杨媛媛道："你不要小看了她！起先也是红倌人！"

说时，只见请客的回报道："还有两位请不着。卫霞仙那儿说：'姚二少爷好久不来了。'周双珠那儿说：'王老爷江西去了，洪老爷不大来。'"李鹤汀乃道："老包这还要走嚜，我可要不快活了！"杨媛媛道："老包说着玩呀，哪走哇！"

俄而请着的四位——朱蔼人陶云甫汤啸庵陈小云——陆续咸集。李鹤汀即命摆台面，起手巾。大家入席，且饮且谈。

朱蔼人道："令叔可是回去了？我们竟一面都没见过。"鹤汀道："没回去，就不过于老德一个人嚜回去了。"陶云甫道："今天人少，为什么不请令叔来叙叙？"鹤汀道："家叔哪肯吃花酒！上回是给个黎篆鸿拉牢了，叫了几个局。"老包道："你令叔着实有点本事的哦！上海也算是老玩家，倒没用过多少钱，只有赚点来拿回去！"鹤汀道："我说要玩还是花掉点钱没什么要紧。像我家叔这时候可受用啊？"陈小云道："你这趟来有没发财？"鹤汀道："这趟比上趟还要多输点。乜三那儿欠了五千，前天刚刚付清。罗子富那儿一万呢，等卖掉了油再还。"汤啸庵道："你一包房契可晓得好险呢？"遂将黄二姐如何攘窃，如何勒掯，缕述一遍，并说末后从中关说，还是罗子富拿出五千洋钱赎回拜盒，始获平安。席间摇头吐舌，皆说："黄二姐倒是个大拆梢！"杨媛媛嗤的笑道："租界上老鸨嚜都是个拆梢嚜！"

老包闻言，欻地出位，要和杨媛媛不依。杨媛媛怕他恶闹，跑出客堂。老包赶至帘下。恰值出局接踵而来，不提防陆秀宝掀起帘子，跨进房间，和老包头碰头，猛的一撞。引得房内房外大笑哄堂。

老包摸摸额角，且自归座。李鹤汀笑而讲和，招呼杨媛媛进房罚酒一杯。杨媛媛不服。经大家公断，令陆秀宝也罚一杯过去。于是老包首倡摆庄。大家轮流划拳，欢呼畅饮。一直饮至十一点钟，方才散席。

李鹤汀送客之后，想起取件东西，喊匡二吩咐说话。娘姨盛姐回道："匡二爷不在这儿，坐席时候来了一趟，走了。"鹤汀道："等他来嚜，说我有事。"盛姐应诺。鹤汀又打发轿班道："碰见匡二嚜喊他来。"轿班也应诺自去。一宿表过。

次日，鹤汀一起身就问："匡二哩？"盛姐道："轿班嚜在这儿了，匡二爷没来嚜。"鹤汀怪诧得紧，喝令轿班："去客栈里喊来！"轿班去过，覆命道："栈里茶房说：昨天一夜，匡二爷没回去。"

鹤汀只道匡二在野鸡窝里迷恋忘归，一时寻不着，等不得，只得亲自坐轿回到石路长安客栈；开了房间进去，再去开箱子取东西，不想这箱子内本来装得满满的，如今精空干净，那里有甚么东西。

鹤汀着了急，口呆目瞪，不知所为；更将别只箱子开来看时，也是如此，一物不存。鹤汀急得只喊"茶房！"茶房也慌了，请帐房先生上来。那先生一看，蹙额道："我们栈里清清爽爽，哪来的贼呀！"

鹤汀心知必是匡二，跺足懊恨。那先生安慰两句，且去报知巡捕房。鹤汀却令轿班速往大兴里诸十全家迎接李实夫回栈。

实夫闻信赶到，检点自己物件，竟然丝毫不动，单是鹤汀名下八只皮箱，两只考篮，一只枕箱，所有物件只拣贵重的都偷了去；又于桌子抽屉中寻出一叠当票，知是匡二留与主人赎还原物的意思。鹤汀心中也略宽了些。

正自忙乱不了，只见一个外国巡捕带着两个包打听前来踏勘，查明屋面门窗一概完好，并无一些来踪去迹，此乃监守自盗无疑。鹤汀说出匡二一夜不归。包打听细细的问了匡二年岁面貌口音而去。

監守
自盗雲
水無
跳

茶房复告诉:"上一个礼拜,我们几回看匡二爷背了一大包东西出去,我们不好去问他。哪晓得他偷了去当啊!"李实夫笑道:"他倒有点意思!你是个大爷,白花掉点不要紧,都偷了你的东西;不然嘛,我东西为什么不要啊?"

鹤汀生气不睬,自思人地生疏,不宜造次,默默盘算,惟有齐韵叟可与商量,当下又亲自坐轿往着一笠园而来。园门口管家俱系熟识,疾趋上前搀扶轿杠,抬进大门,止于第二层园门之外。

鹤汀见那门上兽环衔着一把大铁锁,仅留旁边一扇腰门出入,正不解是何缘故。管家等鹤汀下了轿,打千禀道:"我们大人接到电报,回去了,就只有高老爷在这儿。请李大少爷大观楼宽坐。"鹤汀想道:"齐韵叟虽已归家,且与高亚白商量亦未为不可。"遂跟管家款步进园,一直到了大观楼上,谒见高亚白。

鹤汀道:"你一个人可寂寞啊?"亚白道:"我寂寞点不要紧,倒可惜个菊花山,龙池先生一番心思的哦,这时候一直闲死了在这儿!"鹤汀道:"那你也该请请我们了嗷。"亚白道:"好的;就明天请你。"鹤汀道:"明天没空,过两天再说。"亚白问:"有何贵干?"

鹤汀乃略叙匡二卷逃一节。亚白不胜骇愕。鹤汀因问:"可要报官?"亚白道:"报官是报报罢了。真正要捉到了贼,追他的赃,难了嗷!"鹤汀就问:"不报官好不好?"亚白道:"不报官也不行;倘若外头再闯了点穷祸,问你东家要人,倒多了这么句话。"鹤汀连说"是极。"即起兴辞。亚白道:"那也何必如此急急?"鹤汀道:"这时候无趣得很,让我早点去完了事,这就移樽就教;如何?"亚白笑说:"恭候。"一路送出二层园门。鹤汀拱手登轿而别。

亚白才待转身，旁边忽有一个后生叫声"高老爷"，抢上打千。亚白不识，问其姓名，却是赵二宝的哥哥赵朴斋打听史三公子有无书信。亚白回说"没有。"朴斋不好多问，退下侍立。

亚白便进园回来，趱过横波槛，顺便转步西行。原来这菊花山扎在鹦鹉楼台之前。那鹦鹉楼台系八字式的五幢厅楼，前面地方极为阔大，因此菊花山也做成八字式的，回环合抱，其上高与檐齐，其下四通八达，游客盘桓其间，好像走入"八阵图"一般，往往欲吟"迷路出花难"之句。

亚白是惯了的，从南首抄近路，穿石径，渡竹桥，已在菊花山背后；进去赏了回菊花，归房无所事事，检点书架上人家送来求书求画的斗方、扇面、堂幅、单条，随意挥洒了好些，天色已晚。

接连两天亚白都以书画为消遣。这天午餐以后，微倦上来，欲于园内散散心，混过睡意，遂搁下笔，款步下楼。但见纤云四卷，天高日晶，真令人心目豁朗。趱出大观楼前廊，正有个打杂的拿着五尺高竹丝笤帚要扫那院子里落叶。亚白方依稀记得昨夜五更天睡梦中听见一阵狂风急雨，那些落叶自然是风雨打下来的，因而想着鹦鹉楼台的菊花山如何禁得起如此蹂躏，若使摧败离披，不堪再赏，辜负了李鹤汀一番兴致，奈何奈何。一面想，一面却向东北行来，先去看看一带芙蓉塘如何，便知端的。趱至九曲平桥，沿溪望去，只见梨花院落两扇黑漆墙门早已锁上，门前芙蓉花映着雪白粉墙，倒还开得鲜艳。

亚白放下些心，再去拜月房椽看看桂花，却已落下了许多，满地上铺得均匀无隙，一路践踏，软绵绵的，连鞋帮上黏连着尽是花蕊。

亚白进院看时，上面窗寮格扇一概关闭，廊下软帘高高吊起，好似久无人迹光景，不知当值管家何处去了。亚白手遮亮光，面贴玻璃，往内张觑，一些陈设也没有，台桌椅凳，颠倒打叠起来。

亚白信步走开，由东南湖堤兜转去，经过凤仪水阁，适为阁中当值管家所见，慌的赶出，请亚白随喜。亚白摇摇手，径往鹦鹉楼台趱去。刚穿入菊花山，即闻茶房内嘈嘈笑语之声，大约是管家打牌作乐。亚白不去惊动，看那菊花山幸亏为凉棚遮护，安然无恙，然其精神光彩似乎减了几分，再些时恐亦不免山颓花萎，不若趁早发帖请客，也算替菊花张罗些场面。

亚白想到这里，忙回到大观楼上，连写七副请帖，写着"翌午饯菊候叙"，交付管家，将去赍送。俄闻楼下呖呖然燕剪莺簧一片说笑，分明是姚文君声音。亚白只道管家以讹传讹叫来的局，等姚文君上楼，急问："你来做什么？"（注二）文君道："癞头鼋又到上海了呀！"亚白始知其为癞头鼋而来，因笑道："我刚刚明天要请客，你倒来了。"两人说着，携手进房。

文君生性喜动，赶紧脱下外罩衣服，自去园中各处游玩多时，回来向亚白道："齐大人走了就推扳得多了！连菊花山也低倒了个头，好像有点不起劲。"亚白拍手叫妙。当晚两人只在房间内任意消遣，过了一宵。

这日十月既望，葛仲英吴雪香到得最早，坐在高亚白房里，等姚文君梳洗完毕，相与同往鹦鹉楼台。葛仲英传言陶朱两家弟兄有事谢谢不来。高亚白问何事。仲英道："倒也不清楚。"

接着华铁眉挈了孙素兰相继并至。相见坐定。高亚白道："素兰先生住两天了嚜，听说癞头鼋在这儿。"葛仲英道："癞头鼋好久不回去，为什么又来啦？"华铁眉道："乔老四跟我说：癞头鼋这趟来要办几个赌棍。为了上回癞头鼋同李鹤汀乔老四三个人去赌，给个大流氓合了一伙人，赌棍倒脱靴，三个人输掉了十几万哪。幸亏有两个小流氓分不着钱，这才闹穿了。癞头鼋一定要办。"

高亚白葛仲英皆道："这时候上海的赌也实在太不像样！应该要办办了！"华铁眉道："倒不容易办噜！我看见的访单上，头子嘥二品顶戴，好了不起！手下一百多人，连衙门里差役堂子里倌人，都是他帮手。"

孙素兰吴雪香姚文君皆道："倌人是谁呀？"华铁眉道："我就记得一个杨媛媛。"众人一听，相视错愕，都要请问其故。

适时管家通报客至，正是李鹤汀和杨媛媛两人。众人迎着，截口不谈。高亚白问李鹤汀："你失窃有没报官？"鹤汀说："报了。"杨媛媛白瞪着眼，问："可是你去报的官？"鹤汀笑说："不关你事。"杨媛媛道："自然不关我事！你去报好了嘥！"鹤汀道："你嘥瞎缠！我们说的匡二呀！"杨媛媛方默然。

将及午牌时分，高亚白命管家摆席；因为客少，用两张方桌合拼双台，四客四局，三面围坐，空出底下座位，恰好对花饮酒。

一时，又谈起癞头鼋之事。杨媛媛冷笑两声，接嘴说道："昨天癞头鼋到我们那儿来，说要办周少和。周少和是租界上出名的大流氓，堂子里哪一家不认得他！上回大少爷同他一块打牌，我们也晓得他自然总有点花样。不过我们吃了把势饭，要做生意的嘥，可敢去得罪个大流氓？就看见他们做花样，我们也只好不作声。这时候癞头鼋倒说我们跟周少和通同作弊，可有这种事！"说罢，满脸怒容，水汪汪含着两眶眼泪。李鹤汀又笑又叹。华铁眉葛仲英劝道："癞头鼋的话还有谁相信他！让他去说好了。"

高亚白要搭讪开去，便向华铁眉道："你也来多住两天，陪陪素兰先生啰。"铁眉踌躇道："还是她先来罢。我再看了。"姚文君大声道："不作兴的！三缺一伤阴骘的！"又咕哝道："好容易来了个麻将搭子（注三），又是三缺一，吊人胃口！"阖席都笑了。亚白笑道："你放心，素兰先生来了，怕他不来？"又向孙素兰道："今天就不必回去了，叫人去拿点要用的东西来好了。"素兰略顿了顿，回过头去唤过跟局大姐，不免有一番话轻声叮嘱。亚白见小赞一旁侍立，便令他传话，把大观楼上再收拾出一间房来。

小赞应两声"是"，立着不动。亚白有点诧异。小赞禀道："鼎丰里赵二宝那儿差个人来，要见高老爷。"

话声未绝，只见小赞身后转出一个后生，打个千，叫声"高老爷"。亚白认得是前日园门遇见的赵朴斋，问其来意，仍为打听史三公子有无书信。亚白道："这儿一直没信，要嚜别处去问声看。"

赵朴斋不好多问，跟小赞退出廊下。小赞自去吩咐当值管家，派人收拾大观楼上一间房待客。管家去了，不意赵朴斋还在廊下，一把拉住小赞，央告道："谢谢你，再替我问声看！昨天说三公子到了上海了，可有这事？"

小赞只得替他传禀请示。高亚白道："他听错了，到的是赖公子，不是史公子。（注四）"赵朴斋隔窗听得，方悟果然听错，候小赞出来，告辞回去。

赵朴斋一路懊闷，归至鼎丰里家中，覆命于母亲赵洪氏，说三公子并无书信，并述误听之由。适妹子赵二宝在旁侍坐，气得白瞪着眼，半晌说不出话。

洪氏长叹道："恐怕三公子不来的了哦！这可真正罢了！"朴斋道："那是不见得。三公子不像是这种人。"洪氏又叹道："也难说哝！起先索性跟了他去，倒也没什么；这时候上不上，下不下，这可怎么个了结哝！"

二宝使气，颈项一摔，大声喝道："妈还要瞎说！"只一句，喝得洪氏哑嘴哑舌，垂头无语。朴斋张皇失措，溜出房去。

娘姨阿虎在外都已听在耳里，忍不住进房说道："二小姐，你是年纪青，不晓得把势里生意的确难做。客人他们的话可好听它呀！起先三公子跟你说的什么，你也没跟我们商量，我们一点都不晓得，这时候一个多月没信，有点不像了哝。倘若三公子不来，你自己去算，银楼、绸缎店、洋货店，三四千洋钱呢，你拿什么东西去还哪？不是我多嘴，你早点要打算好了才好，不要到那时候坍台。"

二宝面涨通红，不敢回答。忽闻楼上当中间裁缝张师傅声唤，要买各色衣线，立刻需用。阿虎竟置不管，扬长出房。洪氏遂叫大姐阿巧去买。阿巧不知是何颜色，和张师傅纠缠不清。朴斋忙说："我去买好了。"二宝看了这样，憋着一肚子闷气，懒懒的上楼归房，倒在床上，思前想后，没得主意。

比及天晚，张师傅送进一套新做衣服，系银鼠的天青缎帔大红绉裙，请二宝亲自检视；请了三遍，二宝也不抬身，只说声"放在那儿"。

张师傅诺诺放下，复问："还有一套狐皮的，可要做起来？"二宝道："自然做起来。为什么不做啊？"张师傅道："那么松江边镶滚，缎子跟贴边，明天一齐买好在那儿。"二宝微微应一声"噢"。张师傅去后，楼上静悄悄地。

直至九点多钟，阿巧阿虎搬上晚饭请二宝吃。二宝回说："不要吃！"阿巧不解事，还尽着拉扯，要搀二宝起来。二宝发嗔喝令走开。阿巧只得自与阿虎对坐吃毕，撤去家伙。阿虎自己揩把毛巾，并不问二宝可要洗脸；还是阿巧给二宝冲了壶茶。

阿虎开了皮箱，收藏那一套新做衣服。阿巧手持烛台，啧啧欣羡道："这个银鼠这么好！该要多少洋钱？"阿虎鼻子里哼的冷笑，道："穿到了这种衣裳倒要点福气的哝！有了洋钱，没有福气，可好去穿它呀！"

床上二宝装做不听见，只在暗地里生气。阿巧阿虎也不去瞅睬。将近夜分，各自睡去。二宝却一夜不曾合眼。

注一：租用另一妓院场地，一切现成。

注二：似杀风景语。习俗忌在别人屋顶下交合，想必因为对于主人是晦气的。齐韵叟虽然号称"风流广大教主"，宾客携妓在园中小住，但是就连长住园中的尹痴鸳——师爷之一——也在客散时送走他的女侣。韵叟不在家，高亚白独自留守，当然不会召妓伴宿。

注三：前文有梨花院落锁着门，显然琪官瑶官也跟着齐韵叟回乡去了。

注四：吴语"三"音"赛"；"史"音"斯"，"史三"急读亦音"赛"，与"赖"押韵，故"赖公子"误听作"史三公子"。末回"阿虎道是赖三公子，不是史三"，始透露赖公子也行三，显系略嫌牵强的补笔，因吴语区外人不懂"赖公子"怎会听错为"史公子"，不得不追加解释。

第五八回

偷大姐床头惊好梦　做老婆壁后泄私谈

按赵二宝转了一夜的念头，等到天亮，就蓬着头蹑足下楼，趱往母亲赵洪氏房间；推进门去，洪氏睡在大床上，鼾声正高；旁边一只小床系哥哥赵朴斋睡的，竟是空着。二宝唤起洪氏，问："哥哥呢？"洪氏说："不晓得。"

二宝十猜八九，翻身上楼，趱进亭子间，径去大姐阿巧睡的床上揭起帐子看时，果然朴斋阿巧两人并头酣睡。二宝触起一腔火性，狠狠的推搡揪打，把两人一齐惊醒。朴斋抢着一条单裤穿上，光身下床，夺路奔逃。阿巧羞得钻进被窝，再不出头露面。

二宝连说带骂，数落一顿，仍往楼下洪氏房间。洪氏已披衣坐起。二宝努目哆嘴，插签似的直竖坐在床沿上。洪氏问道："楼上什么人在闹？"

二宝不答，却思这事不便张扬，不如将计就计，遂和洪氏商量，欲令朴斋赶往南京寻到史三公子家中问个确信。洪氏亦以为然。二宝便高声喊："哥哥！"朴斋不敢不至，惴惴然侍立一旁。

二宝推洪氏先说。洪氏约略说了，并令即日起行。朴斋不敢不从。二宝复叮咛道："你到了南京嚄，一定要见到了史三公子，

第六十二回

俏大姐
林頭
驚妹夢

当面问他为什么没信，再就是什么时候到上海。不要忘记！"

朴斋唯唯遵命。二宝才去梳头；踅到楼上自己房间，只见阿巧正在弯腰扫地，鼻涕眼泪，挥洒不止，二宝索性不理。

恰好这日长江轮船半夜开行，朴斋吃过晚饭，打起铺盖，向洪氏讨些盘费。洪氏嘱其早去早归。娘姨阿虎闯入插口道："我们看下来有数目的了。南京去做什么呀？就去嘞也一定见不着史三公子的面嘞。史三公子拚着顶多不来，就见了面也没用。"

洪氏道："她不相信的呀；一定要南京去一趟，问了个信，这才相信了。"阿虎道："二小姐不相信嘞，你是她亲生娘，要提醒的呀。二小姐肚子里只当史三公子还要来的了，一定要问个信。你想去问谁呀？就碰见了史三公子，问他，他人嘞不来，嘴里可肯说不来？还是不过回报你一句'这就要来了。'二小姐再要上了他的当，一直等着，等到年底下，真正坍了台咧！"

洪氏道："话是不错，这就等南京回来了再说。"阿虎道："不然也不关我事；我就为了三四千店帐在发急。倘若推扳点小姐，我倒不去替她拿了这么多了；我看见二小姐五月里一个月，打牌吃酒，兴旺得很，这时候趁早丢开了史三公子，巴结点做生意，那么年底下还点借点，三四千也不要紧。再要哝下去，来不及了唉！"

洪氏默然。朴斋道："让我去问了个信看；倘若史三公子不来，自然做生意。"阿虎冷笑走开。朴斋藏好盘缠，背上铺盖，辞别出门。

过了一宿，二宝便令阿虎去东合兴里吴雪香家喊小妹姐来。阿虎知道事发，答应而去。二宝想好几句话教给洪氏照样向她说，不必多言。

一会儿，阿虎陪着小妹姐引见洪氏。二宝含笑让坐。洪氏说道：

"我们月底一家子都要到南京去找这史三公子，让阿巧去找生意罢。一块洋钱一月，我们给到她年底好了。"

小妹姐听了，略怔一怔，道："那到那时候再让她出来也不迟嘅。"二宝接嘴道："我们不做了生意，一点活都没的干，阿巧在这儿也是闲着，早点出去嘅也好早点找事，对不对？"

小妹姐没的说，就命阿巧去收拾。二宝叫洪氏拿出三块洋钱交与小妹姐，又令相帮担囊相送。小妹姐乃领阿巧道谢辞行。

随后裁缝师傅要支工帐，二宝亦叫洪氏付与十块洋钱。阿虎背着二宝悄对洪氏道："你嘎样样依了个二小姐，二小姐有点道三不着两的嘅。这时候一塌括子还有几块洋钱，还要做衣裳！这种衣裳，等她嫁了人再做好了嘅，忙什么呀？"洪氏道："我也跟她说过的了，她说做完了狐皮的停工。"阿虎太息而罢。

不想次日一早，小妹姐复领阿巧回来，送至洪氏房中。小妹姐指着阿巧向洪氏道："她是我外甥女儿，他们爹娘托给我，叫我荐荐她生意。她自己不争气，做了不要脸的事，连我也没脸，对不住他们爹娘。我嘎寄了封信下乡去喊他们爹娘上来，你拿她这人交代他们爹娘好了，我不管帐。"洪氏茫然问道："你说的什么话，我不懂嘅。"小妹姐且走且说道："你不懂嘅，问阿巧，等她自己说。"

楼上二宝刚刚起身，闻声赶下。小妹姐已自去了，只有阿巧在房匿面向壁呜咽饮泣。二宝气忿忿的瞪视多时，没法处置。洪氏还紧着要问阿巧。二宝道："问她什么呀！"遂将前日之事径直说出。洪氏方着了急，只骂朴斋不知好歹，无端闯祸。

二宝欲令阿虎和小妹姐打话，给些遮羞钱，着其领回。阿虎道："小妹姐倒不要紧，我先问声她自己看。"遂将阿巧拉过一边，呶唧唧唧问了好一会。阿巧笑而覆道："给我猜着了！他们两个人说好了在那儿，要做夫妻的了，钱嚜倒也不要，等她爹娘来求亲好了。"洪氏大喜道："那你就替我做了个媒人罢。"二宝跳起来喝道："不行的！不要脸的丫头，我去认她做嫂嫂！"洪氏呆脸相视，不好做主。阿虎道："我说嚜，开堂子的老板娶个大姐做老婆也没什么不行。"二宝大声道："我不要嚵！"

洪氏不得已，一口许出五十块洋钱，仍令阿虎去和小妹姐打话。二宝咬牙恨道："哥哥这人嚜生就是流氓坯！三公子要拿总管的女儿给哥哥，多体面，有什么等不及，跟个臭大姐做夫妻！"

洪氏听说，虽也喜欢，但恐小妹姐不肯干休；等得阿虎回家，急问如何。阿虎摇头道："不成功！小妹姐说：'你的女儿嚜面孔生得标致点，做个小姐；她也一样是人家女儿呀，就不过面孔不标致，做了大姐。做小姐的嚜开宝要多少，落夜厢（注）要多少，她大姐也一样的嚜。给你儿子睡了几个月，这时候说五十块洋钱，不是在说梦话？'"洪氏着实惶惧，眼望二宝候其主意。二宝道："等她爹娘来，看光景。"洪氏胆小，忐忑不宁。

转瞬之间，等了三日，倒是朴斋从南京遣回家来。洪氏一见，极口埋怨。二宝跺脚道："妈让他先说了嚵！"

朴斋放下铺盖，说道："史三公子不来的了。我嚜进了这聚宝门，找到史三公子府上，门口七八个管家都不认得。起先我说找小王，他们理也不理；我就说是齐大人派了来，要见三公子，这才请我到门房里，告诉我，三公子上海回来就定了个亲事，这时候三公子到了扬州了。小王嚜也跟了去。十一月二十就在扬州成亲，要等满了月回来呢。可是不来的了？"

二宝不听则已，听了这话，眼前一阵漆黑，囟门里汪的一声，不由自主，往后一仰，身子便倒栽下去。众人仓皇上前搀扶叫喊，赵二宝已满嘴白沫，不省人事。

适值小妹姐引了阿巧爹娘进门，见此情形，不便开口。小妹姐就帮着施救。洪氏泪流满面，直声长号。朴斋阿虎，一左一右，掐人中，灌姜汤，乱做一堆。

须臾，二宝吐出一口痰涎，转过气来。众人七张八嘴，正拟扛抬，阿虎捋起袖子，只一抱，拦腰抱起，挨步上楼。众人簇拥至房间里，睡倒床上，展被盖好。众人陆续散去，惟洪氏兀坐相伴。

二宝渐渐神气复原，睁眼看看，问："妈，在做什么？"洪氏见其清醒，略放些心，叫声"二宝"，道："你要吓死人的噢？怎么这样子啊？"

二宝才记起适间朴斋之言，历历存想，不遗一字，心中悲苦万分，生怕母亲发急，极力忍耐。洪氏问："心里可难过？"二宝道："我这时候好了呀。下头去噢。"洪氏道："我不去。阿巧的爹娘在下头。"

二宝蹙额沉吟，叹口气，道："哥哥这自然就娶了阿巧好了。她爹娘这时候在这儿嚜，就当面替哥哥求亲了嘛。"洪氏唯唯，即时唤上阿虎，令向阿巧爹娘说亲。阿虎道："说嚜就说说罢了，不晓得他们可肯。"二宝道："拜托你说说看。"

阿虎慢腾腾地姑妄去说。谁知阿巧爹娘本系乡间良懦人家，并无讹诈之意；一闻阿虎说亲，慨然允定，绝不作难。小妹姐也不好从中挠阻。洪氏朴斋自然是喜欢的。只有二宝一个更觉伤心。

当下阿虎来叫洪氏道："他们这是亲家了，你也去陪陪噢。"洪氏道："有女婿陪着，我不去。"二宝劝道："妈，你应该去应酬一会的呀。我蛮好在这儿。"

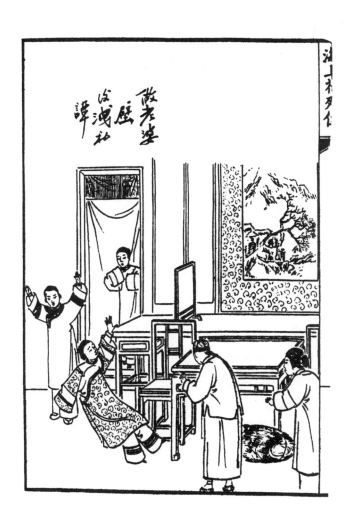

洪氏犹自踌躇。二宝道:"妈不去嘻我去。"说着,勉强支撑坐起,挽挽头发,就要跨下床来。洪氏连忙按住,道:"我去好了,还替我好好睡着。"二宝笑而倒下。洪氏切嘱阿虎在房照料,始往楼下应酬阿巧爹娘。

二宝手招阿虎近前,靠床挨坐,相与计议所取店帐作何料理。阿虎因二宝意转心回,为之细细筹画,可退者退,不可退者或卖或当,算来倒还不甚吃亏;独至衣裳一项,吃亏甚大,最为难处。二宝意欲留下衣裳,其余悉遵阿虎折变抵偿,如此合算起来,尚空一千余圆之谱。阿虎道:"像五月里的生意,空一千也不要紧,做到了年底下嘻就可以还清爽了。"二宝道:"一件狐皮披风,说是今天做好;你去跟张师傅说,回报他明天不做了。"阿虎道:"你随便什么都太上紧了;就像做衣裳,不应该做个披风,做了狐皮袄嘻,不是蛮好?"二宝焦躁道:"不要提了呀!"

阿虎讪讪苊出当中间传语张师傅。张师傅应诺而已。别个裁缝故意嘲笑为乐。二宝在内岂有不听见之理,却那里有工夫理论这些。

迨至晚间,吃过夜饭,洪氏终不放心,亲自看望二宝,并诉说阿巧爹娘已由原船归乡,仍留阿巧服役,约定开春成亲。二宝但说声好。洪氏复问长问短,委屈排解一番,然后归寝。二宝打发阿虎也去睡了,房门虚掩,不留一人。

二宝独自睡在床上,这才从头想起史三公子相见之初,如何目挑心许,定情之顷,如何契合情投;以后历历相待情形,如何性儿浃洽,意儿温存;即其平居举止行为,又如何温厚和平,高华矜贵;大凡上海把势场中一切轻浮浪荡的习气一扫而空;万不料其背盟弃信,负义辜恩,更甚于冶游子弟。想到此际,悲悲戚戚,惨惨

292

凄凄，一股怨气，冲上喉咙，再也捺不下，掩不住。那一种呜咽之声，不比寻常啼泣，忽上忽下，忽断忽续，实难以言语形容。

二宝整整哭了一夜，大家都没有听见。阿虎推门进房，见二宝坐于床中，眼泡高高肿起，好似两个胡桃。阿虎搭讪问道："有没睡着一会呀？"二宝不答，只令阿虎舀盆脸水。二宝起身洗脸。阿巧揩抹桌椅。阿虎移过梳具，就给二宝梳头。

二宝叫阿巧把朴斋唤至当面，命即日写起书寓条子来贴。朴斋承命无言。二宝复命阿虎即日去请各户客人。阿虎亦承命无言。

二宝施朱敷粉，打扮一新，下楼去见母亲洪氏。洪氏睡醒未起，面向里床，似乎有些呻吟声息。二宝轻轻叫声"妈"。洪氏翻身见了，说道："你怎么等不及起来啦？不舒服嚜，睡着好了。"二宝推说："没什么不舒服。"乘势告诉要做生意。洪氏道："那再过两天也不忙啊。你身子刚刚好了点，推扳不起。倘若晚上出局去，再着了凉，不行的嗷！"二宝道："妈，你也顾不得我的了。这时候店帐欠了三四千，不做生意嚜，哪来的洋钱去还人家？我这人就像押在上海了呀！"这句话尚未说完，一阵哽噎，接不下去。

洪氏又苦又急，颤声问道："就说是做生意嚜，三四千洋钱，哪一天还清爽嗷？"二宝吁了口气，将阿虎折变抵偿之议也告诉了，且道："妈索性不要管，有我在这儿，总不要紧。你快活嚜，我心里也舒服点，不要为了我不快活。"

洪氏只有答应。二宝始问："妈为什么不起来？"洪氏说："头痛。"二宝伸手向被窝里摸到洪氏身上，些微觉得发烧。二宝道："妈，恐怕有寒热嗷。"洪氏道："我也觉得有点热。"二宝道："可要请个先生吃两帖药？"洪氏道："请什么先生哪！你替我多盖点，出了点汗嚜好了。"

二宝乃翻出一床棉被，兜头盖好，四角按严，让洪氏安心睡觉。二宝自回楼上房间，复与阿虎计议。议至午后，阿虎出去料理店帐，顺路请客。

这个信传扬开去，各处皆知。不出三日，吹入陈小云耳中，甚是骇异；以为史三公子待她不薄，娶作夫人，自是极好的事，如何甘心堕落，再恋风尘。

正欲探询其中缘故。可巧行过三马路，遇着洪善卿，小云拟往茶楼一谈。善卿道："就双珠那儿去坐会好了。"

于是两人蹩进公阳里南口，到了周双珠家。适值楼上房间均有打茶围客人，阿德保请进楼下周双宝房间。双宝迎见让坐。小云把赵二宝再做生意之信说与善卿。善卿鼓掌大笑，道："你蛮聪明的人，上她们的当！我起先就不相信！史三公子哪里没处娶，娶个倌人做大老婆！"双宝在旁也鼓掌大笑，道："为什么多少先生小姐都要做大老婆！起先有个李漱芳，要做大老婆，做到了死；这时候一个赵二宝也做不成功；做到我们这儿的大老婆，挨着第三个了！"

小云不解，问第三个是谁。双宝努嘴道："我们这儿双玉，她不是朱五少爷的大老婆？"小云道："朱五少爷定了亲了嘛。"

双宝故意只顾笑，不接嘴。善卿忙摇手示意。不想一抬头，周双玉已在眼前，双宝吓得敛笑而退。善卿知道不妙，一时想不出搭讪的话头。小云察言观色，越发茫然。大家呆瞪瞪的，你看着我，我看着你。

注：即嫖客住夜。

第五九回

集腋成裘良缘凑合　移花接木妙计安排

　　按周双珠周双玉房间内打茶围客人乃是赖三公子华铁眉乔老四乔老七四位客人。乔老四本做周双珠，遂为小兄弟乔老七叫了周双玉几个局。故此四人虽是一起来，却分据两间房间。及洪善卿同陈小云来时，赖三公子正和周双珠说闲话，周双珠因洪善卿系熟客，不必急急下去应酬，只管指东划西，随口胡说。周双玉要央洪善卿带信给朱淑人，先自下楼，从周双宝后房门抄近进去，刚刚听得陈小云周双宝云云，并窥见洪善卿摇手之状。周双玉猛吃一惊，急欲根究细底，就转念一想：大约朱五少爷定亲之事秘密不宣，不可造次；当下迈步搴帷见了陈小云洪善卿，侧坐相陪，不露圭角。

　　随后周双珠进房，周双玉乘势仍归楼上。一直等到晚间客散关门，周双玉独自一个往见周兰，叫声"妈"。周兰和颜悦色命其坐下。双玉婉转说道："我做了妈的讨人，就只替妈做生意。除了妈也没有第二个亲人；除了做生意也没有第二样念头。这时候朱五少爷定了亲，那不就是妈的生意到了。妈应该请了朱五少爷来，等我当面问他，可怕他不拿出钱来给妈？妈为什么要瞒我噢？可是唯恐朱五少爷多给了你钱，你客气不要啊？"周兰道："不是瞒你呀；为了朱五少爷说：怕你晓得他定了亲，不快活，教我们不要说起。"双玉道："那是妈讲笑话了！做我的客人多得不得了在这儿，就比朱五少爷再好点也不稀奇！还怕我没人娶了去？什么不快活？"

周兰听说亦自失笑，方才将八月底朱淑人聘定黎篆鸿之女尽情告诉了双玉。双玉方才想起两月以来时常听得双宝嘴里大老婆长，大老婆短，原来是调侃我的，心下重重恼怒，忍不住淌下泪来，渐放悲声。

周兰始悔自己失言。只见双玉又道："我跟姐姐两个人做生意来孝敬妈，妈也从来没说过我们一句话；我就气不服双宝！双宝生意嘎一点都没有，拿我们两个人孝敬妈的钱买了饭给她吃，买了衣裳给她穿，她坐在那儿没事做，还要想出多少话来说我！笑我！骂我！"说着，呜呜的掩面而泣。周兰道："双宝哪敢骂你！"

双玉便缕述双宝的风里言风里语，再添上两句重话装点逼真。气得周兰一叠声喊"双宝"。双宝战惕趋至。周兰不及审察，拿起烟枪兜头就打。却被双玉一手托住，劝道："妈，不要嗾！你这时候打了双宝，等会我给双宝更要骂两声，妈哪晓得！倘若妈喜欢双宝，也容易得很，让双宝还到楼上去；我嘎说给幺二堂子里做伙计。没个人说我，骂我，我心里清爽点，也好巴结点做生意，孝敬妈你老人家。"

周兰越发生气，丢下烟枪，问道："我为什么喜欢双宝哇？你姐姐在说，倘若有时候生意忙不过，教双宝代代局也好；不然嘎，双宝早就出去了嘎！我为什么喜欢双宝哇？"双玉冷笑道："妈，你嘴里嘎说让双宝出去好了，一直说到这时候，双宝还是没出去，

集脞感裒良緣湊合

倒不是喜欢双宝？"

周兰怒道："那也不要紧，明天让双宝去，省得你话这么多！"
双玉道："妈不要生气。我跟双宝都是妈的讨人，没什么喜欢不喜欢，
就要出去嚜，等商量好了再去，忙什么呀？"

周兰沉吟半晌，怒气稍平，喝退双宝，悄问双玉如何商量。
双玉道："妈，你自己去算。双宝进来的身价就算你都白花了，也
不过三百洋钱；这时候双宝在这儿，生意嚜没有，房间里用场倒
同我们一样的嚜，几年算下来，可是白花掉不少了？我替妈算计，
不如让双宝出去的好。"

周兰点点头。双玉又道："姐姐的生意好，要双宝代局；我生
意不过这样子。双宝出去了，倘若姐姐忙不过来，我去代局好了。"
周兰又点点头。

于是周兰竟与双玉定议，拟将双宝转卖于黄二姐家。楼上双
珠绝不与闻。比及明日，周兰欲令阿珠去黄二姐家打话。双珠怪
问何事，始悉其由。

双珠阻止道："妈，你也做点好事好了！（注一）黄二姐这人
不比你，双宝去做她的讨人，苦死了的嚜！我说，妈，你一定不
要双宝嚜，也应该商量商量。南货店里姓倪的客人跟双宝蛮要好，
我们去请他来，问声他要娶嚜，教他娶了去。双宝有了好地方，
我们身价也不吃亏。妈想对不对？"

周兰领悟，叫回阿珠，转令阿德保以双宝名片去南市请广亨
南货店小开倪客人。双玉心想，如此办法倒作成了双宝的好姻缘，
未免有些忿忿；但因双珠出的主意，不敢再言。

不多时，那倪客人随着阿德保接踵并至，坐在双宝房间里。
周兰出见，当面说亲。倪客人满心欣慰，满口应诺；既而一想，

298

三百身价之外尚须二百婚费，一时如何措办，倒又踌躇起来，双宝恐事不济，着急异常，背地去求双珠设法。双珠格外矜全，特地请了洪善卿乔老四等几户熟客，告知此事，拟合一会帮贴双宝。众人好善乐施，无不愿意。洪善卿复去告知朱淑人，也与一角，却不令双玉得知。

候届迎娶之期，倪客人倒也用了军健乐人，提灯花轿，簇拥前来，娶了过去，也一样的拜堂，告祖，合卺，坐床，待以正室之礼。三朝归宁，倪客人也来了，请出周兰，双双拜见，口称"岳母"，磕下头去。周兰不好意思，赶紧买了一副靴帽相送，盛筵款待，至晚而回。

自双宝出嫁以后，双玉没了对头，自然安静无事。周兰欲劝双玉接客，尚未明言。双玉已揣测知之，心中定下一个计较，先去灶间煤炉旁边将剜空梨子内所养的促织儿尽数释放，再令阿德保去买一壶烧酒，说要擦洗衣裳烟渍，然后令阿珠去请朱五少爷。

朱淑人闻得定亲之事早经泄漏，这场吵闹势所必然，然又无可躲避，只得皇皇然来见了双玉，抱惭负疚，无地自容。双玉却依然笑脸相迎，携手纳坐，颜色扬扬如平时。淑人猜不出其是何意见，嘿嘿相对，不则一声。

将近上灯时分，淑人告辞言归。双玉牵衣拉过一边，呢呢软语，欲留一宿。淑人不忍故违其意，颔首从命。

须臾，叫局的络绎上市，双玉遂更衣出门，留下巧囡在房服侍淑人便饭。等得双玉回家，更有打茶围的，一起一起应接不暇。一直敲过十二点钟，渐渐的车稀火烬，帘卷烟消。阿珠收拾停当，声请淑人安置而去。

双玉亲自关了前后房门，并加上闩，转身踅来，见淑人褪履上床。双玉笑道："慢点睡喂。我有事在这儿。"

淑人怪问云何。双玉近前与淑人并坐床沿。双玉略略欠身，两手都搭着淑人左右肩膀，叫淑人把右手勾着她颈项，把左手按着她心窝，脸对脸问道："我们七月里在一笠园，也像这时候这样一块坐着说的话，你可记得？"

淑人心知说的系愿为夫妇生死和同之誓，目瞪口呆，对答不出。双玉定要问个明白。淑人没法，胡乱说声"记得"。双玉笑道："我说你也不应该忘记。我有一样好东西，请你吃了罢。"说罢，抽身向衣橱抽屉内取出两只茶杯，杯内满满盛着两杯乌黑的汁浆。

淑人惊问："什么东西？"双玉笑道："一杯嘡你吃，我也陪你一杯。"淑人低头一嗅，嗅着一股烧酒辣气，慌问："酒里放的什么东西呀？"双玉手举一杯凑到淑人嘴边，陪笑劝道："你吃喂。"

淑人舌尖舔着一点，其苦非凡，料道是鸦片烟了，连忙用手推开。双玉觉得淑人未必肯吃，乘势捏鼻一灌，竟灌了大半杯。淑人往后一仰，倒在床上，满嘴里又苦又辣，就拚命的朝上喷出，好像一阵红雨，湿渌渌的洒遍衾裯。淑人支撑起身，再要吐时，只见双玉举起那一杯，张开一张小嘴，咽渌渌的尽力下咽。淑人不及叫喊，奋身直上，夺下杯子，掼于地下，豁琅一声，砸得粉碎。双玉再要抢那淑人吃剩的一杯，也被淑人掳落跌破。淑人这才大声叫喊起来。（注二）

楼下周兰先前听得碗响，尚不介意，迨至淑人叫喊，有些疑惑，手持烟灯，上楼打探。淑人赶去拔下门闩，迎进周兰。周兰见淑人两手一嘴及衣领袍袖之上皆为鸦片烟沾濡涂抹，已是骇然；又见双玉喘吁吁挺在皮椅上，满脸都是鸦片烟，慌问："什么事喂？"

移花接木
好計安排

淑人偏又呐呐然说不清楚，只是跺脚干急。

幸而那时双珠巧囡阿珠都不曾睡，陆续进房；见此情形，十稔八九。双珠先问："有没吃呢？"淑人只把手紧指着双玉，双珠会意，唤个相帮速往仁济医馆讨取药水。

巧囡舀上热水给淑人双玉净脸漱口。淑人抹净手面，吐尽嘴里余烟。双玉大怒，欻地起立，柳眉倒竖，杏眼圆睁，咬牙切齿骂道："你这没良心杀千刀的强盗坯！你说一块死，这时候你倒不肯死了！我到了阎罗王殿上嘎，一定要捉你这杀坯！看你逃到哪去！"

周兰还是发怔。双珠叫声"双玉"，从中排解道："五少爷是不好，不应该定了亲；不过你也年纪青，不懂事。客人的话都是瞎说。——就算这时候五少爷没定亲，可会娶你去做大老婆？"

双玉不待说完，嚷道："什么大老婆小老婆？你去问他！谁说的一块死？"淑人拍腿哭道："不是我呀！哥哥替我定的亲！一句话都没我说的嘎！"

双玉欻地扑到淑人面前，又狠狠的戟指骂道："你只死猪！晓得是你哥哥替你定的亲！我问你为什么不死？"吓得淑人倒退不迭。

正忙乱间，相帮取到一瓶药水，阿珠急取两只玻璃杯，平分倒出。淑人心疑尚恐不曾吐尽，先去呷了一口。双玉怒极，一手抢那杯子照准淑人脸上甩来，泼了淑人一头药水。幸亏淑人颈项一侧，玻璃杯从耳朵边窜了过去，没有打中。淑人远远央告道："你也吃点喏。你吃了这药水，随便你要什么，我总依你，好不好？"双玉大声道："我要什么呀？我嘎要你死了喏！"周兰双珠同词劝道："死不死嘎再说，你先吃了喏。"

双珠巧囡也帮着千方百计劝双玉吃药水。双玉不禁哼的笑道："劝什么呀？放在这儿等我自己吃就是了嚜！他不死，我倒不犯着死给他看，一定要他死了嚜我再死！"说着，举起玻璃杯，一口一口慢慢的呷。巧囡绞上手巾，揸了一把。不多时，一阵翻腹搅肚，喉间汩汩作响，便呕出一汪清水。周兰双珠一左一右，搀着臂膊，叫双玉只顾吐。双玉一面吐，一面还喃喃不绝的骂；直至天色黎明，稍稍吐定。大家一块石头落地，不好再去睡觉，令灶下开了煤炉，热口稀饭，略点一点心。

　　淑人知道双玉兀自不肯干休，背地求计于双珠。双珠攒眉道："双玉这脾气，五少爷也明白的了。她哪肯听人的话！我们是一家人，也不好跟她说；就说嚜也没用。你倒是请个朋友来劝劝她，她倒听句把。"

　　一句提醒了淑人，当即写张字条速令相帮去南市咸瓜街请永昌参店洪老爷。大家把双玉扶上大床，各自散去。

　　淑人眼睁睁的独自看守。等到日之方中，洪善卿惠然肯来。淑人即出迎见，请进双珠房间，婉述昨宵之事，欲恳善卿去劝双玉。

　　善卿应承，趱过双玉房间，见双玉歪在大床上，垂头打盹，调息养神。善卿近前轻轻叫声双玉。双玉睁眼见了，起身让坐。善卿随口问道："身体可好？"双玉冷笑两声，答道："洪老爷，你嚜不要装糊涂了！五少爷请你来劝劝我，我没第二句话，我这时候一定要钉牢了他跟他一块死！他到哪我跟到哪！一定一块死了完结！没第二句话！"善卿婉婉说道："双玉，不要嚜！五少爷一直跟你蛮要好，定亲的事也是他哥哥做的主，倒不要去怪他。我说一样一个人，没什么大小。我做个大媒人，还是嫁了五少爷，你说好不好？"双玉下死劲啐道："呸！我去嫁他这没良心的杀坏！"只说了这一句话，仍自倒下，合目装睡。

善卿无路可入，始转述于淑人。淑人更加一急，唉声叹气，没个摆布。善卿探问双珠毕竟双玉是何主见。不想双珠亦自不知。善卿道："可是有什么人教她的呀？"双珠道："双玉嚜哪要人教！倘若是我们教的嚜，只有教她做生意，没有教她闹的嚜。"

善卿再四寻思，终不可解。双珠道："我想双玉的意思，一半嚜为了五少爷，一半还是为双宝。"善卿呵呵鼓掌道："一点也不错，这才有点道理了！"淑人拱立候教。

善卿复寻思多时，呵呵鼓掌道："有了！有了！"淑人请问其说。善卿道："你不要管。你说双玉随便要什么，你总依她，可有这句话？"淑人说："有的。"善卿道："我替你解个冤结，多则一万，少则七八千，你可愿意？"淑人说："愿意的。"善卿道："那就是了。"

淑人请问终究如何办法。善卿道："这时候不跟你说，等事情妥当了，你也明白了。"淑人抱着个闷葫芦无从打破，且令阿珠传命叫菜，与善卿两人便饭。

善卿手招双珠，并坐一边高椅上，搭肩附耳，密密长谈。双珠从头至尾，无不领悟。少顷谈毕，双珠辗转一想，却又迟疑低回道："说嚜说说罢了，不见得成功哝。"善卿道："一定成功。他们不在乎。"

双珠乃踅过双玉房间为说客捉刀。适值阿珠搬上饭菜，善卿叫住，就摆在双珠房间里。善卿淑人衔杯对酌。

既而双珠回房覆命，道："稍微有点意思；就不过怕不成功，再要给人家笑话。"善卿道："你去说，倘若真正不成功，我还拿五少爷交代给她。"

双珠重复过去说了，回覆道："都行了。她说这时候五少爷交代给你。"善卿呵呵鼓掌而罢。

注一：指年纪大了要修修来世。
注二：将喂蟋蟀的梨熬成梨膏糖似的黑色浓汁，烧焦了有苦味，再加烧酒，形似，也味似生鸦片烟搀酒。

第六〇回

吃闷气怒挤缠臂金　中暗伤猛踢兜心脚

　　按淑人洪善卿在双珠房间里用过午餐，善卿遂携淑人并往对过周双玉房间与双玉当面说定，善卿自愿担保，带领淑人出门。双玉满面怒色，白瞪着眼瞅定淑人，良久良久，说道："一万洋钱买你一条性命，便宜你！"淑人掩在善卿背后，不敢作声，善卿搭讪说笑，一同出门。

　　淑人在路上问起一万洋钱作何开消。善卿道："五千嚜给她赎身；还有五千，替她办副嫁妆，让她嫁了人嚜好了。"淑人问："嫁给谁？"善卿道："就是嫁人的难。你不要管。你去把钱预备好了，我替你办。"

　　淑人欲挽善卿到家与乃兄朱蔼人商量。善卿不得已，随至中和里朱公馆见蔼人于外书房。淑人自己躲开去。

　　善卿从容说出双玉寻死之由，淑人买休之议，或可或否，请为一决。蔼人始而惊，继而悔，终则懊丧欲绝；事已至此，无可如何，慨然叹道："白花了钱，以后没有瓜葛，那也好。不过一万嚜，好像太大了点。"善卿但唯唯而已。蔼人复道："这是自然一概拜托老兄。其中倘有可以减省之处，悉凭老兄大才斟酌就是了。"善卿恧颜受命而行。蔼人送至门首，拱手分别。

善卿独自出中和里口，意思要坐东洋车，左顾右盼，一时竟无空车往来，却有一个后生摇摇摆摆自北而南。

善卿初不在意，及至相近，看时，不是别人，即系嫡亲外甥赵朴斋，身上倒穿着半新不旧的羔皮宁绸袍褂，较诸往昔体面许多。

朴斋止步叫声"舅舅"。善卿点一点头。朴斋因而禀道："妈病了好几天，昨天加重了点，时常记挂舅舅。舅舅可好去一趟，同妈说说话？"善卿着实踌躇了半日，长叹一声，竟去不顾。

朴斋以目相送，只索罢休，自归鼎丰里家中，覆命于妹子赵二宝，说："先生等会就来。"并述善卿道途相遇情状。二宝冷笑道："他嚜看不起我们，我们倒也看不起他！他做生意，比起我们开堂子做倌人也差不多！"

说话之间，窦小山先生到了，诊过赵洪氏脉息，说道："老年人体气大亏，须用二钱吉林参。"开方自去。

二宝因要兑换人参，亲向洪氏床头摸出一只小小头面箱开视，不意箱内仅存两块洋钱，慌问朴斋，说是"早上付了房钱了，哪还有啊！"

二宝唯恐洪氏知道着急，索性收起头面箱，回到楼上房中和阿虎计议，拟将珠羔银鼠灰鼠紫毛狐嵌五套帔裙典质应急。阿虎道："你自己东西拿去当也行，这时候绸缎店的帐一点也没还，倒先拿衣裳去当掉，不是我说句不好听的话，好像不对。"二宝道："统共就剩了一千多店帐，可怕我没有！"阿虎道："二小姐，你这时候嚜像不要紧，倘若没有了，不要说是一千多，要一块洋钱都难唡！"

唤阿奶瓶怒
齐缨
臂金

二宝不服气，臂上脱下一只金钏臂，令朴斋速去典质。朴斋道："吉林参嚜，就舅舅店里去分了点来了嚜。"被二宝劈面啐了一脸唾沫，道："你这人真是——！还要说舅舅！"朴斋掩面急走。

二宝随往楼下看望洪氏，见其神志昏沉，似睡非睡。二宝叫声"妈"。洪氏微微摇了摇算答应。问"可要吃口茶？"伺候多时，竟不作声。二宝十分烦躁。

忽听得阿虎且笑且唤道："咦！少大人来了！少大人几时到的呀？楼上去嘞。"接着靴声橐橐，一齐上楼。

二宝连忙退出，望见外面客堂里缨帽箭衣，成群围立，认定是史三公子，飞步赶上楼去，顶头遇着阿虎，撞个满怀。二宝问："房里什么人？"阿虎道是赖三公子，不是史三。

二宝登时心灰足软，倚柱喘息。阿虎低声道："赖三公子有名的癞头鼋，倒真正是好客人，不比史三就不过空场面。你这时候一个多月没多少生意，这可要巴结点。做着了癞头鼋，这才年底下也好开消。"

道犹未了，房间里一片声嚷道："快点喊大老婆来嘞！让我看！可像是个大老婆！"阿虎赶紧撺掇二宝进房。二宝见上面坐着两位，认得一位是华铁眉，那一位大约是赖三公子了。

原来赖三公子因前番串赌吃亏，所以此次到沪，那些流氓一概拒绝，单与几个正经朋友乘兴清游；闻得周双玉第三个大老婆之说，特地挽了华铁眉引导，要见识这赵二宝是何等人物。

二宝趄到跟前，赖公子顺势拉了过去，打量一番，呵呵笑道："她就是史三的大老婆？好！好！好！"

二宝虽不解所谓，也知道是奚落她，不去睬他，只问华铁眉道："史公子可有信？"铁眉回说"没有。"

二宝约略诉说当初史公子白头之约，目下得新忘故，另娶扬州。铁眉道："那么他局帐有没开消？"二宝道："他走的时候给我们一千洋钱，倒是我跟他说：'你反正就要来嘎，一块开消也正好。'哪晓得走了，人也不来，信也没有。"

　　赖公子一听，直跳起来，嚷道："史三漂局帐！笑话了嘎！"铁眉微笑道："想来其中必定有缘故；一面之词，如何可信！"二宝遂绝口不谈。

　　阿虎存心巴结，帮着二宝殷勤款洽。二宝依然落落大方。偏偏赖公子属意二宝，不转睛的只顾看。看得二宝不耐烦，低着头弄手帕子。赖公子暗地伸手揣住手帕子一角，猛力抢去，只听哗喇一响，把二宝左手上的两只二寸多长的指甲齐根进断。二宝又惊又痛，又怒又惜；本待发作两句，却为生意起见，没奈何忍住了。赖公子抢得手帕子，兀自得意。阿虎取把剪刀授给二宝，剪下指甲，藏于身边。

　　二宝正要抽身回避，恰好朴斋在帘子外探头探脑。二宝便踅出当中间。朴斋交明兑的人参，当的洋钱。二宝就命朴斋下去煎人参；自己点过洋钱，收放房中衣橱内。赖公子故意诧道："哪来的个小伙子，好标致！"二宝说："是哥哥。"赖公子道："我只道是你老公！"阿虎道："不要瞎说！"回头指着阿巧道："哪，是她的老公呀。"阿巧方给华铁眉装水烟，羞的别转脸去。

　　二宝憎嫌已甚，竟丢下客人，避入楼下洪氏房间。华铁眉乖觉，起身振衣，作欲行之状。无如赖公子恋恋不舍，当经阿虎怂恿，径喊相帮摆个台面。铁眉不好拦阻。赖公子因问二宝何往。阿虎道："在下头，看看她娘。她娘生了这病。"随口装点些病势说给赖公子听。

支吾许久，不见二宝回来，阿虎令阿巧去喊。二宝有心微示瑟歌之意，姗姗来迟。赖公子等得心焦，一见二宝，疾趋而前，张开两只臂膊，想要抱入怀中。二宝吃惊倒退，急得赖公子举手乱招。二宝远远站住，再也不肯近身。赖公子已生了三分气。华铁眉假作关切，问二宝道："你娘是什么病？"二宝会意，假作忧愁，和铁眉刺刺不休，方打断了赖公子豪兴。

随后相帮调排桌椅，安设杯箸。二宝复乘隙避开。赖公子并未请客，但叫了七八个局；又为华铁眉代叫三个。孙素兰不在其内。发下局票，不等起手巾，赖公子即拉华铁眉入席对坐。相帮慌的送上酒壶。二宝又不及敬酒。

阿虎见不成样子，自己赶下洪氏房间，只见朴斋隅坐执烛，二宝手持药碗用小茶匙喂与洪氏。阿虎跺脚道："二小姐！去喽！台面坐了一会了呀！教你巴结点，你倒理也不理了！"二宝低喝道："要你去瞎巴结！讨人厌的客人！我不高兴做！"阿虎着紧问道："赖三公子这客人你不做，你做什么生意呀？"二宝红涨于面。阿虎道："你是小姐，我们是娘姨，自然做不做随你的便！店帐带挡都清爽了，不关我事！"二宝暗暗叫苦，开不出口。阿虎亦自赌气，不顾台面，踅往灶下闲坐。台面上只剩阿巧一人夹七夹八说笑。

赖公子含怒未伸，面色大变。华铁眉为之排解道："我闻得二宝是孝女，果然不错。想来这时候服侍她娘，离不开。难得！难得！"遂连声赞叹不置。赖公子不觉解颐。

二宝喂药既毕，仍扶洪氏睡下，然后回房应酬台面。适值出局络绎而至，赖公子发话道："我们没去叫赵二宝的局嚜，赵二宝怎么自己来啦？"二宝装做没有听见。华铁眉讨取鸡缸杯，引逗赖公子划拳，混过这场口舌。

赖公子大喜，一鼓作气，交手争锋。怎奈赖公子这拳输的多，赢的少，约摸输了十余拳。赖公子自饮三杯，其余倌人娘姨争先代饮。阿虎也来代了一杯。

赖公子不肯认输，划个不了。划到后来，输下一拳，赖公子周围审视，惟赵二宝不曾代过，将这杯酒指交二宝。二宝一气饮干。赖公子要取回那杯子，伸过手去，偶然搭着二宝手背。二宝嗔其轻薄，夺手敛缩。

赖公子触动前情，放下杯子，扭住二宝衣领，喝令过来。二宝抵死往后挣脱。赖公子重重怒起，飞起一只毡底皂靴，兜心一脚，早把二宝踢倒在地。阿虎阿巧奔救不及。

二宝一时爬不起，大哭大骂。赖公子愈怒，发狠上前索性乱踢一阵，踢得二宝满地打滚，没处躲闪，嘴里不住的哭骂。阿虎拦腰抱住赖公子，只是发喊。阿巧横身阻挡，也被赖公子踢了一交。幸而华铁眉苦苦的代为讨饶，赖公子方住了脚。阿虎阿巧搀起二宝，披头散发，粉黛模糊，好像鬼怪一般。

二宝想起无限委屈，那里还顾性命，奋身一跳，直有二尺多高，哭着骂着，定要撞死。赖公子如何容得如此撒泼，火性一炽，按捺不下，猛可里喝声"来"！那时手下四个轿班四个当差的都挤到房门口垂手观望，一喝百应，屹立候示。赖公子袖子一挥，喝声"打"！就这声喝里，四个轿班四个当差的，撩起衣襟，揎拳捋臂一齐上，把房间里一应家伙什物，除保险灯之外，不论粗细软硬，大小贵贱，一顿乱打，打个粉粹。

华铁眉知不可劝，捉空溜下，乘轿先行。所叫的局不复告辞，纷纷逃散。阿虎阿巧保护二宝从人丛里抢得出来。二宝跌跌撞撞，脚不点地，倒把适间眼泪鼻涕吓得精干。

中情傷猛
賜富忠臣

这赖公子所最喜的是打房间。他的打法极其厉害：如有一物不破损者，就要将手下人笞责不贷。赵二宝前世不知有甚冤家，无端碰着这个太岁。满房间粗细软硬大小贵贱一应家伙什物，风驰电掣，尽付东流。本家赵朴斋胆小没用，躲得无影无踪。虽有相帮，谁肯出头求告？赵洪氏病倒在床，闻得些微声息，还尽着问："什么事啊？"

赵二宝跟跄奔入对过书房，歪上烟榻上歇息。阿巧紧紧跟随，厮守不去。阿虎眼见事已大坏，独自踅到后面亭子间怔怔的转念头，任凭赖公子打到自己罢休，带领一班凶神，哄然散尽。相帮才去寻见朴斋，相与查检。房间里七横八竖，无路入脚。连床榻橱柜之类也打得东倒西歪，南穿北漏。只有两架保险灯晶莹如故，挂在中央。

朴斋不知如何是好，要寻二宝，四顾不见，却闻对过书房阿巧声唤："二小姐在这儿。"朴斋赶去，又是黑魃魃的。相帮移进一盏壁灯，才见二宝直挺挺躺着不动。朴斋慌问："打坏了哪儿？"阿巧道："二小姐还算好，房间里怎样啦？"朴斋只摇摇头，对答不出。

二宝蓦地起立，两手撑着阿巧肩头，一步一步，忍痛蹭去；蹭到房门口，抬头一望，由不得一阵心痛，大放悲声。阿虎听得，才从亭子间出来。大家劝止二宝，搀回烟榻坐下，相聚议论。

朴斋要去告状。阿虎道："可是告这癞头鼋？不要说什么县里，道里，连外国人见了个癞头鼋也怕的嗄，你到哪去告啊？"二宝道："看他这腔调，就不像是好人！都是你要去巴结他！"阿虎摆手厉声道："癞头鼋自己跑了来，不是我做的媒人，你去得罪了他吃的亏，倒说我不好！明天茶馆里去讲！我不好嗄，我来赔！"说毕，一扭身去睡了。

二宝气上加气，苦上加苦，且令朴斋率同相帮收拾房间，仍令阿巧挽了自己，勉强蹭下楼梯，一见洪氏，两泪交流，叫声"妈"，并没有半句话。洪氏未知就里，犹说道："你楼上去陪客人嚄。我蛮好在这儿。"二宝益发不敢告诉其事，但叫阿巧温热了二浇药，就被窝里喂与洪氏吃下。洪氏又催道："这没什么了，你去嚄。"

二宝叮嘱"小心"，放下帐子，留下阿巧在房看守，独自蹭上楼梯。房间里烟尘历乱，无地存身，只得仍到书房。朴斋随后捧上一只抽屉，内盛许多零碎首饰，另有一包洋钱。朴斋道："洋钱同当票都掼在地上，不晓得可少。"

二宝不忍阅视，均丢一边。朴斋去后，静悄悄地。二宝思来想去，上天无路，入地无门，暗暗哭泣了半日，觉得胸口隐痛，两腿作酸，踅向烟榻，倒身偃卧。

忽听得衖堂里人声嘈嘈，敲得大门震天价响。朴斋飞奔报道："不好了！癞头鼋来了！"二宝更不惊慌，挺身迈步而出。只见七八个管家拥到楼上，见了二宝，打了个千，陪笑禀道："史三公子做了扬州知府了，请二小姐快点去。"

二宝这一喜却真乃喜到极处，连忙回房喊阿巧梳头，只见母亲洪氏头戴凤冠，身穿蟒服，笑嘻嘻叫声"二宝"，说道："我说三公子这人哪会有错！这时候不是来请我们了？"二宝道："妈，我们到了三公子家里，起先的事不要去说起。"洪氏连连点头。

阿巧又在楼下喊声"二小姐"，报道："秀英小姐来道喜。"二宝诧道："谁去给的信？比电报还要快！"

二宝正要迎接，只见张秀英已在面前。二宝含笑让坐。秀英

315

忽问道："你穿好了衣裳，可是去坐马车？"二宝道："不是；史三公子请我们去呀。"秀英道："可不是瞎说！史三公子死了好久了，你怎么会不晓得？"

二宝一想，似乎史三公子真个已死。正要盘问管家，只见那七八个管家变作鬼怪，前来摆扑。吓得二宝急声一嚷，惊醒回来，冷汗通身，心跳不止。

（全文完）

国语本海上花译后记

陈世骧教授有一次对我说："中国文学的好处在诗，不在小说。"有人认为陈先生不够重视现代中国文学。其实我们的过去这样悠长杰出，大可不必为了最近几十年来的这点成就斤斤较量。反正他是指传统的诗与小说，大概没有疑义。

当然他是对的。就连我这最不多愁善感的人，也常在旧诗里看到一两句切合自己的际遇心情，不过是些世俗的悲欢得失，诗上竟会有，简直就像是为我写的，或是我自己写的——不过写不出——使人千载之下感激震动，像流行歌偶有个喜欢的调子，老在头上心上萦回不已。旧诗的深广可想而知。词的世界就仿佛较小，较窒息。

旧小说好的不多，就是几个长篇小说。

《水浒传》源自民间传说编成的话本，有它特殊的历史背景，近年来才经学者研究出来，是用梁山泊影射南宋抗金的游击队。当时在异族的统治下，说唱者与听众之间有一种默契，现代读者没有的。在现在看来，纯粹作为小说，那还是金圣叹删剩的七十一回本有真实感。因为中国从前没有"不要君主"的观念，反叛也往往号称勤王，清君侧。所以梁山泊也只反抗贪官污吏，虽然打家劫舍，甚至于攻城略地，也还是"忠心报答赵官家"（阮小七歌词）。这可以归之于众好汉不太认真的自骗自，与他们的首领宋江或多或少的伪善——也许仅只是做领袖必须有的政治手腕。当真受招安征方腊，故事就失去了可信性，结局再悲凉也没用了。因此《水浒传》是历经金、元两朝长期沦陷的时代累积而成的巨著，后部有 built-in（与蓝图俱来的）毛病。

《金瓶梅》采用《水浒传》的武松杀嫂故事，而延迟报复，把奸夫淫妇移植到一个多妻的家庭里，让他们多活了几年。这本来是个巧招，否则原有的六妻故事照当时的标准不成为故事。不幸作者一旦离开了他最熟悉的材料，再回到《水浒》的架构内，就机械化起来。事实是西门庆一死就差多了，春梅、孟玉楼，就连潘金莲的个性都是与他相互激发行动才有戏剧有生命。所以不少人说过后部远不如前。

中共的《文汇》杂志一九八一年十一月号有一篇署名夏闳的《杂谈金瓶梅词话》，把重心放在当时的官商勾结上。那是典型的共产主义的观点，就像苏俄赞美狄更斯暴露英国产业革命时代的惨酷。其实尽有比狄更斯写得更惨的，狄更斯的好处不在揭发当时社会的黑暗面。但是夏文分析应伯爵生子一节很有独到处。西门庆刚死了儿子，应伯爵倒为了生儿子的花费来借钱，正触着痛疮，只好极力形容丑化小户人家添丁的苦处，才不犯忌。我看过那么些遍都没看出这一层，也可见这部书精彩场面之多与含蓄。书中色情文字并不是不必要，不过不是少了它就站不住。

《水浒传》被腰斩，《金瓶梅》是禁书，《红楼梦》没写完，《海上花》没人知道。此外就只有《三国演义》《西游记》《儒林外史》是完整普及的。三本书倒有两本是历史神话传说，缺少格雷亨·葛林（Greene）所谓"通常的人生的回声"。似乎实在太贫乏了点。

《海上花》写这么一批人，上至官吏，下至店伙西崽，虽然不是一个圈子里的人，都可能同桌吃花酒。社交在他们生活里的比重很大。就连陶玉甫、李漱芳这一对情侣，自有他们自己的内心生活，玉甫还是有许多不可避免的应酬。李漱芳这位东方茶花女，他要她搬出去养病，"大拂其意"，她宁可在妓院"住院"，忍受嘈音。大概因为一搬出去另租房子，就成了他的外室，越是他家人不让他娶她为妻，她偏不嫁他作妾；而且退藏于密，就不能再共游宴，不然即使在病中，也还可以让跟局的娘姨大姐钉着他，寸步不离。一旦内外隔绝，再信任他他也是放心不下。

陶玉甫、李漱芳那样强烈的感情，一般人是没有的。书中的普通人大概可以用商人陈小云做代表——同是商人，洪善卿另有外快可赚，就不够典型化。第二十五回洪善卿见了陈小云，问起庄荔甫请客有没有他，以及庄荔甫做捐客捐的古玩有没有销掉点。"须臾词穷意竭，相对无聊"。在全国最繁华的大都市里，这两个交游广阔的生意人，生活竟这样空虚枯燥，令人愕然惨然，原来一百年前与现代是不同。他们连麻将都不打，洪善卿是不会，陈小云是不赌。唯一的娱乐是嫖，而都是四五年了的老交情，从来不想换新鲜。这天因为闷得慌，同去应邀吃花酒之前先到小云的相好金巧珍处打茶围。小云故意激恼巧珍，随又说明是为了解闷。——这显然是他们俩维持热度的一种调情方式。后文巧珍也有一次故起波澜，拒绝替他代酒，怪她姐姐金爱珍不解风情，打圆场自告奋勇要替他喝这杯酒。——巧珍因而翻旧帐，提起初交时他的一句呕人的话。没有感情她决不会一句玩话几年后还记得，所以这一回回目说她"翻前事抢白更多情"。

两人性格相仿，都圆融练达。小云结交上了齐大人，向她夸耀，当晚过了特别欢洽的一夜。丈夫遇见得意的事回家来也是这样。这也就是爱情了。

"婊子无情"这句老话当然有道理，虚情假意是她们的职业的一部份。不过就《海上花》看来，当时至少在上等妓院——包括次等的幺二——破身不太早，接客也不太多，如周双珠几乎闲适得近于空闺独守——当然她是老鸨的亲生女儿，多少有点特殊身分，但是就连双宝，第十七回洪善卿也诧异她也有客人住夜。白昼宣淫更被视为异事。（见第二十六回陆秀林引杨家妈语）在这样人道的情形下，女人性心理正常，对稍微中意点的男子是有反应的。如果对方有长性，来往日久也容易发生感情。

洪善卿、周双珠还不止四五年，但是王莲生一到江西去上任，洪善卿就"不大来"了。显然是因为善卿追随王莲生，替他跑腿，应酬场中需要有个长三相好，有时候别处不便密谈，也要有个落脚的地方，等于他的副业的办公室。但是他与双珠之间有彻底的了解。他替沈小红转圜，一定有酬劳可拿；与双珠拍档调停双玉的事，敲诈到的一万银元他也有份。

双珠世故虽深，宅心仁厚。她似乎厌倦风尘，劝双玉不要太好胜的时候，就说反正不久都要嫁人的，对善卿也说这话。他没接这个碴，但是也坦然，大概知道她不属意于他。

他看出她有点妒忌新来的双玉生意好，也劝过她。有一次讲到双玉欺负双宝，他说："你幸亏不是讨人，不然她也要看不起你了"，明指她生意竟不及一个清倌人。双珠倒也不介意，真是知己了。

书中屡次刻划洪善卿的势利浅薄，但是他与双珠的友谊，他对双宝、阿金的同情，都给他深度厚度，把他这人物立体化了。慰双宝的一场小戏很感动人。——双宝搬到楼下去是贬谪，想必因为楼下人杂，没有楼上严紧。

罗子富与蒋月琴也四五年了。她有点见老了，他又爱上了黄翠凤。但是他对翠凤的倾慕倒有一大半是佩服她的为人，至少是灵肉并重的。他最初看见她坐马车，不过很注意，有了个印象，也并没打听她是谁，不能算惊艳或是一见倾心。听见她制伏鸨母的事才爱上了她。此后一度稍稍冷了下来，因为他诧异她自立门户的预算开支那么大，有点看出来她敲他竹杠。她迁出的前夕，他不预备留宿，而她坚留，好让他看她第二天早上改穿素服，替父母补穿孝，又使他恋慕这孝女起来。

恋爱的定义之一，我想是夸张一个异性与其他一切异性的分别。书中这些嫖客的从一而终的倾向，并不是从前的男子更有惰性，更是"习惯的动物"，不想换口味追求刺激，而是有更迫切更基本的需要，与性同样必要——爱情。过去通行早婚，因此性是不成问题的。但是婚姻不自由，买妾纳婢虽然是自己看中的，不像堂子里是在社交的场合遇见的，而且总要来往一个时期，即使时间很短，也还不是稳能到手，较近通常的恋爱过程。这制度化的卖淫，已经比卖油郎花魁女当时的手续高明得多了——就连花魁女这样的名妓，也是陌生人付了夜渡资就可以住夜。日本歌舞伎中的青楼（剧中也是汉字"青楼"）也是如此。——到了《海上花》的时代，像罗子富叫了黄翠凤十几个局，认识了至少也有半个月了。想必是气她对他冷淡，故意在蒋月琴处摆酒，馋她，希望她对他好点，结果差点弄巧成拙闹翻了。他全面投降之后，又还被浇冷水，饱受挫折，才得遂意。

琪官说她和瑶官羡慕倌人，看哪个客人好，就嫁哪个。虽然没这么理想，妓女从良至少比良家妇女有自决权。嫁过去虽然家里有正室，不是恋爱结合的，又不同些。就怕以后再娶一个回去，不过有能力三妻四妾的究竟不多。

盲婚的夫妇也有婚后发生爱情的，但是先有性再有爱，缺少紧张悬疑，憧憬与神秘感，就不是恋爱，虽然可能是最珍贵的感情。恋爱只能是早熟的表兄妹，一成年，就只有妓院这脏乱的角落里还许有机会。再就只有《聊斋》中狐鬼的狂想曲了。

直到民初也还是这样。北伐后，婚姻自主、废妾、离婚才有法律上的保障。恋爱婚姻流行了，写妓院的小说忽然过了时，一扫而空，该不是偶然的巧合。

《海上花》第一个专写妓院，主题其实是禁果的果园，填写了百年前人生的一个重要的空白。书中写情最不可及的，不是陶玉甫、李漱芳的生死恋，而是王莲生、沈小红的故事。

王莲生在张蕙贞的新居摆双台请客，被沈小红发现了张蕙贞的存在，两番大闹，闹得他"又羞又恼，又怕又急"。她哭着当场寻死觅活之后，陪他来的两个保驾的朋友先走，留下他安抚她。

"小红却也抬身送了两步，说道：'倒难为了你们。明天我们也摆个双台谢谢你们好了。'说着倒自己笑了。莲生也忍不住要笑。"她在此时此地竟会幽默起来，更奇怪的是他也笑得出。可见他们俩之间自有一种共鸣，别人不懂的。如沈小红所说，他和张蕙贞的交情根本不能比。

第五回写王莲生另有了个张蕙贞，回目"垫空当快手结新欢"，"垫空当"一语很费解。沈小红并没有离开上海，一直与莲生照常来往。除非是因为她跟小柳儿在热恋，对他自然与前不同了。他不会不觉得，虽然不知道原因。那他对张蕙贞自始至终就是反激作用，借她来填满一种无名的空虚怅惘。

异性相吸，除了两性之间，也适用于性情相反的人互相吸引。小红大闹时，"蓬头垢面，如鬼怪一般"，莲生也并没倒胃口，后来还旧事重提，要娶她。这纯是感情，并不是暴力刺激情欲。打斗后，小红的女佣阿珠提醒他求欢赎罪，他勉力以赴，也是为了使她相信他还是爱她，要她。

他们的事已经到了花钱买罪受的阶段，一方面他倒又十分欣赏小悍妇周双玉，虽然双玉那时候还圭角未露，人生的反讽往往如此。

刘半农为书中白描的技巧举例，引这两段，都是与王莲生有关的：

"莲生等撞过'乱钟'，屈指一数，恰是四下，乃去后面露台上看时，月色中天，静悄悄的，并不见有火光。回到房里，适值一个外场先跑回来报说：'在东棋盘街那儿。'莲生忙踹在桌子旁高椅上，开直了玻璃窗向东南望去，在墙缺里现出一条火光来。（第十一回）"

"阿珠只装得两口烟，莲生便不吸了，忽然盘膝坐起，意思要吸水烟。巧囡送上水烟筒，莲生接在手中，自吸一口，无端掉下两点眼泪。（第五十四回，原第五十七回）"

第一段有旧诗的意境。第二段是沈小红的旧仆阿珠向莲生问起："小红先生那儿就是个娘在跟局？"又问："那么大阿金出来了，大姐也不用？"莲生只点点头。下接吸水烟一节。

小红为了姘戏子坏了名声，落到这地步。他对她彻底幻灭后，也还余情未了。写他这样令人不齿的懦夫，能提升到这样凄清的境界，在爱情故事上是个重大的突破。

我十三四岁第一次看这书，看完了没的看了，才又倒过来看前面的序。看到刘半农引这两段，又再翻看原文，是好！此后二十年，直到出国，每隔几年再看一遍《红楼梦》《金瓶梅》，只有《海上花》就我们家从前那一部亚东本，看了《胡适文存》上的《海上花》序去买来的，别处从来没有。那么些年没看见，也还记得很清楚，尤其是这两段。

刘半农大概感性强于理性，竟轻信清华书局版许廑父序与鲁迅《中国小说史略》所记传闻，以为《海上花》是借债不遂，写了骂赵朴斋的，理由是（一）此书最初分期出版时，例言中说：

"所载人名事实，均系凭空捏造，并无所指。"

刘半农认为这是小说家惯技；这样郑重声明，更欲盖弥彰，是"不打自招"；（二）赵朴斋与他母妹都不是什么坏人，在书中还算是善良的，而下场比谁都惨，分明是作者存心跟他们过不去。

"书中人物纯系虚构"，已经成为近代许多小说例有的声明，似不能指为"不打自招"。好人没有好下场，就是作者借此报复泄愤，更是奇谈，仿佛世界上没有悲剧这样东西，永远善有善报，恶有恶报。

胡适分析许序与鲁迅的小说史，列举二人所记传闻的矛盾：

"许：赵朴斋尽买其书而焚之。（显然出单行本时赵尚未死。）

"鲁：赵重赂作者，出到第二十八回辍笔。赵死后乃续作全书。

"许：作者曾救济赵。

"鲁：赵常救济作者。

"许：赵妹实曾为娼。

"鲁：作者诬她为娼。"

胡适又指出韩子云一八九一年秋到北京应乡试，与畅销作家海上漱石生（孙玉声）同行南归，孙可以证明他当时不是个穷极无聊靠敲诈为生的人。《海上花》已有廿四回稿，出示孙。次年二月，头两回就出版了，到十月出版到第二十八回停版，十四个月后出单行本。

"写印一部二十五万字的大书要费多少时间？中间那有因得'重赂'而辍笔的时候？"
又引末尾赵二宝被史三公子遗弃，吃尽苦头，被恶客打伤了，昏睡做了个梦，梦见三公子派人来接她，她梦中向她母亲说的一句话，觉得单凭这一句，"这书也就不是一部谤书"：

"'妈，我们到了三公子家里，起先的事，不要去提起。'

"这十九个字，字字是血，是泪，真有古人说的'温柔敦厚，怨而不怒'的风格！这部《海上花列传》也就此结束了。"

——胡适序第二节

此书结得现代化，戛然而止。作者踽踽走在时代前面，不免又有点心虚胆怯起来，找补了一篇跋，——交代诸人下场，假托有个访客询问。其实如果有读者感到兴趣，决不会不问李浣芳是否嫁给陶玉甫，唯一的一个疑团。李漱芳死后，她母亲李秀姐要遵从她的遗志，把浣芳给玉甫作妾，玉甫坚拒，要认她作义女，李秀姐又不肯。陶云甫自称有办法解决，还没来得及说出来，被打断了，就此没有下文了。

陶云甫唯一关心的是他弟弟，而且也决没有逼着弟弟纳妾之

325

理，不过他也觉得浣芳可爱（见第四十一回——原第四十三回），要防玉甫将来会懊悔，也许建议把浣芳交给云甫自己的太太，等她大一点再说，还是可以由玉甫遣嫁。但是玉甫会坚持名分未定，不能让她进门。僵持拖延下去，时间于李秀姐不利，因为浣芳不宜再在妓院里待下去。一明白了玉甫是真不要她，也就只好让他收作义女了。

浣芳虽然天真烂漫，对玉甫不是完全没有洛丽塔心理。纳博柯夫名著小说《洛丽塔》——拍成影片由詹姆斯梅逊主演——写一个中年男子与一个十二岁的女孩互相引诱成奸。在心理学上，小女孩会不自觉地诱惑自己父亲。浣芳不但不像洛丽塔早熟，而且晚熟到近于低能儿童，所以她初恋的激情更百无禁忌，而仍旧是无邪的。如果嫁了玉甫，两人之间过去的情事就仿佛给追加了一层暧昧的色彩。玉甫也许就为这缘故拒绝，也是向漱芳的亡灵自明心迹，一方面也对自己撇清——他不是铁石人，不会完全无动于衷。

作者不愿设法代为撮合，大快人心，但是再写下去又都是反高潮，认义女更大杀风景。及早剪断，不了了之，不失为一个聪明的办法。

刘半农惋惜此书没多写点下等妓院，而掉转笔锋写官场清客。我想这是刘先生自己不写小说，不知道写小说有时候只要剪裁得当，予人的印象仿佛对题材非常熟悉；其实韩子云对下级妓院恐怕知道的尽于此矣。从这书上我们也知道低级妓院有性病与被流氓殴打的危险，妓女本身也带流气，碰见殷实点的客人就会敲诈。大概只能偶一观光，不能常去。文艺没什么不应当写哪一个阶级。而且此处结构上也有必要，因为赵二宝跟着史三公子住进一笠园，过了一阵子神仙眷属的日子，才又一交栽下来，爬得高跌得重。如果光是在他公馆里两人镇日相对，她也还是不能完全进入他的世界，比较单调，容易腻烦。

写一笠园，至少让我们看到家妓制度的珍贵的一瞥。《红楼梦》里学戏的女孩子是特殊情形，专为供奉归宁的皇妃的。一般大概像此书的琪官、瑶官的境遇。瑶官虚岁十四，才十三岁，被主人收用已经有些时了。书中喜欢幼女的只有齐韵叟一人——别人只喜欢跟她们闹着玩。尹痴鸳倒是爱林翠芬，但是也宁可用张秀英泄欲。而齐韵叟也并不是因为年老体衰，应付不了成熟的女性——他的新宠是嫁人复出的苏冠香。

琪官、瑶官与孙素兰夜谈，瑶官说孙素兰跟华铁眉要好，一定是嫁他了。孙素兰笑她说得容易，取笑她们俩也嫁齐大人。瑶官说她"说说就说到歪里去"，也就是说老人奸淫幼女，不能相提并论。书中韵叟与琪官的场面写得十分蕴藉，只借口没遮拦的瑶官口中点一笔。

齐韵叟带着琪官、瑶官在竹林中撞见小赞，似乎在向另一人求告，没看清楚是谁，这人已经跑了。事后盘问她们，琪官示意瑶官不要说，只告诉韵叟"不是我们花园里的人，"想必是说不是齐府的人，不致玷辱门风。这件事从此没有下文了，直到跋列举诸人下场，有"小赞小青挟赀远遁"句。原来小赞私会的是苏冠香的大姐小青。相等于"诗婢"的诗僮小赞，竟抛下举业，与情人私奔卷逃。那次约会被撞破，琪官代为隐瞒，想必是怕结怨。苏冠香是小小姨身分，皇亲国戚兼新宠，正如杨贵妃的妹妹虢国夫人。琪官虽然不知道冠香向韵叟诬赖她与孙素兰同性恋，一定也晓得她是冠香的"眼中钉"（见回目）。再揭破丑闻使冠香大失面子，更势不两立了。那神秘人物是小青，书中没有交代，就显不出琪官的机警与她处境的艰难。

总是因为书至此已近尾声，下文没有机会插入小赞小青的事，只好在跋内点破，就像第十三回"抬轿子周少和碰和"的事也只在回目中点明，回内只字不提。

但是由跋追补一笔，力道不够。当时琪官一味息事宁人，不许瑶官说出来，使人不但气闷而且有点反感。她说与小赞在一起的是外人，倌人带来的大姐除了小青，还有林素芬、林翠芬也带了大姐来，大概是娘姨大姐各一，两人合用。像赵二宝就只带了个娘姨阿虎，替她梳头，那是不可少的。孙素兰只带一个大姐，想必是像卫霞仙处阿巧的两个同事，少数会梳头的大姐。

娘姨不大有年轻貌美的。小赞向这人求告，似是向少女求爱或求欢——再不然就是身分较高的人。

书中男仆如张寿、匡二都妒忌主人的艳福，从中捣乱，激动得简直有点心理变态。曾经有人感叹中国的女仆长年禁欲，其实男仆也不能有家庭生活。固然可以嫖妓，倒从来没有妄想倌人垂青的，这一点上阶级观念非常严。不过小赞不是普通的佣仆，有学问有前途，而且屡次当众出风头。平时倌人时刻有娘姨跟着，在一笠园中却自由自在，如苏冠香、林翠芬都独自游荡。因此有可能性的女子浩如烟海，无从揣测。比较像是孙素兰的大姐，琪官代瞒是卫护义姊——还是失意的林翠芬移情别恋？这些模糊的疑影削弱了琪官的这一场戏，也是她的最后一场，使这特出的少女整个的画像也为之减色。等到看到跋才知道是小青，这才可能琢磨出琪官有她不得已的苦衷，已经迟了一步。

作者的同乡松江颠公写他"与某校书最昵，常日匿居其妆阁中"，但是又说他"家境……寒素"。刘半农说：

"相传花也怜侬本是巨万家私，完全在堂子里混去了。这句话大约是确实的，因为要在堂子里混，非用钱不可；要混得如此之熟，非有巨万家私不可。"

也许聪明人不一定要有巨万家私，只要肯挥霍，也就充得过去了。他没活到四十岁，倒已经"家境……寒素"，大概钱不很多，禁不起他花。

作者在例言里说："全书笔法自谓从《儒林外史》脱化出来，惟穿插藏闪之法则为从来说部所未有。"其实《红楼梦》已有，不过不这么明显。（参看宋淇著《红楼梦里的病症》等文）有些地方他甚至于故意学《红楼梦》，如琪官、瑶官等小女伶住在梨花院落——《红楼梦》的芳官、藕官等住在梨香院。小赞学诗更是套香菱学诗。《海上花》里一对对的男女中，华铁眉、孙素兰二人唯一的两场戏是吵架与或多或少的言归于好，使人想起贾宝玉、林黛玉的屡次争吵重圆。这两场比高亚白、尹痴鸳二才子的爱情场面都格调高些。

华铁眉显然才学不输高亚白、尹痴鸳，但是书中对他不像对高尹的誉扬，是自画像的谦抑的姿势。口角后与孙素兰在一笠园小别重逢，他告诉她送了她一打香槟酒，交给她的大姐带回去了。不论作者是否知道西方人向女子送花道歉的习俗——往往是一打玫瑰花——此处的香槟酒也是表示歉意的。一送就是一箱，——十二瓶一箱——手面阔绰。孙素兰问候他的口吻也听得出他身体不好。作者早故，大概身体不会好。

当时男女仆人已经都是雇佣性质了，只有婢女到本世纪还有。

书中只有华铁眉的"家奴华忠"十分触目。又一次称为"家丁"，此外只有洋广货店主戊三的"小家丁奢子"。

明人小说"三言二拍"中都是仆从主姓。婢女称"养娘"，"娘"作年轻女子解，也就是养女。僮仆想必也算养子了。所以《金瓶梅》中仆人称主人主妇为"爹""娘"，后世又升格为"爷（爷）""奶奶"。但是《金瓶梅》中仆人无姓，只有一个善颂善祷的名字如"来旺"，像最普通的狗名"来富"。这可能是因为"三言二拍"是江南一带的作品，保留了汉人一向的习俗，《金瓶梅》在北方，较受胡人的影响。辽金元都歧视汉人，当然不要汉人仆役用他们的姓氏。

清康熙时河南人李绿园著《歧路灯》小说，书中谭家仆人名叫王中。乾隆年间的《儿女英雄传》里，安家老仆华忠也用自己的姓名。显然清朝开始让仆人用本姓。同是歧视汉人，却比辽金元开明，不给另取宠物似的名字，替他们保存了人的尊严。但是直到晚清，这不成文法似乎还没推广到南方民间。

年代介于这两本书之间的《红楼梦》里，男仆有的有名无姓，如来旺（旺儿）、来兴（兴儿），但是绝大多数用自己原来的姓名，如李贵、焦大、林之孝等。来旺与兴儿是贾琏夫妇的仆人，来自早稿《风月宝鉴》，贾瑞与二尤等的故事，里面当然有贾琏、凤姐。此后写《石头记》，先也还用古代官名地名，仆名也仍遵古制；屡经改写，越来越写实，仆人名字也照本朝制度了。因此男仆名字分早期后期两派。唯一的例外是鲍二，虽也是贾琏、凤姐的仆人，而且是二尤故事中的人物，却用本姓。但是这名字是写作后期有一次添写贾母的一句隽语："我哪记得背着抱着的？"——贾琏、凤姐为鲍二家的事吵闹时——才为了谐音改名鲍二，想必原名来安之类。

《海上花》里也是混合制。齐韵叟的总管夏余庆，朱蔼人兄弟的仆人张寿，李实夫叔侄的匡二，都用自己原来的姓名。朱家李家都是官宦人家。知县罗子富的仆人高升不会是真姓高，"高升""高发"是官场仆人最普通的"艺名"，可能是职业性跟班，流动性大，是熟人荐来的，不是罗家原有的家人，但是仍旧可以归入自己有姓的一类。

火灾时王莲生向外国巡警打了两句洋文，才得通过，显然是洋务官员。他对诗词的态度伧俗(第三十三回)，想必不是正途出身。他的仆人名叫来安，商人陈小云的仆人叫长福，都是讨吉利的"奴名"，无姓。

洋广货店主㑣三的"小家丁奢子"，"奢"字是借用字音，原名疑是"舍子"(舍给佛门)，"舍"音"奢"，但是吴语音"所"，因此作者没想到是这个字。孩子八字或是身体不好，挂名入寺为僧，消灾祈福，所以乳名叫舍子，不是善颂善祷的奴名，因此应当有姓——姓㑣，像华铁眉的家丁华忠姓华一样。

华铁眉住在乔老四家里，显然家不在上海。他与赖公子、王莲生都是世交，该是旧家子弟。㑣三是广东人，上代是广州大商人，在他手里卖掉许多珍贵的古玩。

"华""花"二字相通，华铁眉想必就是花也怜侬了。作者的父亲曾任刑部主事，他本人没中举，与㑣三同是家道中落，一个住在松江，一个寄籍上海，都相当孤立，在当代主流外。那是个过渡时代，江南华南有些守旧的人家，仆人还是"家生子儿"(《红楼梦》中语)，在法律上虽然自由，仍旧终身依附主人，如同美国南北战争后解放了的有些黑奴，所以仍应像明代南方的仆从主姓。

官场仆人都照满清制度用本姓，但是外围新进如王莲生——

海禁开后才有洋务官员——还是照民间习俗，不过他与陈小云大概原籍都在长江以北，中原的外缘，还是过去北方的遗风，给仆人取名来安，长福——如河南就已经满化了。以至于有三种制度并行的怪现象。

华铁眉"不喜热闹"，酒食"征逐狎昵皆所不喜"。这是作者自视的形象，声色场中的一个冷眼人，寡欲而不是无情。也近情理，如果作者体弱多病。

写华铁眉特别简略，用曲笔，因为不好意思多说。本来此书已经够简略的了。《金瓶梅》《红楼梦》一脉相传，尽管长江大河滔滔泊泊，而能放能收，含蓄的地方非常含蓄，以致引起后世许多误解与争论。《海上花》承继了这传统而走极端，是否太隐晦了？

没有人嫌李商隐的诗或是英格玛·柏格曼的影片太晦。不过是风气时尚的问题。胡适认为《海上花》出得太早了，当时没人把小说当文学看。我倒觉得它可惜晚了一百年。一七九一年《红楼梦》付印，一百零一年后《海上花》开始分期出版。《红楼梦》没写完还不要紧，被人续补了四十回，又倒过来改前文，使凤姐、袭人、尤三姐都变了质，人物失去多面复杂性。凤姐虽然贪酷，并没有不贞。袭人虽然失节再嫁，"初试云雨情"是被宝玉强迫的，并没有半推半就。尤三姐放荡的过去被删掉了，殉情的女人必须是纯洁的。

原著八十回中没有一件大事，除了晴雯之死。抄检大观园后，宝玉就快要搬出园去，但是那也不过是回到第二十三回入园前的生活，就只少了个晴雯。迎春是众姐妹中比较最不聪明可爱的一个，因此她的婚姻与死亡的震撼性不大。大事都在后四十回内。原著可以说没有轮廓，即有也是隐隐的，经过近代的考据才明确起来。

一向读者看来，是后四十回予以轮廓，前八十回只提供了细密真切的生活质地。

前几年有报刊举行过一次民意测验，对《红楼梦》里印象最深的十件事，除了黛玉葬花与凤姐的两段，其他七项都是续书内的！如果说这种民意测验不大靠得住，光从常见的关于《红楼梦》的文字上——有些大概是中文系大学生的论文，拿去发表的——也看得出一般较感兴趣的不外凤姐的淫行与临终冤鬼索命；妙玉走火入魔；二尤——是改良尤三姐，黛玉归天与"掉包"同时进行，黛玉向紫鹃宣称"我的身子是清白的，"就像连紫鹃都疑心她与宝玉有染。这几折单薄的传奇剧，因为抄本残缺，经高鹗整理添写过，(详见拙著《红楼梦魇》)补缀得也相当草率，像棚户利用大厦的一面墙。当时的读者径视为原著，也是因为实在渴望八十回抄本还有下文。同一愿望也使现代学者乐于接受续书至少部份来自遗稿之说。一般读者是已经失去兴趣了，但是每逢有人指出续书的种种毛病，大家太熟悉内容，早已视而不见，就仿佛这些人无聊到对人家的老妻评头品足，令人不耐。

抛开《红楼梦》的好处不谈，它是第一部以爱情为主题的长篇小说，而我们是一个爱情荒的国家。它空前绝后的成功不会完全与这无关。自从十八世纪末印行以来，它在中国的地位大概全世界没有任何小说可比——在中国倒有《三国演义》，不过"三国"也许口传比读者更多，因此对宗教的影响大于文字上的。

百廿回《红楼》对小说的影响大到无法估计。等到十九世纪末《海上花》出版的时候，阅读趣味早已形成了。唯一的标准是传奇化的情节，写实的细节。迄今就连大陆的伤痕文学也都还是这样，比大陆外更明显，因为多年封闭隔绝，西方的影响消失了。

当然，由于压制迫害，作家第一要有胆气，有牺牲精神，写实方面就不能苛求了。只要看上去是在这一类的单位待过，不是完全闭门造车就是了。但也还是有无比珍贵的材料，不可磨灭的片断印象，如收工后一个女孩单独蹲在黄昏的旷野里继续操作，周围一圈大山的黑影。但是整个的看来，令人惊异的是一旦摆脱了外来的影响与中共一部份的禁条，露出的本来面目这样稚嫩，仿佛我们没有过去，至少过去没有小说。

中国文化古老而且有连续性，没中断过，所以渗透得特别深远，连见闻最不广的中国人也都不太天真，独有小说的薪传中断过不止一次。所以这方面我们不是文如其人的。中国人不但谈恋爱"含情脉脉"，就连亲情友情也都有约制。"爸爸，我爱你"，"孩子，我也爱你"只能是译文。惟有在小说里我们呼天抢地，耳提面命诲人不倦。而且像我七八岁的时候看电影，看见一个人物出场就急着问："是好人坏人？"

上世纪末叶久已是这样了。微妙的平淡无奇的《海上花》自然使人嘴里淡出鸟来。它第二次出现，正当五四运动进入高潮。认真爱好文艺的人拿它跟西方名著一比，南辕北辙，《海上花》把传统发展到极端，比任何古典小说都更不像西方长篇小说——更散漫，更简略，只有个姓名的人物更多。而通俗小说读者看惯了《九尾龟》与后来无数的连载妓院小说，觉得《海上花》挂羊头卖狗肉，也有受骗的感觉。因此高不成低不就。当然，许多人第一先看不懂吴语对白。

当时的新文艺，小说另起炉灶，已经是它历史上的第二次中断了。第一次是发展到《红楼梦》是个高峰，而高峰成了断崖。

但是一百年后倒居然又出了个《海上花》。《海上花》两次悄悄的自生自灭之后，有点什么东西死了。

虽然不能全怪吴语对白，我还是把它译成国语。这是第三次出版。就怕此书的故事还没完，还缺一回，回目是：

张爱玲五详《红楼梦》
看官们三弃《海上花》

＊初刊一九八二年四月至一九八三年十一月台北《皇冠》杂志，一九八三年十一月皇冠杂志社出版单行本，题《海上花》；收入《张爱玲全集》分为《海上花开——国语海上花列传Ⅰ》、《海上花落——国语海上花列传Ⅱ》。

著作权合同登记号　　图字：01-2018-4231

本书由皇冠文化集团授权，仅限于中国大陆地区发行，不得销售至港、澳及任何海外地区。

图书在版编目（CIP）数据

海上花落／（清）韩邦庆著；张爱玲译注．—北京：
北京十月文艺出版社，2021.1（2025.6重印）
（张爱玲全集）
ISBN 978-7-5302-1869-3

Ⅰ.①海… Ⅱ.①韩…②张… Ⅲ.①长篇小说—中
国—现代 Ⅳ.①I246.5

中国版本图书馆CIP数据核字（2018）第195889号

海上花落
HAISHANG HUALUO
（清）韩邦庆　著
张爱玲　译注

出　　版　北京出版集团公司
　　　　　北京十月文艺出版社
地　　址　北京北三环中路6号
邮　　编　100120
网　　址　www.bph.com.cn
发　　行　新经典发行有限公司
　　　　　电话（010）68423599
经　　销　新华书店
印　　刷　河北鹏润印刷有限公司
版　　次　2021年1月第1版
印　　次　2025年6月第8次印刷
开　　本　850毫米×1168毫米　1/32
印　　张　10.75
字　　数　241千字
书　　号　ISBN 978-7-5302-1869-3
定　　价　58.00元
质量监督电话　010-58572393
如有印装质量问题，由本社负责调换。